www.bbulmedia.com

사랑

하고

싶었어

초판 1쇄 찍음 2015년 1월 26일
초판 1쇄 펴냄 2015년 1월 30일

지은이 | SNOW
펴낸이 | 정　필
펴낸곳 | 도서출판 **뿔미디어**

편집장 | 이재권
기획·편집 | 주종숙, 정시연

출판등록 | 2002년 9월 11일 (제1081-1-132호)
주소 | 경기도 부천시 원미구 소향로 17, 303(두성프라자)
전화 | 032)651-6513 / 팩스 | 032)651-6094
E-mail | dahyangs@naver.com
블로그 | http://blog.naver.com/dahyangs
홈페이지 | http://bbulmedia.com

값 9,000원

ISBN 979-11-315-6211-6 03810

DAHYANG ROMANCE STORY

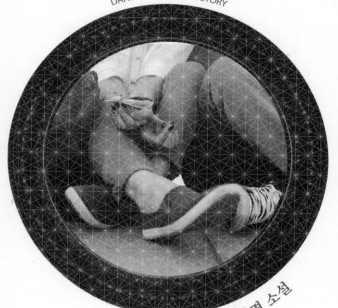

SNOW 장편 소설

사랑
하고
싶었어

Contents

돈도, 지위도, 권력도 그 무엇도 원하지 않았다.
바라는 것은 단 하나.
당신을 사랑할 수 있는 시간.

첫눈에 반했다는 말을 믿는 이가 얼마나 될까.

다들 꿈꾸고, 로망이라 외치면서도 정작 그 말을 믿는 이는 세상에 몇 되지 않을 것이다. 자신은 그런 사람들 중에서도 그런 것에 로망조차 없는, 말 그대로 삶의 희망도 없는 여자였다.

그런 자신이 그 말을 믿고 있을까? 누구라도 아니라고 대답할 것이다. 그리고 자신이 가장 먼저 자신 있게 미쳤냐는 대답을 들려줄 것이다.

오래전에 그 말에 크게 데여 지금까지도 고통스러워하고 있으니까. 그 어처구니없는 말을 핑계 삼아 자신을 괴롭히고 있는 이에게 아직까지도 헤어 나오지 못하고 있으니까. 그런 자신이 저 말을 믿을 리 없었다. 믿을 수 있을 리 만무했다.

자신에 관한 소문을 아는 이라면 누구나 쉽게 고개를 끄덕일 수 있을 것이다. 덕분에 이미 감정이란 것은 사치스러운 것이었

7

고, 불필요한 존재로 전락한 지 오래였으니까. 사랑은 더더욱 그랬다.

하지만 세상에서 가장 알 수 없는 것이 사람의 일이었고, 가장 뜻대로 되지 않는 것이 사람의 마음이었다. 그것을 오래전부터 깨닫고 있으면서도, 자신은 그 순간 다시 한 번 뼈저리게 실감할 수 있었다. 자신이 코웃음을 치던 그 말이 현실로 닥친 그 순간에.

"……감사합니다."

사랑에 빠지는 데는 0.2초면 충분하다 했는가.

그 말을 처음으로 실감할 수 있었다. 실제로 그 시간도 필요 없었으니까. 한순간에 시선을 빼앗겼다. 얼굴을 본 그 순간 사랑에 빠졌다. 자신의 얼굴조차 보지 않은 채, 한순간의 변덕으로 떨어진 지갑을 주워 준 그가 할 일을 끝내고 자신의 인사에 살짝 고개를 까딱이며 유유히 자신을 지나쳐 갔음에도.

이 이야기를 누군가에게 한다면 아마 숨이 넘어갈 정도로 비웃을 것이라 자신할 수 있었다. 본인조차 믿기지 않는 일이었는데 오죽했을까.

또 누구는 얼굴 보고 반했냐며 비난할 수도 있었다. 충분히 그럴 수 있었다. 아무것도 모른 채, 심지어 이름조차 모르는 상태에서 상대와 눈이 마주친 그 순간, 어찌해 보기도 전에 사랑에 빠져 버렸으니.

의외로 자신은 상대의 얼굴이 중요한 사람이었는지도 모르고 말이다. 자신도 왜 그를 사랑하게 되었는지 알 수 없었다. 당연했다. 아무것도 몰랐으니까. 아는 것은 고작 얼굴 하나였다. 스스로가 생각해도 어이없을 만큼 너무나 보잘것없는 것이었다. 하지만 그럼에도 신기하게도 그를 사랑한다는 것은 확실히 알 수 있었다.

누군가에게 이런 감정이 생긴 것은 처음이었으니까. 그 어떤 남자에게도 뛰지 않던 심장이 반응했으니까. 그날 유유히 자신을 스쳐 지나가던 그 남자가 아무리 잊으려고 해도 잊혀지지 않았으니까. 하지만 아무에게도 말하지 않았다. 친구에게조차.

그럴 수밖에 없었다. 만약 그것이 퍼져 나간다면 어떤 결과가 일어나게 될지 굳이 보지 않아도 아주 잘 알고 있었으니까. 때문에, 이 마음을 고백할 마음은 꿈도 꾸지 않았다. 그럴 정도로 자신은 열정이 넘치지도, 자신에게 애착이 있지도 않았으니까. 그리고 무엇보다 그에게 피해가 가는 것도, 그가 자신의 일에 말려드는 것도 바라지 않았다. 그리고 정작 그는 자신에게 아무런 감정이 없을 테니.

아마 그는 자신의 얼굴조차 기억하지 못할 것이다. 무슨 대단한 인연이었다고, 무슨 큰일이 있었다고 얼굴을 기억하겠는가. 아무리 스스로의 얼굴이 괜찮다고 해도 한순간에 이성에게 관심 없어 보이는 사람의 뇌리에 기억될 것이라 생각할 정도의 수준은 못 되었다.

하지만 그래도 상관없었다. 그저 이 마음만이 소중했다. 이 마음만으로도 만족스러웠다. 바라보는 것만으로도 충분했다. 자신과 함께 있으면 망가지기밖에 않을 텐데, 사랑하는 사람을 곁에 둘 용기는 자신에게 없었다.

비겁자라고 해도 상관없었다. 그것이 사랑하는 사람을 위한 것이라면. 그것이 사랑하는 남자에게 좋은 것이라면.

"야! 오늘 모일 거지?"

"귀찮아."

"어이. 이러기야?"

그것이면 충분했다. 그런 자신이 단 한 순간, 어처구니없는 변덕을 부리고 만다.

인생에 다시는 돌이킬 수 없는 최악의 만행이었다.

첫 번째.
신데렐라의 유리구두

　

　

"어. 저런 여자도 이곳에서 받던가?"

"확실히 옷이 좀 그렇긴 하네."

리셋.

강남 최고의 바이자, 라이브하우스였다. 고급 바의 철저한 수질 관리에 누구라도 들어가고 싶어 안달하는 리셋은 회원제인 데다가 웬만한 수준이 아니면 회원이 아닌 이는 발을 들이지도 못하는 곳이었다. 그런 곳에 제집처럼 쉽게 드나드는 강현은 늘 본의 아니게 붙어 다니는 서진과 윤서와 함께 리셋에서 여느 때와 같이 술을 마시고 있었다.

강현은 아무것도 하지 않았다. 그저 가만히 술을 마시고 있어도 알아서 여자들이 달라붙는다. 연예인보다 훤칠한 외모와 특유의 다가갈 수 없는 차가운 분위기는 가만히 있어도 여자를 매혹시키기 충분했기 때문이었다.

그날도 여느 때와 같이 여자들이 기회를 봐서 강현에게 다가가려 눈에 불을 켜고 있었는데, 그날따라 흔치 않게도 리셋에 새로운 손님이 찾아왔었다. 리셋에 있는 누구라도 관심을 가질 수밖에 없는 옷차림으로.

"……이 리셋이 다 죽었나. 아니면, 저 여자가 이상한 건가."

이 리셋과 정말 어울리지 않게도 여자는 평범한 검은색 바지에 흰색 셔츠, 그리고 빨간색 카디건을 걸치고 있었다. 길 가다 흔히 볼 수 있는 평범한 차림이었다. 다른 곳도 아닌, 이 리셋에 그런 차림으로 오니 당연히 시선이 쏠릴 수밖에. 그러면서도 그것이 초라해 보이지 않는다는 것이 더 사람들의 눈길을 끌었다.

하지만 그럼에도 도무지 이해할 수 없는 차림에 서진이 머리를 갸웃거리는데 그런 서진을 보며 윤서가 한심하다는 듯 혀를 끌끌 찼다. 정말 하나는 알고 둘은 모른다며. 그 모습에 서진이 의아한 얼굴로 윤서를 돌아보자 윤서는 손가락으로 여자를 가리키며 서진의 궁금증에 친절하게 답을 해 주었다.

"저 여자 얼굴 보고 얘기해."

"뭐? 얼굴이 뭐. 여기서 그런 게 왜……!"

그 말에 이해할 수 없다는 듯 눈살을 찌푸리면서도 윤서의 말대로 고개를 돌려 여자의 얼굴을 본 서진은 이내 하던 말도 멈추고 딱딱하게 굳을 수밖에 없었다.

얼굴이란 상식은 이 리셋에서 통하지 않는 것이었다. 고급 회원제 바인 만큼 신나게 돈을 들여 외모를 가꾼 여자들이 수두룩했으니 얼굴을 따질 가치가 없었다. 그냥 조금 더 취향인 여자를

고를 뿐. 이곳에서는 누가 더 예쁘고 안 예쁘고는 구별할 수도 없을뿐더러 따져 봤자 무의미한 것이었다.

그렇게 얼마인지 모를 돈을 쏟아부어 남들은 쉽게 가지지 못할 황홀한 몸매와 얼굴을 가진 이들이 수두룩한 이곳에서 여자의 얼굴은 그 누구보다 빛이 났다. 화장은 매너라고 하는 이 시대에서 화장기 하나 없는 얼굴이 너무나 싱그러웠다. 성형을 했는지 의심스러운 것을 넘어서 자연임을 확연히 보여 주면서도 너무나 아름다운 그 외모는 모든 이들의 넋을 빼놓기 충분했다. 단 한 사람을 제외하고는.

가게에 들어온 여자는 이리저리 고개를 돌려 주변을 둘러보다가 이내 가게 직원으로 보이는 이에게 다가가 입을 열었다.

"……저, 줄리안 사장님 부탁으로 왔는데요."

"……네? 줄리…… 아! 기다리고 있었습니다! 이쪽으로 오시지요."

모든 이들의 귀를 황홀하게 할 정도로 고요하고 아름다운 목소리였다. 그저 말을 한 것뿐이었는데 마음을 편안하게 해 주는, 자장가 같다고 생각할 정도로 너무나 예쁜 목소리였다.

다들 그 목소리에 넋을 놓고 있는 사이, 여자는 직원의 안내에 따라 리셋 가운데에 있는 작은 라이브 무대에 올라섰다. 여자가 라이브 무대 중앙에 있는 의자에 앉자 직원들이 서둘러 여자의 앞에 있는 마이크를 조정해 주었다. 언제 왔는지 뒤에는 리셋에서 항시 대기하는 백밴드가 있었고 말이다.

조명까지 그녀의 위로 쏟아지자 모든 이들의 시선이 그곳으로 향하는 것은 당연한 일이었다. 모든 사람들의 시선이 자신에게 쏠려 있다는 것을 모를 리 없을 텐데도 여자는 태연한 얼굴로 백밴드를 향해 시선을 주고는 천천히 입을 열었다.

언제부터였을까. 내가 당신을 바라보기 시작했던 것은.

아무도 입을 열지 못했다. 조금의 소음이라도 낼까 봐 모두 자리에서 움직이지 않았다. 술을 마시는 이조차 없었다. 술잔이 부딪치는 소리조차 내지 않기 위해서.

거리를 걸어도 어느 순간부터 당신을 그리게 되고
눈을 뜨면 당신을 찾게 되었어.
스스로가 믿지 못할 정도로 말이야.

이 큰 가게에서 여자의 목소리 외에는 아무것도 들리지 않았다. 다른 곳도 아니고, 남자와 여자가 만나는 것이 주목적인 바에서 이것은 기적이나 다름없었다.

사랑해. 하지만 이 말을 할 용기가 없는 나는 이 마음을 홀로 삼키고 말아.
망가질 당신을 위해서. 상처받을 나를 위해서. 그래도 나는……

듣는 사람도 눈물이 나올 것 같은 노래였다. 이 큰 가게에서 고요히 여자의 노랫소리만 들렸기에 그 효과는 극에 달했다. 실제로 벌써부터 눈물을 흘리는 이까지 있었다.

아직도 당신을 사랑하고 말아.
포기할 법한데도 계속해서 당신을 사랑하고 말아.

가사가 애절했기 때문만은 아니었다. 분명했다. 세상에 애절한 가사가 얼마나 많은데. 그저 이 여자의 노래가 진심처럼 들렸기 때문이었을까. 한 가지 확실한 것은 여자의 목소리가 무척이나 서글프게 들린다는 것이었다.

사랑해. 너에게 전하지 못할 이 마음을.
지금 이 노래를 듣고 있지 않을⋯⋯.
너에게 노래해.

노래가 끝나고 여자가 무대에서 내려왔음에도 불구하고 바는 여전히 고요했다. 아무도 제대로 목소리를 내지도 움직이지도 못했다. 노래의 여운에 사로잡혀 정신을 차리지도 못했다.

여자가 화장실로 사라지자 그제야 정신을 차린 바텐더가 아직도 무언가에 홀린 얼굴로 중얼거렸다.

"뭐야. 진짜 있었잖아."

"⋯⋯뭐?"

"그게 무슨 소리야?"

바텐더의 바로 앞에 있던 서진과 윤서가 바텐더의 중얼거림에 간신히 정신을 차리고는 서둘러 득달같이 되묻자 바텐더가 아직도 얼떨떨한 얼굴로 두 사람의 물음에 답을 해 주었다.

"로렐라이요. 모르세요? 이쪽 업계에서는 모르는 사람이 없는데."

"⋯⋯설마 그 라이브하우스의 로렐라이?"

"예. 누가 지었는지는 몰라도 무지 촌스럽다고 욕했는데 그 심정이 이해가 갈 지경이에요. 누군지 이름 하나는 진짜 잘 지었네요."

"로렐라이가 진짜 있는 거였어? 소문이 아니라?!"

바텐더의 말에 서진이 믿을 수 없다는 듯 소리를 질렀다. 라이브하우스의 로렐라이. 그건 서울에 있는 라이브하우스를 겸한 바와 클럽 사이에서 도는 소문이었다. 사람의 혼을 빼놓는 로렐라이가 존재한다는.

어쩌다 한번 바람처럼 나타나 사람들의 혼을 빼놓고 간다는, 말 그대로 소문의 여자였다. 로렐라이를 본 사람들은 얼굴까지 끝내준다고 그녀를 찬양했지만 그녀의 얼굴을 아는 이는 정말 손에 꼽았다. 저 정도의 외모라면 뜨자마자 바로 누구라며 소리칠 이가 있을 법한데도 말이다.

때문에 그것은 말 그대로 소문이 되었다. 사람들의 환상이나 다름없는.

"한순간에 바보가 된 기분이야."

"나도."

믿을 수 없는 현실에 윤서가 넋이 빠진 얼굴로 중얼거리자 서진 역시 별반 다르지 않은 얼굴로 맞장구를 쳤다. 그런 두 사람과는 다르게 처음과 별반 다르지 않은 얼굴인 강현은 여자가 사라진 곳을 바라보고 있었다.

흥미였던 것 같았다. 단순한 변덕이었던 것 같다. 하지만 강현은 그것조차 마음에 들었다. 단 한 번도 느껴 보지 못한 감정이었으니까. 늘 똑같은 상황에 지루해졌던 참이었으니까.

그때까지만 해도 강현은 그 정도 마음밖에 없었다. 때문에 너무나 쉽게 여자에게 다가갔다. 본인이 먼저 여자에게 다가간 것이 처음이라는 것을 눈치채지 못할 정도로 빠져 있다는 것도 모른 채.

"……나랑 갈 건가?"

단도직입적으로 물었다. 어떻게 보면 천박하게 들릴 수 있을 정도로 간결하고 짧막한 대시였다. 하지만 상대가 강현이었기에 그 어떤 남자들보다 매력적이었다. 스스로는 그것을 알지도, 알 필요도 느끼지 못했지만. 누군가를 꼬셔 본 적은 없지만 본능적으로 사람을 홀릴 줄 아는 강현이었기에 통하는 방법이었다.

하지만 그런 강현을 보고 사람들이 눈이 튀어나올 정도로 놀란 이유는 그런 강현의 모습을 단 한 번도 보지 못했기 때문이었다. 심지어 처음 강현이 이곳에 왔었을 때부터 강현을 봐 왔던 가게 직원들도 놀람을 금치 못했다.

하지만 정작 당사자인 강현은 그것을 알지 못했다. 강현의 대시를 받은 행운의 여인도 마찬가지였고 말이다. 여자는 여전히 표정 하나 변하지 않은 채 무관심한 말투로 강현에게 물었다.

"내가 가자고 하면, 갈 건가요?"

그건 또 생각지도 못한 발언이었다. 예상하지 못한 발언에 강현이 놀랍다는 듯 흥미로운 얼굴로 여자를 바라보았다. 하지만 그럼에도 불구하고 여자의 얼굴에는 여전히 표정이 없었다. 처음이었다, 이런 여자는.

"……무척이나 흥미로운 대답이군."

"칭찬으로 들을게요."

강현이 여자의 팔을 잡아당기자 여자는 아무런 저항 없이 강현이 이끄는 대로 강현의 품에 들어왔다. 강현의 말에 지지 않고 맞받아치며 말이다. 그 말에 강현이 정말로 즐겁다는 듯 웃음을 터뜨렸다. 지금 본인이 얼마 만에 웃어 보는 건지 알지 못한 채로 말이다.

강현이 기분 좋은 얼굴로 여자의 입술에 가볍게 입을 맞추었다. 갑작스러운 행동에 조금 놀란 듯했지만 여자는 강현을 거부하지 않았다.

무감각한 표정으로 그를 거부하지 않는 여자의 모습에 강현은 정말로 기분 좋게 웃어 보이며 다시 한 번 여자에게 입을 맞추었다. 그 뒤로는 모든 것이 일사천리였다.

◈

"……하아. 하. 잠, 잠깐만."

"나중에."

"그, 그만…… 흐읍……."

호텔에 들어오자마자 현관 벽에 몸을 붙이고 한쪽 허벅지를 다리 사이에 끼워 넣은 채 무자비한 키스를 강행해 오는 강현으로 인해 여자가 그의 어깨를 밀어냈다. 하지만 강현은 막무가내였다.

여자가 숨이 막히다고까지 말했지만, 강현은 키스를 좀 느리게 할 뿐 키스를 멈추지 않았다. 결국 여자가 다리에 힘이 풀린 듯 주저앉으려고 하자 그제야 강현이 키스를 멈추고는 한쪽 허벅지로 여자가 넘어지지 않게 지탱한 후, 여자를 안아 들었다. 좀 전의 키스는 그게 목적이었던 듯싶다.

하지만 방금 전까지 이어진 무자비하고 농도 높은 키스에 정신을 차릴 수 없는 여자가 그것을 생각할 수 있을 리 만무했다.

강현이 자신을 들어 올리자 쉽게 강현의 목에 팔을 둘러 강현을 끌어안았다. 떨어지지 않기 위한 본능적인 행동이라 볼 수도 있었지만 그렇다기보다는 본인 스스로의 의지로 그런 것처럼 느껴졌다.

강현도 순간 그리 느꼈던 듯 잠시 멈칫거리다 이내 피식- 웃음을 흘리며 여자를 침실로 데려갔다. 강현이 여자를 침대에 눕히고, 그 위에 올라타자 여자가 그제야 처음으로 당황한 듯한 얼굴로 강현을 올려다보았다.

그 모습이 무척이나 마음에 드는 듯 강현이 기분 좋게 웃어 보이자 여자가 자신을 비웃는 것처럼 느껴졌는지 인상을 찌푸렸다. 하지만 그것도 한순간이었다. 강현이 그런 여자를 보며 다시 진하

19

게 입을 맞추었으니까.

강현은 키스로 여자의 정신을 빼놓는 사이, 능수능란한 손놀림으로 어느새 여자의 셔츠 단추를 풀고 브래지어 후크를 풀고 있었다. 브래지어 후크가 풀리자 속박되어 있던 가슴이 풀려나는 느낌에 여자가 뒤늦게 정신을 차렸으나 그래 봤자 이미 늦은 후였다.

"……잠. 하아! 앗! 응."

"소리 내. 소리 내도 나 말고 들을 사람 없어."

누가 그게 문제라 입을 막고 있는가. 그저 본능적인 행동이었고, 강현도 그것을 알고 있었으면서 짓궂게도 그리 말했다. 그러면서도 양손으로 여자의 가슴을 잡고 입으로 여자의 가슴을 괴롭히는 것을 멈추지 않았다.

"하아. 아. 그, 그만!"

여자의 입에서 애원까지 튀어나왔지만 강현은 가차 없었다. 이윽고 여자가 쾌락에 지배당해 정신을 차리지 못하고, 반항할 힘하나 없이 침대에 축 늘어져 있자 강현이 여자를 괴롭히던 것을 멈추고는 상체를 들어 올렸다.

강현이 행위를 멈추자 여자가 힘이 쭉 빠진 듯 침대에 늘어져 있으면서도 강현을 올려다보았다. 물론 그렇게 멀쩡한 정신 상태로는 보이지 않았지만.

그런 여자를 내려다보며 강현이 씨익- 웃어 보였다. 그 미소에 뭔가 불길함을 느낀 여자가 서둘러 강현의 행동을 멈추려고 했으나 한발 늦었다. 그리고 그 불길함은 적중했다. 강현이 여자가 상체를 들어 올리려 하자, 타이밍 좋게 여자의 다리를 들어 올렸으니까.

"……!"

소리조차 내지 못했다. 고개가 꺾이고, 등이 세게 휘어졌다. 강현의 손이 여자의 은밀한 곳을 거침없이 헤집자 상체를 들어 올리려던 여자의 행동은 무산되고 말았다. 정신없이 은밀한 곳을 헤집는 강현의 손에 대응하기 바빴으니까.

예상보다 강한 반응이었으나 무뚝뚝하고 견고하던 여자가 이렇게까지 흐트러지니 강현은 왠지 모를 만족감을 느꼈다. 뭔가 이상하다고 생각한 것은 어느 정도 준비가 되었다고 생각하고 자신의 것을 여자의 안에 넣었을 때였다.

"……!"

"……아!!"

아무것도 모르고 거침없이 자신의 것을 치켜 올리고 나서야 이상하다는 것을 깨달을 수 있었다. 그리고 강현이 가장 먼저 느낀 것은 당혹감이었다. 상상조차 하지 못했던 것이었으니. 그리고 자신의 배려 없던 행동도 마음에 걸렸다.

옷도 제대로 벗지 못한 채 욕망에 충실했던 행위였다. 쉽게 받아들이고, 쉽게 했던 행위였기에 거침이 없었고, 거리낌이 없었다.

하지만 아무리 자신이라도 처녀였다면 이렇게 하지는 않았을 것이다. 그녀를 안기로 결정하고, 그녀가 수락한 이상 어차피 할 것이었지만 조금 더 배려 있게 안았을 것이다. 이렇게 욕망에만 충실하게가 아니라.

그렇게 여자의 안에 자신의 것을 넣은 채로 강현은 상황에 맞지 않게 스스로의 행동을 자책하고 있는데, 여자가 고통과 쾌락에 허우적거리고 있는 상태에서 정신이 하나도 없을 것이 분명한데도 팔을 뻗어 강현을 끌어안았다.

생각지도 못한 행동에 강현이 어찌할 줄 모르고 딱딱하게 굳어 있는 것을 아는지 모르는지 여자는 강현을 끌어안은 채 있는 힘을 끌어 모아 강현을 향해 속삭였다.

"……괜찮아요. 그러니까."

"……너."

"멈추지 말아요."

그 말 한마디면 충분했다. 강현이 굳어 있던 몸을 풀며 여자를 끌어안기에는. 여자를 끌어안은 강현이 여자의 목에 부드럽게 키스를 했다. 몇 번이나, 답지 않게 자신의 자국이 남기를 바라며. 그렇게 몇 번을.

그리고 그 뒤로는 망설이지 않았다. 더없이 부드럽고 따스하게, 거칠고 욕망이 가득한 것은 그대로였지만 상처 입히고 싶지 않다는 애정이 가득한, 그런 섹스였다.

난폭한 움직임에도 키스는 다정했고, 눈빛은 따스했다. 서로 그것이 얼마나 기이한 일인지 눈치채지 못한 채 서로를 탐닉했지만 서로 한 가지는 확실하게 눈치채고 있었다. 너 나 할 것 없이 지금 이 순간을 즐기고 있다는 것을.

"아. 앗! 아!!"

"……하아."

절정에 다다르고, 황홀했던 시간이 막을 내리는 것을 느끼며 여자가 정신을 잃기 직전, 강현이 여자를 깨우며 물었다.

"······그러고 보니 이름을 물어보지 않았군."

"······그런 게 필요한가요?"

확실한 거절. 그러면서도 그 말의 의미를 강현은 정확히 알아들을 수 있었다. 잠시 잊고 있었다. 그래, 이것은 원나잇이었다. 단 하룻밤. 즐기는 것은 오로지 섹스. 그 이상 이하도 아닌 것이었다. 이 순간 처음 맛보는 즐거움에 취해 그것을 잊고 있었다.

강현은 더 이상 여자의 이름을 묻지 않았다. 대신 여자의 위로 쓰러지며 당연스럽게 여자를 끌어안을 뿐. 여자도 그 무엇 하나 알려 주려 하지 않았지만 강현을 거부하지 않았다. 기이한 일이었지만 서로 그것을 전혀 이상하게 여기지 않았다. 그렇게 따지면 애초에 만남부터가 이상한 것이었으니.

여자를 끌어안고 여자의 머리에 얼굴을 묻으며 강현은 눈을 감았다. 코끝에 스며 들어오는 향긋한 향기와 온몸에서 느껴지는 따스한 체온. 지금은 그것이면 충분했다. 그리고 강현이 잠이 드는 것은 순식간이었다.

◉

강현이 눈을 떴을 때는 옆에서 느껴지던 따스한 체온도, 팔에서 느껴지는 무거운 존재감도 없었다. 옆이 허전한 것이 당연한 일이었고, 다음 날 눈을 떴을 때 상대가 옆에 누워 있으면 불쾌해

했음에도 불구하고 이상하게 그것이 기분이 나빴다.

인상을 쓰며 상체를 일으키자 휑한 호텔 안과 싸한 분위기에 강현은 짜증이 난 듯 험악한 얼굴을 했다. 그것이 무척이나 싫은 듯했다.

기분 나쁘다는 티를 역력히 드러내며 욕실로 들어가는데 아직 수증기가 남아 있는 것을 느낄 수 있었다.

그것도 나간 지 얼마 되지 않은 듯했다. 그것에 기분이 좋아지자 어젯밤 일이 정말로 현실로 다가왔다. 씻고 나온 강현은 대충 물기를 제거하고 서둘러 가운을 걸친 후, 재빠르게 침대로 돌아가 이불을 걷었다. 이불을 걷자, 새하얀 시트에 붉은 혈흔이 분명하게 존재를 드러내고 있었다. 그것을 보니 비로소 제대로 실감할 수 있었다.

"……정말로 처음이었어."

이상하게 그것에 나른한 만족감을 느꼈다. 입가에는 부드럽게 미소가 지어졌고 말이다. 침대에서 시선을 돌린 강현은 침대 밑에 있는 자신의 옷을 주섬주섬 챙겨 입었다. 하나둘씩 벗어 놓았던 옷들을 챙겨 입자 이제는 정말로 처음 들어왔을 때와 달라진 것이 아무것도 없었다. 달라진 것이라고는 누군가 자고 간 흔적이 역력한 침대뿐.

그것에 다시 기분이 상해 조금 인상을 쓰며 호텔을 나가려 발걸음을 돌리는데 발에 뭐가 걸렸다.

"……?"

그 느낌에 바닥으로 시선을 내리자 발밑에 카드가 있었다. 이

호텔에 있을 리 없는, 자신의 것이 아닌 카드가. 자신의 것이 아니라면 그녀의 것이 분명했다. 그것을 알면서도, 평소라면 무심하게 지나갔을 텐데도 불구하고 상체를 숙여 카드를 집어 들어 그것을 확인했다.

카드를 확인하자 정말로 그것이 그녀의 것이라는 것을 확신할 수 있었다. 그것은 분명하게 그녀의 것이라고 말해 주고 있었으니까.

"……이건 또 무슨 경우인지."

난생처음 겪어 보는 기이한 인연이었다. 마치 신데렐라 같았다. 비록 그 신데렐라가 21세기의 사람이었고, 그 신데렐라가 놓고 간 것은 유리구두가 아닌, 한 장의 카드였지만.

"……어떻게 해야 하나."

그녀가 두고 간 카드는 그녀가 누구인지 확실하게 말해 주고 있었다. 그 카드에는 이렇게 적혀 있었다.

한국대학교 의학과 11학번 정하나

이것도 인연이라고 해야 할지.

강현이 피식- 웃음을 흘렸다. 어찌 됐든, 그리 나쁘지 않은 기분이었다.

◈

"정하나!!"

"……윽!"

"어? 왜 그래? 정하나?"

"……아니. 괜찮아."

말로는 괜찮다 했지만 전혀 괜찮아 보이지 않는 하나의 모습에 활기찬 얼굴로 인사를 하며 그녀의 등을 내려친 지유가 정말 괜찮냐며 걱정스러운 얼굴로 안부를 물어왔다.

하지만 하나는 괜찮다는 말 이외에는 지유에게 해 줄 수 있는 말이 없었다. 벌써 10년이란 시간을 문지유라는 인간과 함께 지내다 보니 문지유라는 인간에 대해서 하나는 너무나 잘 알고 있었다.

때문에 괜찮지 않다고 하면 무슨 일이 있었냐고 꼬치꼬치 캐물을 것이 뻔하고 어젯밤 있었던 일을 이야기하면 문지유가 어떤 반응을 보일지 눈에 선했다.

'……헐크가 되겠지.'

거짓말이 아니라 진짜 헐크가 될 것이다. 입으로는 불 대신 욕 백과사전을 편찬할 수 있을 정도로 유려한 욕을 나불거리며 누군지도 모르면서 죽여 버리겠다고 칼을 들고 뛰쳐나갈 것이다.

평생을 자신과 함께 보내온 이였기에 지유는 자신의 일에는 아주 민감했다. 그리고 하나는 그것을 잘 알고 있었다.

"진짜 괜찮은 거야?"

"괜찮다니까."

"근데 왜 허리를 짚고 있는데? 평생 한 번도 그런 적 없으면서."

그걸 니가 어떻게 아니.

하지만 입도 뻥끗할 수 없었다. 그 말을 내뱉었다가는 저 눈치 좋은 문지유가 무슨 일 있었냐며 자신을 닦달해 올 것이 뻔했기 때문이다. 때문에 하나는 현명하게 괜찮다는 말로 지유의 말을 돌리며 유유히 강의실로 들어갔다.

강의실로 들어서자 먼저 강의실에 도착해 밝게 하나를 향해 손을 흔드는 이가 있었다.

"여! 정하나! 문지유!"

"아씨, 뭐야!"

"문지유. 야, 니 남친이야."

"그게, 뭐!"

아니, 그렇다고.

남친이든 누구든 자신의 일을 방해하면 누구라도 개의치 않는 문지유답게 사랑하는 남자친구임에도 불구하고 있는 대로 짜증을 부렸다. 그 모습에 강의실에 있던 학생들의 시선이 당연스럽게 지유에게로 쏠렸으나, 모두 무척이나 태연한 모습이었다. 오히려 또 냐, 라는 시선이었다.

한두 번도 아닌 일이었으니 오죽했을까. 그리고 문지유는 워낙 유명한 인간이었다. 화끈한 성정으로.

"일단 앉자. 계속 여기 서 있을 거야?"

간신히 지유를 말린 하나가 일부러 밝게 웃으며 지유를 밀자, 지유가 마지못해 하나가 미는 대로 걸음을 옮겨 자신의 남자친구 옆에 앉았다.

문지유의 온갖 짜증을 몸소 겪었으면서도 아무렇지도 않은 듯 하준은 태연스러운 모습으로 그녀를 향해 물었다.

"그나저나, 오늘은 무슨 일이기에 또 이 난리야? 한동안 잠잠하더니."

"별일 아니야."

"별일 아니긴. 별일이구만. 어? 넌 왜 그러냐?"

"응? 뭐가?"

갑작스러운 질문에 하나가 화들짝 놀라며 되묻자, 하준은 특유의 시니컬한 말투로 대답했다.

"안 좋아 보여서. 어디 아픈 애 같다?"

"아, 아니. 아니야."

"아니긴. 얼굴도 약간 창백한데. 열 나냐?"

이상하다 해열제 먹고 왔는데.

하나가 자신의 얼굴을 만지며 속으로 그리 중얼거렸다. 저 말을 입 밖으로 내뱉었다가는 어떤 사달이 날지 잘 알고 있었으니까.

아침에 눈을 떴을 때는 일어난 게 기적이라는 생각밖에 들지 않았다. 인생 최대의 도박이었지만 그래도 너무나 좋았다. 아직도 그가 자신의 안에 있는 것 같은 그 감각이 너무나 황홀했다. 그리고 눈을 뜨자마자 눈앞에 그의 얼굴이 보이는 것이 너무나 행복했다. 지금 이게 꿈이 아니라, 현실임을 분명하게 증명해 주었으니까.

하지만 그것과 별개로 아차 싶었다. 이 사실을 이 녀석들이 알았다가는 난리가 날 테니까. 그리고, 자신도 계획 없이 무턱대고 저질러 버린 일이었고.

피임도 제대로 하지 않아 일어나서 씻고, 주섬주섬 옷을 주워

입은 다음 그대로 호텔을 나와 약국으로 직행했다. 호텔 앞 약국
인 만큼 이런 일이 익숙했는지 피임약과 해열진통제를 달라는 자
신의 말에 약사는 아무렇지 않은 얼굴로 약을 건네주었다. 저기
물이 있으니 바로 먹으라는 친절까지 더해서 말이다.

어쨌든 의사의 충고대로 약을 먹고 약국을 나온 하나는 그대로
택시를 잡아타고 집으로 가서 옷을 갈아입었다. 약을 먹었지만 여
전히 몸은 무겁고 아팠다. 하지만 쉴 수도 없었다. 당장 가야 할
강의가 있었으니까.

때문에 하준의 말이 당혹스러울 수밖에 없었다. 티를 내지 않
으려고 무던히도 노력했으니까.

"아. 잠을 좀 못 자서 그래."

"그렇담 다행이고. 이다음에 강의 없지? 우리랑 밥 먹고 바로
집에 들어가서 자라. 진짜 안 좋아 보인다."

"응."

대충 얼버무리는 데 성공해 남몰래 속으로 한숨을 내쉬었다.
여기서 걸렸다가는 정말 후환이 두려웠으니. 무엇보다 실망시키
고 싶지 않았다. 자신의 모든 것을 감내하고, 자신의 곁에 꾸준히
있어 준, 유일한 이들이었으니까. 요즘 흔히 있는 일이었지만 다
른 사람도 아닌, 자신이 그런 짓을 했다는 것은 분명 이 녀석들에
게는 아무렇지 않은 일이 아닐 테니까.

하지만 역시 피곤한지 아무렇지 않은 척했지만 하나의 눈이 자
꾸 감겼다. 자꾸 감기는 눈을 간신히 뜨며 곧 있으면 오실 교수
님을 기다리는데 갑자기 강의실이 술렁이기 시작했다.

"……?"

"뭐야? 갑자기 왜 이래?"

"그러게. 대단한 인물이라도 납셨나. 웬만해서는 나오지 않는 반응인데."

갑자기 술렁이는 강의실에 하나뿐 아니라 지유와 하준까지 당황해 문 쪽을 바라보았다.

다른 곳도 아닌 이곳, 한국대인 만큼 이런 상황은 거의 없었으니까. 명문대인 만큼 유명인들이 많았고, 다들 본인의 일에 열중해 이 정도로 강의실이 술렁이는 일은 없었다. 또한 유명인들이 수시로 들락거려 유명인들에게 익숙해져 웬만한 인물이 아니면 미동조차 하지 않는 이 한국대에서 말이다.

이윽고 술렁이는 소리가 점점 더 커지자 강의실 안에 있던 누군가가 믿을 수 없다는 목소리로 중얼거렸다.

"……설마."

"……뭐야, 뭔데."

그 목소리에 앞에 앉아 있던 학생들까지 궁금해져 고개를 돌려 문을 바라보며 궁금해 미치겠다는 듯 중얼거렸다. 그건 하나의 옆에 앉아 있는 지유와 하준도 예외가 아니었다.

하나도 궁금한 것은 마찬가지였지만 워낙 몸 상태가 좋지 않아, 저런 이슈보다는 자신의 몸이 먼저였다. 때문에 나중에 지유와 하준에게 들으면 된다는 안이한 생각으로 그곳에서 시선을 떼고 어떻게든 자꾸 감기는 눈과 금방이라도 엎어질 것 같은 몸을 막으려 애를 썼다.

이제는 아예 고개까지 숙이고 애를 쓰는데 갑자기 술렁이던 것이 딱, 멈췄다. 아무리 신경이 온몸에 가 있다고 해도 그것에 신경을 안 쓸 수 없었다.

갑자기 쥐 죽은 듯 조용해진 강의실에 하나가 천천히 고개를 들었다.

"……!"

하나의 눈이 커다랗게 떠졌다. 그럴 수밖에 없었다. 하나가 고개를 들자 보이는 것은 강의실의 풍경이 아닌, 자신의 앞에 서 있는 한 남자의 허리였으니까. 천천히 시선을 위로 올리자 놀람은 더 커질 수밖에 없었다. 그 사람은 바로 다름 아닌 어젯밤 자신을 탐했던 남자였으니까.

하나가 놀란 것을 뻔히 알면서 강현은 태연스럽게 웃으며 그녀에게 학생증을 내밀었다.

"자."

"……네?"

"두고 간 거."

그 말에 하나가 넋이 나간 얼굴로 천천히 손을 뻗어 학생증을 건네받았다. 자신의 학생증임을 강현이 건넨 순간 눈치챌 수 있었기에 서둘러 그것을 받아 자신의 주머니에 넣고는 재빨리 고맙다는 인사를 건넸다.

"……고맙습니다."

그것으로 끝이라 하나는 그리 생각했다. 그것이 일반적이고 당연한 것이었으니까. 하지만 강현의 생각은 다른 듯했다. 그대로 물러나지 않고, 아예 본격적으로 책상에 손을 얹어 정면으로 넋이 나간 하나의 얼굴을 바라보았으니까.

제정신을 차릴 수 없는 하나를 보며 강현은 여전히 무척이나 태연스러운 얼굴로 입을 열었다.

"그러고 보니 통성명이 아직이더군."

"……네?"

"최강현. 한국대 의대 본과 4학년. 최강현이다."

넋이 나간 하나의 얼굴에다가 통성명을 한 강현은 제정신이 아닌 하나를 향해 무척이나 매력적인 미소를 지으며 선언했다.

"잘 부탁한다, 정하나."

그 순간 하나는 절절히 통감할 수 있었다.

어젯밤 자신이 저지른 일은 어쩌다 이루어진 하룻밤의 도박이 아니라 신데렐라의 환상의 시간이었다는 것을. 그리고 우연히 떨어뜨린 학생증이 자신의 유리구두가 되어 버렸다는 사실을. 그래서 지금 자신의 앞에, 유리구두를 주운 왕자가 기적처럼 나타났다는 것을.

그러면서도 자신이 신데렐라와 다른 것은, 자신은 신데렐라처럼 남을 쉽게 믿지도, 순수하고 착하지도 않다는 것이었다. 그리고 세상은 동화 속처럼 행복하기만 한 세상이 아닌, 세상 그 무엇도 자신의 편이 아닌 세상이라는 것이었다.

그럼에도 눈앞에 서 있는 이 남자가 너무나 사랑스럽다는 불행한 사실에 하나는 고개를 떨굴 수밖에 없었다.

두 번째.
환상은 현실이 되지 못한다

"정하나!!"

"……어."

"야!!"

"아! 어, 어!"

강의가 끝나고도 여전히 정신을 차리지 못하는 하나를 이끌고 난장판이 된 강의실을 헤집고 나온 지유는 재빨리 자신의 옆으로 달려온 자신의 남자친구는 안중에도 없는지 카페 의자에 하나를 앉히고 미친 듯이 이름을 불렀다. 그러자 간신히 정신을 차린 하나가 놀란 얼굴로 지유의 부름에 답을 하며 겁먹은 얼굴로 지유를 바라보았다.

하지만 지유는 지금 겁먹은 하나의 얼굴 따위는 눈에 들어오지도 않았다.

"뭐야! 20초 내로 설명해! 최강현하고 무슨 일이 있었던 거야!"

"야, 그전에 확실히 할 건 확실히 해야지. 그 프린스하고 무슨 사이야."

"그래. 우리 몰래 어떻게 그 왕자님을 알게 된 건데?"

지유와 하준이 가장 이해가 안 되는 것은 바로 그것이었다. 지유와 하준은 쉽게 말해 하나와 어렸을 때부터 함께 지낸 소꿉친구였다. 서로에 대해 모르는 것이 거의 없었다. 때문에 그들이 다른 것도 아니고 하나가 자신들을 제외한 누군가를 만난다는 것이 믿어지지 않았다. 그것도 남자, 거기다 옵션으로 이 한국대 의대의 왕자님인 남자를.

그런 기미도 없었을뿐더러, 정하나는 자신들과 만나거나 강의가 아니면 말 그대로 집에서 사는 재미없는 인생의 대표 주자였으니까. 대학생이면서 그 흔한 클럽 한번 가지 않는 인간이 바로 정하나라는 사람이었다. 그런 정하나가 자신들 몰래 남자를 만나는 것은 있을 수 없는 일이었다.

실제로 그들이 하나를 알게 된 이후로, 그러니까 철이 들었을 때부터 하나는 애인 한번 사귄 적이 없었다. 물론 그것에는 강제가 포함되기는 했지만 본인이 남자에 관심이 없다는 것도 충분히 한몫했다.

그런 정하나가 남자라니. 그것도 이 한국대의 왕자님이라니. 믿을 수가 없는 것은 당연한 것이었다.

여전히 넋이 나가 있는 하나가 결국 오늘 하루 종일 감춰 왔던 것을 술술 내뱉을 뻔하다, 퍼뜩 그것을 깨닫고 그들이 알고 있는 사실만 말해 주었다. 말 그대로, 그들이 본 자신이 아는 현실을.

"……학생증 주워 줬어."

"……뭐?"

"지금 내 귀가 썩은 것 같은데? 있을 수 없는 소리를 들었어. 귀가 이상한가."

"나도. 이비인후과를 가 봐야 될라나."

당연한 그들의 반응에도 하나는 여전히 넋이 나간 얼굴로 다시 한 번 그들의 가슴에 쐐기를 박았다.

"학생증 주워 줬다고. 최강현이라는 남자가."

"……그러니까, 최강현이라는 남자?"

"본인이 아까 자기 소개했잖아. 그럼 맞는 거겠지."

"야!!"

"아, 귀 아파. 그보다 그게 왜 있을 수 없는 소리야?"

아까부터 그것이 궁금했다. 고작 학생증을 주워 갖다 줬을 뿐이다. 지나친 친절이라 볼 수도 있었지만 있을 수 없는 일은 아니었다. 그런데 고작 이런 일로 이만한 반응을 보인다는 것이 하나는 이해가 가지 않았다.

그런 하나의 속이 훤히 보이는지 지유와 하준은 답답하단 얼굴로 가슴을 치며 울분을 토하듯 소리쳤다.

"최강현이니까!!"

"……어?"

그 한마디로 모든 게 해결된다는 확신 가득한 목소리에 하나는 저도 모르게 얼빠진 소리를 내고 말았다. 어쩜 그리 단호하게 말할 수 있는지 신기할 지경이었다.

아무것도 모르는 하나로서는 도무지 이해가 가지 않는 것이었다. 하지만 지유나 하준은 달랐다.

"다른 사람도 아니라 최강현이야! 사람을 사람 취급도 안 하는! 잘나고 잘나셔서 달라붙는 인간들이 수두룩해 인간이라면 질색할 수밖에 없는 인종이라고! 그런 최강현이 바로 앞에서 떨어지는 물건 주워 주는 친절을 발휘할지는 몰라도 그걸 직접 주워다가 찾아서 갖다 주다니, 말도 안 돼!"

"……아."

그 말에 비로소 하나는 지유의 말을 이해할 수 있었다. 그렇다면 지금 지유와 하준의 반응도 충분히 납득이 갔다. 워낙 잘난 사람이다 보니 그의 곁에는 떨어지는 콩고물이라도 얻어먹으려고 달라붙는 속물적인 인간들이 수두룩했고, 덕분에 인간 불신을 넘어서 인간에 아예 관심이 없어진 인종.

그런 환경에서 지내 오다 보면 당연히 인간들이 신물 나기 마련이었다. 본래 성격 탓도 있겠지만 그런 환경에서 살다 보면 당연히 감정이 없어지고 무관심하고 차가워지기 마련이었다. 최강현이라는 사람은 딱 그런 케이스의 사람이었다.

하나의 반응을 본 지유는 하나 역시 지금의 자신과 마찬가지로 아는 것이 하나도 없다는 것을 깨닫고는 현명하게 더 이상 아무것도 캐묻지 않았다.

"……후. 그 인간은 갑자기 너한테 왜 그러는 거래? 보아하니 아는 사이도 아닌 것 같구만."

"……모르겠어."

정말 모르겠다. 다시는 볼일이 없는 것이, 혹여 본다고 해도 알은척하지 않을 것이 분명한 일이었건만, 정말 그답지 않은 행동에 하나는 너무나 혼란스러웠다. 홧김에 건 도박이었지만 이것은 정말로 예상에 없는 일이었다.

자신이 처음이었기는 했지만 그렇다 해도 흔히 있는 원나잇이었다. 그저 하룻밤. 그 하룻밤이 지나면 아무것도 없는 사이. 오로지 섹스 한 번 한 사이였을 뿐이다. 그리고 그것을 가장 많이 이용하는 것이 바로 그였다. 그런데 그런 그가 이런 행동을 하다니 정말 이해할 수가 없었다.

자신이 알은척을 한다고 해도 무시할 남자였으니까. 또, 그것을 당연시 여길 남자였고. 그것조차 모를 정도로 하나는 멍청하지 않았다.

"……진짜?"

"……정말 모르겠어."

아무리 생각해도 답이 나오지 않았다. 왜 그가 자신에게 다가온 것인지, 자신이 다가간다 해도 투명인간 취급하고도 남을 남자가 왜 이런 행동을 하는 것인지, 자신의 머리로는 도무지 알 수 없었다.

그건 자신뿐만 아니라 모두가 마찬가지일 것이라 하나는 자신할 수 있었다. 누구라도 자신과 같은 상황에 처하면 자신과 같은 반응을 보일 테니까.

"……밥이나 먹자. 뭐 먹을래?"

"어디 가지? 가고 싶은 데 있어?"

"……아무 데나."

"너 내가 그 말 하지 말랬지."

아무 데나, 라는 대답에 지유가 신경질적으로 말했다. 지유는 하나의 이런 말을 무척이나 싫어했다. 모든 것을 포기하고 있는 사람 같아서.

그것을 하나도 모르지 않았기에 자제하는 편이었지만 오늘 같은 날은 그것이 마음대로 되지 않았다.

"지금 상황에서 밥이 넘어가면 이상한 거지."

"하긴."

하준의 반박에 쉽게 수긍을 하며 지유는 어쩔 수 없다는 듯이 한숨을 내쉬었다. 하나나 하준도 현재 지유의 심정과 별다르지 않았기에 그런 지유를 나무라지 않았다.

갑자기 우울해지는 분위기에 지유는 온갖 지긋지긋한 상념을 집어 던지고 활기찬 모습으로 돌아와 소리쳤다.

"밥이나 먹으러 가자. 이렇게 머리 맞대고 있어 봤자 답이 나오는 것도 아니고. 문제가 해결되는 것도 아니고."

"그래, 가자. 일어나, 정하나."

"응."

하준의 말에 하나가 입가에 부드럽게 미소를 지으며 자리에서 일어났다. 아까의 혼란스럽고 어두운 모습과는 전혀 다른 모습이었다. 무척이나 편안해 보였다. 행복해 보이기도 했다. 그런 하나의 모습에 지유와 하준도 기분 좋게 웃어 보였다.

정하나라는 사람을 오랫동안 알고 지냈기에 누구보다 하나의 감정에 민감했다. 나이가 들어갈수록 감정이 메말라 가는 것은 어쩔 수 없는 것이라지만, 하나는 어쩔 수 없는 상황에 놓여 그 강도가 배로 심했으니까.

그것이 늘 안타깝고, 안쓰러웠다. 원래 내성적이기는 했어도 밝고 잘 웃던 아이가 어느 순간부터 무기질적인 표정으로 모든 것을 체념한 얼굴을 하니, 어찌 그러지 않겠는가. 하지만 어찌해 줄 수도 없다는 것이 가장 안타까웠다.

같이 있어 주는 것 외에는 해 줄 수 있는 게 아무것도 없었다. 정하나라는 인간은 그것만으로도 충분하다 생각하겠지만, 그래도 사람 마음은 그렇지 않았다. 모든 것을 지켜본 지유와 하준은 더더욱.

그렇기에 걱정스럽고 아무것도 해 줄 수 없는 것이 너무나 원망스러웠다.

"……정하나."

"응?"

"그래도 혹시 모르니까 너무 가까이하지 마. 무슨 일이 벌어질지 모르니까."

하나의 사정을 잘 알고 있었기에 지유는 걱정스레 그 말을 꺼내고 말았다. 그런 지유의 마음을 잘 알고 있는 하나는 안심하라는 듯 웃어 보이며 지유의 말에 답했다.

"걱정하지 마. 알고 있으니까."

누구보다 자신이 가장 잘 알고 있으니까 걱정하지 말라는, 상대를 안심시키는 말이었지만 지유는 그것이 그렇게 밉고 안타까울 수가 없었다. 그것은 걱정을 완화시킴과 동시에 하나의 불우한 현실을 말해 주고 있었으니까. 그리고 그것이 하나가 모든 것을 체념하게 된 원인이었고.

때문에 지유와 하준은 그런 하나의 말에 아무런 말도 할 수가 없었다. 그저 힘없이, 눈앞에 있는 이 아이를 어찌할 줄을 몰라 웃어 보일 뿐.

그것이 그들이 할 수 있는 최선이었다. 그리고 그것을, 하나는 모르지 않았다.

그래서 하나는 애써 일부러 활기차게 소리쳤다.

"밥 먹으러 가자."

그들이 그것에 더 안쓰러워할지언정, 하나가 그들에게 해 줄 수 있는 것이라고는 이것밖에 없었으니까.

"……그래."

그리고 그런 하나의 마음을 너무나 잘 알고 있었기에 지유와 하준은 그런 하나에게 아무런 말도 해 줄 수 없었다.

◈

넋이 나간 하나를 뻔히 알면서도 유유히 자신의 볼일만 보고 자리를 뜬 강현은 집으로 돌아와 샤워를 하고 기분 좋은 얼굴로 침대에 누워 웃음을 터뜨렸다.

"……생각지도 못한 재미를 선사해 주는군."

당연한 반응이었지만 섹스를 할 때조차 보이지 않았던 신선한 반응이 너무나 재밌었다. 악취미라고 비난받아도 할 말이 없었지만 강현은 정말 오랜만에 찾아온 재미에 너무나 즐거웠다.

그 토끼같이 놀란 눈을 보는 순간 웃음이 터져 나올 뻔한 것을 간신히 참아 냈다. 정말 생각지도 못한 귀여운 반응이었다. 그렇게 따지면 지금 자신의 행동이 가장 문제였지만.

스스로도 그것을 잘 알고 있었다. 그렇지만 간만의 재미와 지금 이 상황을 포기할 생각은 없었다. 그랬기에 그녀가 생각하는, 자신이 너무나 당연시 여기고 이용한 원나잇의 법칙을 지키지 않고 먼저 그녀에게 다가간 것이었다.

단 한 번의 섹스였지만 그 정도로 섹스가 좋았던 적은 없었다. 그렇게 절정에 다다라 본 적 역시 한 번도 없었다. 이것이 단순한 우연일지도 모르지만, 왠지 우연은 아닐 것이라는 확신이 들었다. 애초에 스스로가 먼저 그렇게 여자를 탐해 본 적이 없었다. 처음이었다. 자신이 먼저 다가가 안고 싶다 생각한 여자는. 그것마저 우연일 수는 없었다. 그냥 감일지도 모르지만 그런 생각이 들었다.

처음 가게에 들어온 순간부터 눈길이 갔었다. 그저 눈부신 외모 때문이었을지도 모르지만 그것은 분명한 사실이었다. 그리고 노래를 부르는 모습에 관심이 갔고, 호기심이 생겼다. 그리고 무대에서 내려오자 미친 듯이 욕정이 들끓었다. 처음 있는 일이었다. 이 기이한 일을 놓칠 생각은 추호도 없었다.

그랬기에 답지 않다는 것을 알면서도 그녀를 잡았다. 넘어오지 않을 거란 생각 따윈 하지도 않았다. 자신감이 아니었다. 거기까지는 생각이 미치지도 않았던 것이었다.

그리고 그녀는 무기질적인 얼굴로 자신을 올려다보면서도 자신이 뻗은 손을 거부하지 않았다. 섹스 역시 마찬가지였다. 처음이었으니 어색하고 당황했을 것이 분명한데, 실제로도 손길 하나하나에 움찔거렸으면서 자신의 손을 거부하지 않았다.

처음 있는 일이 아니었지만 이상하게 그것이 신경이 쓰이고 관심이 갔다. 그리고 다음 날 아침 눈을 떴을 때의 감각으로 결심을 굳힐 수 있었다. 이대로 끝내고 싶지 않다는 것을. 이대로 끝낼 마음 따위는 추호도 없다는 것을.

이기적이고, 어이없는 행동임을 알았지만 그렇다고 포기할 생각은 없었다. 원래 인간이란 이기적인 생물이 아닌가.

자신을 밀어낼 것이 분명했지만 강현은 그리 간단히 밀려 줄 생각은 없었다. 머리로는 거부해야 한다는 것을 알고 있겠지만, 결국 밀어내지 못할 마음을 본능적으로 눈치채고 있었으니까. 서로 처음 눈이 마주친 그 순간, 서로 끌리고 있다는 것을 이미 깨닫고 있었으니까.

"……각오하라고."

그녀가 어떤 상황에 처해 있는지, 어떤 마음으로 자신을 받아들였는지 전혀 알지 못한 채 그때의 강현은 그리 쉽게 생각했었다. 이성이 서로 끌린다면 맞닿는 것은 정말로 순식간이었으니까.

때문에 그때는 알지 못했다. 서로 끌려 맞닿는 것이 순식간인만큼 그만큼의 대가와 무게가 존재한다는 것을. 그리고 그 무게는 상상할 수 없을 정도로 빠르게 자신을 좀먹어 간다는 것을. 그것을 알기에 그녀가 자신을 밀어낸다는 것을.

그때의 아무것도 알지 못했던 강현은 그것을 깨닫지 못하고 있었다. 그것이 훗날 어떠한 결과를 불러올지 모른 채.

"……자, 이제 어쩔까."

그녀를 보러 갈 생각에 기분 좋게 웃고만 있었다.

◇

"……망할."

"문지유, 말 곱게 쓰자. 너도 이제 24살이야. 의대 3학년."

"지금 이 상황에서 곱게 말이 튀어나올 것 같냐?"

"하긴."

집으로 돌아오자 지유는 메고 있던 가방을 아무렇게나 내팽개치며 신경질적으로 욕을 내뱉었다.

그 모습에 하준이 여자애가 말투가 그게 뭐냐며 타박을 하자, 지유는 되레 뻔뻔하게 하준을 노려보며 반박을 했다. 금방이라도 누구 하나 죽일 듯한 분위기에 기가 죽을 법도 했지만 하준은 아무렇지 않게 지유의 반박에 쉽게 수긍을 하며 고개를 끄덕였다.

그 모습에 본인이 더 진이 빠졌는지 지유가 짜증스런 얼굴로 소파에 털썩- 주저앉았다. 지유가 소파에 앉자 하준도 쪼르르 다가와 지유의 옆에 앉았다. 하준이 소파에 앉자, 자연스럽게 하준의 허벅지를 베고 누운 지유는 편하게 자리를 잡고 눈을 감았다.

아예 그대로 잘 것 같은 페이스에 하준은 정말 어쩔 수 없다는 듯이 웃어 보이면서 눈을 감은 지유를 그대로 내버려 두었다. 그리고 부드럽게 지유의 머리칼을 쓸었다.

그런 하준의 손길을 그대로 즐기고 있던 지유는 어느 정도 기분이 좋아진 듯 편안한 얼굴로 입을 열었다.

"정하준."

"응?"

"어떻게 생각해?"

앞뒤 다 빼먹은 질문에도 지유가 하고자 하는 말을 찰떡같이 알아들은 하준은 잠시 고민하는 듯한 얼굴을 하다가 작게 한숨을 내쉬며 답했다.

"복잡 미묘하지."

"……크게 벌어지진 않겠지?"

불안한 듯한 지유의 목소리에 하준은 그래도 일단은 괜찮지 않냐는 얼굴로 말했다.

"일단 녀석 귀에 들어가지만 않으면? 그래 봤자 학생증 주워 준 정도니까 의심스럽기는 해도 그 뒤로 뭐만 없으면 무슨 일이야 생기겠어? 일단 상대가 상대기도 하고."

"그렇긴 하지만 반대로 의심 살 수도 있어."

그 반대로 역효과가 날 수 있다는 지유의 말에 하준 역시 그 점을 모르지 않았지만 그래도 일단은 이쪽이 가지고 있는 것이 있으니 걱정 말라는 듯 말했다.

"그래도 어쩔 수는 없겠지. 일단 서자라고 해도 총애받는 건 그쪽이니까. 뭐, 본인이 워낙 쓰레기기도 하고."

"……후."

하준의 말에 지유는 그래도 좀 안심이 되었는지 아니면 자포자기를 한 건지 다시 편하게 자리를 잡으면서 한숨을 내쉬었다. 지유가 어떤 심정인지 모르지 않았기에 하준은 입가에 부드럽게 미소를 지으며 그녀를 내려다보았다.

남자친구가 눈앞에 있는 여자의 행동인지 의심스러울 정도로 무척이나 편한 그 모습에 하준은 순간 하나보다 눈앞에 있는 이 여자가 문제가 아닐까, 라는 생각을 했다. 뭐, 이런 여자도 좋다고 쫓아다니는 자신도 문제였지만.

"그래도 일단 입단속은 시켜야겠지."

"벌써 다 해 놨어. 최강현 정도 되니까 정하나를 모르지. 웬만한 인간들은 정하나가 어떤 앤지 아니까. 확인되지도 않은 걸로 괜히 입 놀려서 사람 힘들게 하지 말라고 하니 다들 다 쉽게 입 꿰매더라."

하나가 있던 곳은 서울에서 손꼽히는 명문고였다. 때문에 한국대에 온 재학생이 많았기에 하나가 어떤 상황에 처했는지 유명할 수밖에 없었다. 워낙 본인 자체가 유명하기도 했지만. 때문에 다들 하나의 사정을 알기에 조용히 입을 다물어 준 것이다. 웬만하면 절대 그러지 않았겠지만 그들도 하나가 안쓰럽기는 했으니까.

지유는 그것을 좋아하지 않았지만 이럴 때는 참으로 유용하다 싶었다. 괜히 함부로 입 놀리고 다녔다가는 어떤 사태가 벌어질지 상상조차 하기 싫었으니.

"망할 새끼!"

지유가 욕하는 이가 누군지 잘 알고 있기에 하준은 지유가 욕을 했음에도 말리지 않았다. 오히려 욕을 해도 된다고 할 정도였다. 하준 역시 지유가 욕하는 이를 싫어하기는 마찬가지였으니까. 싫어하는 수준이 아니라 거의 경멸 수준이었지만.

하나의 곁에 있는 이들을 모조리 쫓아낸 것도 모자라 소꿉친구인 자신들까지 없애려 했던 새끼였다. 토악질이 나올 지경이었다. 남녀를 가리지 않고 어떻게든 하나의 곁에서 떨어뜨리더니, 하다 하다 소꿉친구인 자신들까지 떨어뜨리려 별짓을 다 했었다. 그 방법이 하도 더럽고 영악해 웃음이 나올 지경이었다.

그 갖은 압박에도 꿋꿋이 하나의 곁을 지켜 이제는 녀석도 포기한 듯하지만, 그전까지는 정말 하루하루가 사투였다. 특히 남자인 하준은 더 심했다. 이미 중3 때부터 지유와 사귀고 있던 사이였음에도 불구하고 온갖 개지랄을 떨었었다. 정말 친한 소꿉친구, 그 이상 이하도 아니었건만 무슨 지유가 있으면서 하나를 노리는 파렴치한 취급을 했었다. 오죽하면 하준이 욕까지 했을까.

지유가 입에 현란한 욕을 장착하게 된 것도 다 그 녀석 덕분이었다. 시간이 이 정도 지났으면 포기할 법도 하건만 포기하기는커녕 강력하게 자신의 것이라 주장하는 녀석에게 신물이 났다.

"누가 안 죽여 주나."

"글쎄. 그래도 꼴에 잘난 놈이라."

"부모가 잘난 거지. 부모 빼면 쥐뿔도 없는 새끼가."

"하긴."

그래도 위협적인 것은 사실이었다. 특히 하나에게는. 그것이 비극이었다.

그리고 그것이 늘 하나의 발목을 잡았다. 절대 한순간도 느슨

해지는 법이 없었다. 조금의 틈조차 주지 않았다. 생전 찾지 않던 신에게 어쩜 그리 매정할 수 있냐고 비난할 정도로.

"……정하준."

"왜."

"환상이…… 현실이 될 수 있을까?"

환상이라도, 한순간의 신기루일지라도 하나가 행복한 순간이 있길 바랐다. 누군가를 사랑하고, 누군가에게 사랑받는 순간이 있기를 바랐다. 그리고 그것이 현실로 이루어지기를 간절히 바랐다. 이루어지지 않을 것이란 걸 알면서도 한 가닥의 희망이라도 붙잡고 싶었다.

그런 지유의 바람을 읽은 하준은 울지도 웃지도 못하는 얼굴로 소파에 편히 몸을 뉘었다. 그리고 본인 역시 지유와 같은 바람이었기에 같은 마음으로 답했다.

"아니. 하지만……."

"……응?"

"애초에 환상이 아니라 현실로 일어날 수 있잖아. 아주 적은 확률이지만."

환상은 현실이 되지 못한다. 그것은 어린아이라도 알 수 있는 사실이었다. 하지만 두 사람이 바라는 것은 환상이 아니라 현실에서 일어날 수 있는 것이었다. 비록 무척이나 적은 확률이었지만.

그때의 하나는 알지 못한 그것을, 그 두 사람은 그것을 깨닫고 서로 기분 좋게 웃어 보일 수 있었다.

언젠가 일어날 현실을, 간절히 바라며.

강의가 끝나고 곧바로 집으로 들어가 숙면을 취한 하나는 덕분에 다음 날 개운한 얼굴로 침대에서 일어날 수 있었다. 하지만 몸만큼 마음은 개운하지 못했다. 아무것도 해결된 것이 없으니 오죽했겠는가.

"……아. 아침인가."

하물며 오늘도 강의가 있어 학교에 가야만 했다. 학교가 가기 싫었던 적은 많았지만 이렇게 학교 가기가 난감하고 싫었던 적은 없던 것 같았다. 마음 같아서는 정말 오늘 하루 빠지고 싶었지만 하필 오늘은 깐깐하기로 유명한 김 교수님 강의여서 빠질 수도 없었다.

"……하아."

정말 이해가 되지 않았다. 어떤 마음으로 내게 다가왔는지 알 수가 없었다. 지유의 말대로 그 남자의 성격상 그냥 떨어진 학생증을 주워다 주었을 리는 만무했다. 그건 굳이 지유의 설명을 듣지 않아도 본능적으로 알 수 있었다. 차가운 사람이었으니까. 차갑고 무관심한 사람의 대표명사였으니까.

그런 그가 학생증을 핑계로 자신에게 다가왔다는 것을 믿을 수는 없었지만 단지 학생증을 주워 준 것이 아니라는 것은 확실했다. 그냥 그의 심심풀이였다고 하기에도 그 행동은 정말 그답지 않은 행동이었다.

'잘 부탁한다, 정하나.'

대체 이건 어떤 의미일까.

그렇게 고민하면서도 하나는 그가 어떤 의미로든 스스로 자신에게 다가왔다는 것이 너무나 좋았다. 이러면 안 된다는 것을 알면서도 자꾸만 가슴이 설레었다. 행복했다, 정말로.

이렇게 고민하고 혼란스러워하면서도 마음속 한 켠으로는 그것을 기뻐하고 있다는 이질적인 사실에 정신을 차릴 수 없었다. 이미 오래전에 눈치채 버린 감정 때문임을 알지만 그래도 이런 이중적인 자신의 마음에 도무지 적응이 되지 않았다.

"……아. 정말."

그러면서도 결국 그를 만나기를 기대하며 학교 갈 준비를 마치고 발걸음을 옮기는 자신의 모습을 깨닫고는 하나는 정말 어쩔 수 없다는 듯 작게 웃음을 터뜨렸다. 그렇게 기분이 나빠 보이지 않았다. 아니, 오히려 좋아 보였다.

"……후."

이것이 한순간의 신기루 같은 환상임을 모르지 않았다. 그래도 이상하게 자꾸 들뜨는 마음은 어찌할 수가 없었다.

정말 중증이었다.

◆

강의하는 교수의 목소리가 교실 안을 메우고 있었지만 하나의 귀에 들어올 리 만무했다. 지금이 정신학 수업인지 철학 수업인지

구분조차 하지 못했다. 눈으로 그를 찾느라 바빴으니까. 그리고 그가 없다는 사실에 실망했다.

그를 보지 않길 바랐으면서 또 이렇게 본능적으로 그를 찾고, 그가 없다는 사실에 실망을 하다니. 스스로가 생각해도 우스운지 하나는 헛웃음을 흘렸다.

지유나 하준이 이상하다는 시선을 보내왔지만 어제 오늘 혼란스러운 머릿속과 누군가가 아주 제대로 헤집고 간 마음 덕분에 그런 둘을 신경 쓸 신경이 남아 있지 않았다.

오전부터 오후까지 풀로 있던 강의가 끝났음에도 하나의 상태는 여전했다. 지유와 하준이 기본 3번 이상 불러야 비로소 대답을 할 정도였다.

그런 하나가 걱정돼, 지유와 하준이 강의가 다 끝나자마자 하나에게 물었다.

"야. 너 집에 가 쉬어라. 오늘따라 왜 이렇게 정신줄을 줄줄 흘리고 다니냐."

"그래. 하도 흘리고 다녀서 큰일 날 거 같다. 얼른 가라."

그들의 말이 고맙기는 했지만 불행히도 하나는 그들의 충고를 따를 수 없는 입장이었다.

"나 병원 가야 해. 교수님 호출."

"그놈의 교수님. 하여간 쥐뿔도 도움이 안 돼."

"하하. 야, 그래도 교수님이야."

걱정스러워하는 둘을 뒤로 보내고 병원으로 들어간 하나는 의사의 상징이라고 하는 가운을 걸치고 정신과 병동으로 들어섰다.

그리고 이제는 익숙하게 발걸음을 놀려 자신이 요 몇 달간 드나들었던 병실의 문을 열고 안으로 들어가 그 안에 있는 환자에게 부드럽게 웃으며 인사를 건넸다.

"안녕하세요, 은지 씨."

"아, 선생님 오셨어요."

그러자 병실 안에 있던 환자복을 입은 25살 정도 되어 보이는 여자가 반갑게 하나를 맞이했다.

"저 선생님 아니라니까요."

"그래도 의대 다니시고 지금은 제 담당이시잖아요."

이 은지라는 환자는 우울증이 심해 부모가 억지로 정신병동에 입원시킨 케이스였다. 자살 시도가 벌써 10번이 넘는, 정신병동에서도 주의 환자로 분류되는 심각한 환자였다. 하나가 이 환자를 맞게 된 건 처음 실습을 나왔을 때, 우연치 않게 일어난 사건 덕이었다.

처음 실습을 왔을 때 길을 잃어 우연치 않게 정신과 병동으로 발을 들였다.

그때, 사건이 터졌었다. 눈앞에 있는 이 여자가 자살 시도를 한 것이었다. 자살을 하려 한 것을 우연치 않게 하나가 가장 먼저 발견을 했다. 하나가 가운을 입고 있자, 하나를 의사로 착각한 여자가 어찌할 줄 몰라 가만히 서 있는 하나에게 칼을 드밀며 소리쳤다.

'저리 가! 저리 가라고!'

그건 발악이었다. 제발 나 좀 내버려 두라며, 더 이상 고통받기 싫다며 울부짖는 외침이었다. 그것이 지난날의 자신과 너무나 겹쳐 보여 하나는 저도 모르게 눈앞에 있는 환자가 아니라, 눈앞에 그 환자와 겹쳐 보이는 지난날 자신에게 묻고 말았다.

'……죽으면, 정말로 끝인가요? 편해질 수…… 행복해질 수 있나요?'

'……!'

'정말…… 그렇게 될 수 있나요?'

그것은 눈앞에 있는 여자에게가 아니라 자기 자신에게 한 말이었다. 하지만 그 말에 놀란 환자는 그대로 자신이 들고 있던 칼을 바닥에 내려놓았다. 그리고 그때, 뒤늦게 이것을 알고 의사들이 달려왔다. 곧 빠르게 상황이 정리되자, 더 이상 이 자리에 있을 필요가 없다는 생각에 하나는 망설임 없이 그곳에서 등을 돌렸다. 더 있었다가는 지난날에 자신을 더 마주하게 될 것 같아서. 더 이상 지난날의 자신을 마주할 자신도, 생각도 없었다.

하지만 결국 그럴 수 없었다. 언제 곁에 온 것인지 환자가 하나의 가운을 꼭 붙들고 있었으니까. 갑작스러운 상황에 이러지도 저러지도 못하는데 뒤늦게 그곳에 도착한 교수가 하나에게 제안했다.

'네가 맡아 보지 않으련?'

'……네?'

처음에는 이게 무슨 소리인가 했다. 자신을 가르치고 있는 정신과 교수이기도 한 정 교수는 원래 좀 뜬금없는 사람이었지만 설마 이런 제안을 할 줄은 몰랐다.

말도 안 되는 제안에 하나는 물론, 다른 정신과 의사들까지 놀라 얼이 빠져 있는데 정 교수는 태연스러운 얼굴로 하나를 향해 말했다.

'네 실습 점수는 만점을 주마. 다른 정신과 실습은 하지 않아도 된다. 그러니 그 환자를 맡아 주렴. 보아하니 그 환자도 너를 따르는 것 같고. 네 곁에 있으면 안정을 찾는 것 같구나.'

그 말에 하나는 자신을 붙들고 있는 환자를 바라보았다. 그리고 어린아이처럼 맹목적으로 자신의 가운을 붙들고 있는 환자를 보고는 결국 고개를 끄덕일 수밖에 없었다. 그래서 결국 하나는 이 환자의 담당의가 되어 어느덧 4개월을 이 환자와 함께 보내게 되었다. 있는 얘기 없는 얘기를 다 하며 친구로 지내고 있는 실상이었지만.

"잘 지냈어요?"

"저번에 엄마가 마카롱 사다 줬는데 그거 무지 맛있더라구요."

"정말요? 어디 건데요?"

"음. 이름은 기억 안 나는데."

"어머니에게 말씀드려 놓을 테니까 다음에는 이름 알려 주세요. 친구가 그런 거에 환장하거든요."

"네!"

활기찬 대답에 하나가 기분 좋게 웃으며 은지의 머리를 쓰다듬자 은지 역시 해맑게 웃으며 하나를 바라보았다. 우울증 환자였지만 지난 4개월 동안 약도 잘 먹고 제대로 치료를 받다 보니 많이 좋아진 모습이었다.

아직은 미숙했기 때문에 약치료까지 자신이 맡은 것은 아니었지만 그래도 전반적으로 자신이 치료한 환자였기에 은지가 많이 좋아진 모습을 보니 하나도 기분이 좋아졌다. 전혀 웃을 상황이 아니었음에도 부드럽게 미소를 지을 만큼.

하지만 은지의 눈에는 보였나 보다.

"선생님, 오늘은 무슨 일 있으세요?"

"네?"

"얼굴이 안 좋아 보여서요."

워낙 사람의 감정에 민감하다 보니 감췄다고 해도 금방 들키고 말았다. 그래도 환자에게까지 걱정을 시키다니 의사로서 정말 실격이구나, 라고 생각하며 하나는 재빨리 표정 관리를 했다.

"좀, 그렇게 티 나요?"

"아니요. 그냥 오늘은 평소하고 다르게 좀 혼란스러운 것 같아서요."

"은지 씨야말로 오늘 기분이 좋아 보이는데 무슨 일 있었어요? 아, 드디어 고백했어요?"

"아, 선생님!!"

그 말에 토마토처럼 얼굴이 붉어지는 은지의 모습에 하나는 기분 좋게 웃음을 터뜨렸다. 하나가 웃음을 터뜨리자 더 얼굴이 붉어진 은지가 웃지 말라고 소리쳤지만 하나의 웃음은 멈출 줄 몰랐다.

"축하해요. 드디어 사랑이 이루어졌네."

"선생님은요? 보아하니 무슨 일 있는 거 같은데. 선생님이 좋아하는 남자 때문이죠?"

"……어?"

"당황해하는 거 보니까 맞네."

은지가 역시 그럴 줄 알았다며 고개를 끄덕이자, 하나는 정말

이길 수가 없다며 고개를 절레절레 흔들었다.

"하여간. 이런 쪽으로는 귀신이라니까."

"내가 누군데요. 드디어 그 남자가 움직인 거 맞죠? 세상에 선생님을 보고 아무 행동도 안 하면 남자가 아니라니까요."

"은지 씨는 드라마를 좀 끊는 게 좋겠어."

"헐. 내 삶의 낙을. 너무하시는 거 아니에요?"

어떻게 그러실 수 있냐는 은지의 힐난에 하나가 다시 기분 좋게 웃음을 터뜨리자 그런 하나의 모습을 가만히 바라보던 은지는 부드럽게 미소를 지으며 말했다.

"선생님, 선생님이 그때 그러셨잖아요. 죽으면 정말 끝이냐고."

"……?"

"지금 대답해 드릴게요. 아니에요. 죽어도 아무것도 해결되지 않아요. 아시겠지만."

그 말에 하나가 웃음을 멈추고는 알 수 없는 얼굴로 은지를 바라보았다. 그런 하나를 보며 은지는 계속해서 말을 이어갔다.

"행복도 살아 있어야 느끼는 거예요. 그리고 저는 그날 선생님의 말 덕분에 바라보기만 하던 환상이 현실이 됐어요. 사랑하는 사람이 생겼고, 세상이 예전처럼 괴롭지 않아요."

"……."

"선생님, 환상이 현실이 되지는 못하지만 환상 같은 현실은 분명 존재해요. 언젠가 선생님에게도 그런 날이 올 거예요. 아니, 왔으면 좋겠어요. 선생님이 제게 맛보게 해 주신 것처럼. 누군가 선생님을 그런 날로 인도해 주었으면 좋겠어요."

그렇게 말하며 환하게 웃는 은지를 보며 하나는 아무 말도 할수 없었다. 그저 꿈처럼, 그날 세상의 가장 밑에 있던 사람이 빛의 세계로 돌아와 환하게 빛이 나는 그 모습이 너무나 눈부셔 눈물이 날 것 같았다.

◆

"타."

병원을 나오자 언제부터 와 있었는지 강현이 병원 앞에 차를대고 기다리고 있었다. 차에 타라는 강현의 말에 하나는 몇 번의망설임 끝에 결국 차에 올라탔다. 타고 싶지 않은 마음이었지만그 마음보다는 궁금증이 더 컸으니까. 그리고 계속 이대로 있는것도 무리였다. 어떻게든 결론을 지어야 했고 말이다.

하나가 차에 올라타자 강현이 시동을 걸고 차를 몰아 병원을빠져나갔다. 어디를 가는지는 모르겠지만 강현이 자신에게 무슨짓을 하지 않을 것이라는 확신이 있었다. 그럴 만한 사람이 아니었으니까. 고작 하룻밤을 함께한 것뿐이었지만 자신할 수 있었다.

그리고 그렇게 강현이 하나를 데리고 도착한 곳은 한 오피스텔이었다. 왜 이곳으로 온 건지 몰라 하나가 어리둥절해하는데 강현은 태연스럽게 차에서 내렸다.

강현이 차에서 내리자 하나도 강현을 따라 서둘러 차에서 내렸다. 하나가 자신을 따라 차에서 내리자 강현은 아무 말도 하지 않고 하나를 향해 손을 내밀었다. 왜 자신에게 손을 내미는지는 모르겠지만 그것이 무엇을 의미하는지는 분명하게 알아챈 하나는 망설였다. 저 손을 잡아야 하는지. 혼란스럽고 불안하면서도 하나는 그 손을 잡았다.

지금 자신에게 선택지란 그것밖에 없는 것 같았기에. 그것도 있었지만 사실 그저 그의 손을 잡고 싶었는지도 몰랐다. 그 증거로 하나는 지금 어떤 상황인지도 그가 왜 자신에게 손을 내밀었는지도 모르면서 마주 잡은 그 손에, 손에서 느껴지는 따스한 체온에 가슴이 설레었다.

그런 하나의 마음을 아는지 모르는지 하나가 자신의 손을 잡자 그 손을 마주 잡으며 자연스럽게 걸음을 옮겼다.

하지만 입가에는 분명 희미하지만 미소가 감돌고 있었다.

"……여긴."

"내 오피스텔."

예상은 했지만 설마설마했던 것이 현실로 닥치자 하나는 당황해 어찌할 줄을 몰랐다. 차라리 호텔이 더 마음이 편할 거 같았다. 호텔이었다면, 그래, 라고 스스로를 다독일 수 있었으니까.

미친 듯이 뛰는 가슴과 혼란한 머릿속 덕분에 제대로 정신을 차릴 수 없는 하나였지만 얼굴에는 그 어떤 것도 나타나지 않았다. 하나에게는 기가 막힌 행운이었다. 하나는 태어나서 처음으로 감정 표현에 서툰 자신에게 감사했다.

겉으로만 무표정하고 태연했지 속으로는 어찌할 줄 몰라 정신을 차릴 수 없는 하나를 아는지 모르는지 강현은 그것이 마음에 들지 않는지 살짝 미간을 찌푸렸다. 그러다 다시 평소의 얼굴로 돌아왔다. 원래 이런 여자였다며 스스로를 다독이며.

"정하나."

"네."

그가 자신을 부르자 하나는 저도 모르게 바짝 긴장하고 말았다. 물론 티는 전혀 나지 않았지만. 드디어 그의 생각을 알게 되는 것이었다.

그의 입에서 나오는 한 마디 한 마디에 천국과 지옥을 오갔지만 그래도 언젠가는 알아야 할 것들이었다. 어차피 겪어야 할 것이라면 매도 일찍 맞는 게 낫다고, 얼른 끝내는 것이 나았다.

"앞으로도 계속 이곳에 올 생각 없어?"

"……네?"

당황한 것을 티 내지 않으려 무던히도 노력했건만, 저도 모르게 하나는 그대로 감정을 내비치며 강현이 한 말을 되묻고 말았다. 그것을 깨닫고 아차, 싶었지만 이미 늦은 일이었다. 강현의 얼굴에 미소가 감돌고 있었으니까.

"계속 나랑 만날 생각 없냐고 묻는 거야."

"……어째서요?"

그것이 너무나 궁금하고 이해가 가지 않았다. 대체 왜? 어째서? 그가 자신을 계속 만날 이유가 없지 않은가. 그에게는 널리고 널린 게 여자들일 텐데. 그런 하나의 마음을 눈치챘는지 강현은 태연스럽게 하나의 질문에 답을 했다.

"네가 마음에 들었으니까."

"……섹스가요?"

"뭐, 그것도 없진 않지. 그것보단 너란 여자에게 관심이 가서 말이야."

그 말에 있을 수는 없지만 혹시나 하는 마음에 하나가 강현에 게 물었다.

"……나랑 사귀자는 건가요?"

"설마."

당연스레 돌아오는 대답에 하나는 그럼 그렇지, 라며 고개를 끄덕이면서도 그 말에 실망하는 자신의 모습에 환멸을 느꼈다. 한 두 번 겪은 일도 아니고, 당연스러운 일이건만 이런 거에 상처받 는 자신은 정말 적응이 되지 않았고, 싫었다. 티가 나지 않는 것 이 천운이었다.

그런 하나의 마음은 쥐뿔도 모른 채 강현은 아무렇지 않게 자 기 할 말을 이어 나갔다.

"그렇게 옭매는 건 질색이야. 너도 그렇잖아?"

"……그건 그렇죠."

그건 하나도 부정할 수 없는 말이었다. 그리고 무엇보다 자신은 그와 사귈 수 없었다. 누구보다 자신이 그것을 잘 알고 있었다.

그럼에도 실망하고 만다. 이 빌어먹을 감정이 그리 만들어 주 고 있었다. 정말 원망스럽고 도움 하나 되지 않는 감정이었다. 그 러면서도 또 그 감정을 버릴 수도, 잃고 싶지도 않은 아이러니한 자신의 마음을 하나는 스스로도 이해할 수가 없었다.

"그럼 섹스프렌드가 되자는 거예요?"

"뭐라 정의하기 어렵지만 그럴 수도 있어. 근데 나는 너랑 그냥 섹스만 할 생각 없거든."

"그럼요?"

"음. 그건 차차 겪어 보면 알겠지. 나도 뭐라 정의하기 어렵거든."

진심인 것 같았다. 이럴 때는 좀 허풍이라든가, 꾸밈을 좀 섞어도 되건만 한 치의 꾸밈도 없는 진심이었다. 이 남자의 이런 모습을 좋아했으면서도 이 남자의 말에 하나는 저도 모르게 고개를 절레 저었다. 하지만 그리 기분은 나쁘지 않은 듯한 모습이었다. 오히려 좋아 보였다. 어딘가 즐거워 보였다.

그 모습에 강현 역시 피식- 웃음을 흘리며 하나를 향해 다시 한 번 되물었다. 이것이 마지막 기회라는 듯이. 하나가 거절하지 않을 것이라는, 아니, 그것보다는 어딘가 자신감이 넘치는 말투였다.

"그래서, 어떻게 하겠어?"

자신감이 넘치는, 오만하기 짝이 없는 그 모습에 하나는 정말 어쩔 수 없다는 듯이 웃음을 터뜨렸다. 머리로는 안 된다는 것을 알고 있었지만 이미 늦어 버린 듯했다. 이미, 아니, 처음 이 남자의 곁에 다가간 순간부터 돌이킬 수 없었던 듯했다. 그래서 하나는 안 된다는 것을 알면서 충동적으로 그가 내민 손을 잡았다. 처음 그의 제안을 받아들였던 것처럼.

"그거…… 나한테 선택권이 있는 건가요?"

"그것도 그렇군."

"어지간히 못됐어요."

그 말에 강현이 재밌다는 듯 웃음을 흘리며 하나의 말을 맞받아쳤다. 하나마저 웃음이 터져 나올 정도로.

"이미 알고 있는 거 아닌가?"

"……뭐."

환상은 현실이 되지 못한다. 어린아이도 아는 현실이었다. 그것을 뻔히 알지만 하나는 이 환상 같은 현실을 한번 잡아 볼 생각이었다.

이 꿈같은 환상을 조금이라도 더 맛보고 싶었다. 안 된다는 것을 알면서도 이미 한번 맛본 이상 멈출 수가 없었다. 어차피 멈출 수가 없다는 것을 자각한 이상, 이 끝이 어떻게 되더라도 한번 끝까지 가 볼 생각이었다.

"……어?"

"뭘 그렇게 놀래?"

"갑자기 누군가 끌어당기면 당연히 놀라는 거 아닌가요?"

어차피 끝은 불행인 거, 조금이라도 더 이 행복함을 맛보고 싶었으니까. 강한 힘으로 자신을 끌어안는 그 소름 끼치도록 따스한 품이 너무나 좋았다. 모든 것을 다 걸 정도로. 이것이 환상이라도 좋았다. 언젠가 깨어질 신기루라 해도 좋았다.

한순간이라도 마음껏 이 사람을 사랑할 수만 있다면 뭐든 좋았다.

"좋네. 생각보다."

"저두요."

그게 설령 지옥의 나락으로 떨어지는 일이라고 해도.

세 번째.
이해할 수 없는 관계

　

"……그만. 더, 더는…… 못…… 못 해!"

"조금만. 조금만 더."

그 뒤로 이어진 건 당연 섹스였다. 하지만 어느 때보다 집요하고 정열적인 섹스에 지금까지 한 번도 강현을 거부하지 않던 하나는 그의 품에서 벗어나려 필사적이었다. 강현에게서 도망치려 있는 힘, 없는 힘을 끌어 모아 침대 위로 올라갔지만 그때마다 너무나 쉽게 강현이 허리를 잡아끌어 전부 헛수고로 만들어 주었다.

벌써 몇 번째 절정인지 하나는 셀 수도 없었다. 워낙 전륜해 한 번만 해도 진이 다 빠지는데, 심지어 두 번째 섹스였다. 그런데 이쪽 사정은 봐주지 않고, 있는 대로 밀어붙이니 하나로서는 정말 죽을 맛이었다.

그럼에도 그가 주는 쾌락은 언제나 그렇듯 너무나 황홀했다. 너무나 황홀해서 정신을 차릴 수 없었다.

"……시, 싫어. 이젠……."

"미안. 조금만."

"……거, 거짓말…… 거짓말쟁이."

전혀, 조금도 식지 않은 눈동자에 하나가 답지 않게 눈가에 눈물을 그렁그렁 매단 채 강현을 비난했다.

하지만 그건 강현도 쉽게 인정할 수밖에 없었다. 자신이 생각해도 거짓말이었으니까. 그냥 하나를 달랠 사탕 발린 말에 불과했다. 조금만 더, 라는 말은.

하나의 말에 강현은 그러네, 라며 쉽게 수긍하고 다시 본인의 욕구를 채우기 시작했다.

"아! 하아! 앗! 웃. 응!"

"……하아."

강현도 사실 알고 있었다. 이미 하나의 체력이 한계에 다다랐다는 걸. 하지만 그럼에도 멈출 수가 없었다. 처음이었다. 이렇게 자신의 욕구를 제어할 수 없었던 것은. 아니, 애초에 어떤 여자에게서도 이런 욕구를 느껴 본 적이 없었다. 그저 기본적인, 생리적인 욕구로 인해 안았을 뿐.

왜 이 여자에게만 이런 기분이 드는 것일까. 왜 이 여자를 더 맛보고 싶고, 자신의 것으로 채우고 싶을까. 그것은 강현으로서는 알 수 없는 것이었다.

하지만 상관없었다. 체력이 한계에 다다라, 쾌락마저도 힘들어하는 상태에서도 자신을 밀어낼지언정, 자신을 거부하지 않는 그녀가 자신의 품 안에 있었으니. 어쩌면 그렇기에 더더욱 멈출 수 없는지도 몰랐다.

"······이번, 이번이 마지막이야."

"······하아······ 그 말을 어떻게 믿어요."

"정말이야. 그러니까 조금만 더 버텨 봐."

"······정말."

이미 진이 다 빠져 있는 그녀에게 억지라는 것을 잘 알고 있었지만 그래도 멈출 수가 없었다. 어찌 멈출 수 있겠는가. 너무나 안고 싶은, 매력적인 상대가 지금 자신의 품 안에서, 한계라는 것을 알면서도 마지못해 자신을 끌어안아 주고 있는데.

그리고 결국 어쩔 수 없다고 고개를 절레 저으면서도 자신의 억지를 받아 주는 하나의 모습에 강현은 저도 모르게 환하게 웃고 말았다.

본인이 그것을 알지 못했지만 말이다. 하지만 그것을 보아야 할, 가장 중요한 이는 그것을 똑똑히 보고 있었다.

정말 눈물이 흘러내릴 만큼 사랑스러운 미소였다.

◘

"······역시, 심했나."

알긴 아는 모양이었다. 결국 견디다 못해 기절해 버린 하나의 얼굴을 내려다보며 강현이 중얼거렸다. 땀에 흠뻑 젖은 데다 몇 시간인지 모를 시간 동안 괴롭힘을 당해 수척한 얼굴이었음에도 하나는 예뻤다. 아니, 강현의 눈에는 그 어느 때보다 사랑스러워 보였다.

강현은 스스로가 생각해도 정말 우스운 그런 생각을 하며 작게 웃음을 터뜨렸다.

보고만 있어도 너무나 재미있었다. 이런 여자가 있을 줄은 꿈에도 몰랐다. 이런 여자가 자신의 앞에 나타날 일은 평생 없을 줄 알았다. 변덕이었다. 인정한다. 그저 한순간의 호기심이 불러낸 변덕과, 그 변덕이 만들어 낸 충동이었을 뿐이다. 그 충동이 행동으로 이뤄져 지금의 여기까지 온 것이었다.

자신이 왜 이런 짓을 하는지는 자신도 알 수가 없었다. 자신도 자신이 무엇을 하고 싶은지, 이 여자를 어쩌고 싶은지 알 수가 없었다. 만약 누군가 왜 이런 짓을 하냐고 묻는다면, 자랑은 아니지만 담담하게 자신도 모른다고 대답할 수 있었다. 이 마지막에 무엇이 있는지, 지금의 이 상태가 어떻게 변할지는 아무도 모른다. 어쩌면 의외로 쉽게 질려 버릴 수도 있었다.

이렇게 관심이 간 것은 처음이었지만 언제나 그랬듯 의외로 쉽게 질릴 수 있으니까. 직접 겪어 보았기 때문에 누구보다 그것을 잘 알고 있었다.

"……으음. 그만. 더는, 못 해."

"……풋."

강현이 자신을 끌어안자, 다시 자신을 안을 것이라 느꼈는지 하나가 기절해 정신이 없는 상태에서도 더는 못 한다며 자신을 밀어냈다. 그러면서도 그대로 강현의 품에 안겨 있으면서 이불을 끌어당기는 하나의 모습에 강현은 자신도 모르게 웃음을 흘렸다.

아무것도 알 수가 없었다. 혼란스러운 것은 강현도 하나와 마찬가지였다. 다만 하나와 다르게 강현에게 여유가 넘쳤던 이유는, 단 한 가지 차이 때문이었다. 아무것도 알 수 없었지만 강현에게는 배짱이 있었다. 아무것도 모르면 뭐 어떠냐고 대수롭게 넘길 수 있는 배짱이. 그것은 하나가 아무리 노력해도 가질 수 없는 것이었다.

아무것도 모르는 것은 강현도 마찬가지였지만 강현은 상관없었다. 그저 지금 이 순간이 무척이나 마음에 들었으니까. 체온을 따라 본능적으로 자신의 품에 안겨 새근새근 숨소리를 내며 잠이 든 그녀의 체온이 무척이나 좋았으니까.

온몸에 울긋불긋한, 자신이 남겨 놓은 흔적이 무척이나 마음에 들었으니까. 정말 이상하게도 그것이 자신에게 묘한 만족감을 가져다주었다. 그녀의 목에 선명하게 남아 있는 키스마크에 다시 한번 입을 맞추며 강현은 하나를 끌어안고 눈을 감았다.

그것이면 충분했다. 적어도 강현에게는. 하나는 아닐지 몰라도. 아마 하나도 같은 마음이었겠지만 그런 하나는 알지 못한 채 강현은 편안한 얼굴로 정말로 간만에 기분 좋은 잠을 청했다.

왠지 오늘은 아주 기분 좋게 숙면을 취할 수 있을 것 같은 느낌이 들었다.

◉

"……아."

오랜만에 강현은 상쾌한 기분으로 아침을 맞이할 수 있었다. 더불어 잠에서 깨어나자 팔에서 느껴지는 무게감과 따스한 체온이 강현을 더 기분 좋게 만들어 주었다.

옆에서는 아직도 하나가 새근새근 숨소리로 토해 내며 곤히 잠을 자고 있었다. 밤과는 다르게 무척이나 편안한 얼굴이었다. 아주 기분 좋게 자고 있는 듯했다. 자고 있는 하나를 깨우고 싶지 않아 강현은 답지 않게 상대를 배려하며 조심스럽게 팔을 빼내고는 욕실로 들어가 샤워를 했다.

간단하게 샤워를 하고 나와 강현은 본능적으로 시계가 아니라, 다시 침대 쪽으로 시선을 주었다. 그리고 여전히 깊게 잠이 들어 있는 하나의 모습에 강현은 기분 좋은 웃음을 흘렸다. 그리고 커피나 한 잔 마실까 하다가 오늘이 수요일임을 상기하며 혹시나 하는 생각에 시계로 눈을 돌렸다.

"……!"

시계를 보는 순간, 강현은 자신답지 않게 자신이 헛것을 보나 의심을 했다. 하지만 이게 헛것이 아님을 깨닫고는 서둘러 하나를 깨웠다.

"정하나! 일어나! 정하나!"

"……왜……."

"지금 9시야!"

그 말에 하나가 인상을 찌푸리며 그게 왜 문제냐는 듯한 말투로 중얼거렸다.

"……9시. 그게 왜. 9시? 9시?! 엄마야!!"

강현이 한 말을 곱씹다가 곧 그 의미를 퍼뜩 깨닫고는 번쩍 몸을 일으키며 비명을 질렀다. 답지 않게 당황해 어쩔 줄을 몰라 하며 실오라기 하나 걸치지 않은 몸으로 이러지도 저러지도 못한 채 안절부절못하는 하나의 몸을 강현이 일단 이불로 가려 주며 말했다.

"일단 씻고 와. 대강이라도 씻어야지. 땀범벅인데."

"아. 맞다. 근데 옷……."

"내가 준비해 둘 테니까 일단 얼른 씻어."

"알았어요."

이불을 꼭 붙잡아 몸을 가리며 부랴부랴 욕실로 향하는 하나의 모습에 강현은 작게 웃음을 터뜨리고는 서둘러 드레스 룸에 들어가 옷을 챙겨 입었다. 그리고 하나가 입을 만한 옷을 골라 챙겼다.

강현은 골라온 옷을 욕실 앞에 두었다.

"아! 나 가방에 속옷 있어요. 좀 부탁해요."

"가방에 속옷을 넣고 다녀?"

"어제 병원 가는 날이었거든요. 혹시 몰라서."

"아."

아직 학생 신분이었지만 실습 중 이런저런 일이 겹치면 본의 아니게 집에 못 들어가는 날이 있었다. 우수한 학생이면 특히나.

강현도 그런 일이 종종 있었기에 쉽게 수긍을 하며 욕실을 나가 간단하게 먹을 음식을 찾았다. 하지만 곧, 집에서는 웬만해서는 거의 먹지 않는 자신의 식습관을 상기해 내고는 조용히 냉장고를 닫을 수밖에 없었다. 대신 커피를 내려 마시며 시간을 확인

하고 있는데, 9시 반이 되어 갈 즈음 부랴부랴 하나가 욕실에서 나왔다.

대충 머리와 몸을 닦고, 옷을 입어서 그런지 아직 머리에는 물기가 흘렀으며 피부는 보송보송했다. 그 모습에 강현은 저도 모르게 솟구치는 욕구에 이를 악물었다. 다시 그녀를 안고 싶었지만 지금은 그럴 수 있는 상황이 아니었다. 오늘만 때가 아니라고 스스로를 달래며 강현은 욕구를 잠재웠다.

그리고는 겉으로는 태연스럽게 하나에게로 다가가 물기가 가득 담긴 하나의 머리를 수건으로 닦았다.

"아직 그렇게 시간 안 촉박해. 머리도 제대로 안 닦고 뭐 하는 거야."

"급해서 그래요."

강현이 수건으로 머리를 닦는 것을 그대로 내버려 두며 하나는 미처 잠그지 못한 셔츠의 단추를 마저 잠갔다. 셔츠를 다 잠그자 강현도 어지간히 물기를 다 닦아 낸 듯 수건을 치웠다. 하나는 서둘러 소파로 달려가 자신의 가방을 챙겼다. 시간은 벌써 9시 40분을 향해 가고 있었다.

"여기서 학교까지 차로 20분이면 되죠?"

"어."

"다행이다. 늦진 않겠네요."

하나가 비로소 안정을 찾은 듯 한숨을 내쉬며 안도를 하자 강현이 그러기에 자신이 뭐랬냐는 듯 말했다.

"그러게 그리 서두를 필요 없다니까."

"택시 잡아야죠. 차도 밀릴지 모르고."

하나로서는 당연한 말이었지만 강현은 그것이 조금 마음에 들지 않았다. 아니, 그리고 그 이전에 새삼 하나가 자신에게 얼마나 관심이 없었는지 깨달을 수 있었다.

"너 가끔 잊는 거 같은데, 내가 어디 학생인지 모르는 거야?"

"……아."

진짜 잊은 듯했다. 강현은 저도 모르게 헛웃음을 흘렸다. 하지만 그렇게 기분이 상하지는 않았다. 오로지 자신밖에 보이지 않는다는 듯 들려서. 자신 외에는 아무런 관심도 없었다는 듯해서.

"나도 오늘은 너랑 같은 강의야. 10시 반."

"……몰랐어요."

"그렇겠지. 나가자."

"네."

하나가 조금 미안한 듯 대답하자 강현이 피식- 웃음을 흘리며 시원스럽게 대답했다. 그리고는 태연스럽게 하나에게 손을 내밀었다. 그 손에 하나는 살짝 당황했지만 이내 웃으며 그 손을 맞잡았다.

헐렁한 셔츠. 말리지 않은 볼품없는 머리. 슬리퍼. 뭐 하나 제대로 된 게 없는, 여자로서는 정말 최악의 모습이었지만 하나는 그런 것 따위 전혀 신경 쓰이지 않았다. 그런 것에는 일말의 관심도 없이, 오로지 당당하게 자신만을 바라보는 남자가 바로 곁에 있었기에.

아무리 볼품없는 모습이라도 단 한 사람, 사랑하는 사람에게

가치가 있다면 그것만으로도 이미 충분하지 않을까. 그리 생각하며 하나는 강현의 손에 이끌려 현관문을 나섰다.

그 어느 때보다 황당하고 볼품없는, 계획이라고는 하나도 이루어지지 않은 최악의 아침이었지만 하나에게는 그 어느 때보다 가장 행복한 아침이었다.

◈

"아. 간신히 세이프네."

강현의 차를 타고 학교에 도착해 사물함에서 책을 꺼내고 서둘러 강의실로 달려가니 의외로 강의 시간보다 15분이나 일찍 강의실에 도착할 수 있었다. 그와 같이 강의실로 들어가자 요란한 소리가 그 둘의 귓가에 꽂혔다.

"이게 이름이 김태희라고 지가 진짜 김태흰 줄 아나!"

"내가 김태희보다 뭐가 어때서!"

하나는 그 말에 절로 인상을 찌푸렸다가 그 목소리들의 주인공들을 보고 저도 모르게 한숨을 내쉬었다. 그 모습에 강현 역시 어이없단 얼굴로 두 사람을 바라보고 있다가 고개를 돌려 하나에게 물었다.

"아는 녀석들이야?"

"……네. 제 친구들이에요."

또나는 그 얼굴에 강현이 모든 것을 이해한 듯 고개를 돌리자 하나는 골치가 아프다는 듯 머리를 짚으며 길게 한숨을 내쉬었다.

그런 두 사람과 별반 다르지 않은 맘인, 강의실 학생들을 아는지 모르는지 그 둘은 꿋꿋하게 자신들의 주장을 이어 나갔다.

"김태희가 다 얼어 죽었냐!!"

진심이 그득그득 담긴 지유의 말에 강의실에 있는 학생들은 저도 모르게 주먹을 불끈 쥐며 속으로 지유를 응원했다. 아무리 상대가 막무가내에 무대포라지만 저 말은 용납할 수가 없는 말이었다.

"뭐! 내가 김태희보다 못한 게 뭔데!!"

뻔뻔한 것을 넘어서 미친 것이 의심되는 말에 순간 사람들은 이게 미쳤나, 라는 얼굴로 태희를 바라보았다. 물론 그 얼굴 중에서 가장 실감나고 리얼하게 감정을 토해 내는 얼굴은 단연 지유였다. 하지만 태희는 꿋꿋했다. 되레 이렇게 소리쳤을 정도였다.

"뭐! 뭐! 뭐!"

자신감이 넘치는 그 목소리에 그것을 보다 못한 지유가 어처구니없다는 듯 태희를 향해 말했다.

"이게 진짜 돌았나. 저 어처구니없는 얼굴들이 니 눈에는 안 보이냐."

"내가 어디가 어때서!"

"아. 진짜 이 미친년이! 정하나랑 얻다 비교해! 차라리 정하나가 김태희보다 못한 게 뭐냐고 소리치는 게 낫지!"

아, 아니. 나는 거기서 왜.

지유의 뜬금없는 소리에 졸지에 거기에 꼽사리 낀 하나가 당황스런 얼굴로 어쩔 줄 몰라 했다. 하지만 그런 하나는 다들 안중에도 없었다. 지유의 뜬금없는 소리에도 차라리 그게 일리 있다고 고개를 끄덕일 뿐. 심지어 강현도 그들과 같이 고개를 끄덕이는 것을 보고 하나는 기함을 했다.

"내가 정하나보다 뭐가 어때서!"

"근자감도 그 정도면 죄야! 죄!"

그건 그렇지.

다들 그 말에 고개를 주억거리는데 대기업 축에 드는 선우건설의 금지옥엽 딸이면서 자신감이 하늘을 찌르는 만큼 머리 좋고 외모까지 훌륭한 태희는 그것을 용납하지 못했다. 애초에 자신의 말이 어디가 근자감이냐는 얼굴이었다.

그 얼굴에 지유는 어처구니없다는 듯 헛웃음을 터뜨렸지만 태희는 꿋꿋했다. 조금만 더 있으면 진짜로 싸움 날 것이라는 것을 눈치챈 학생들이 어떻게 저것들을 말려야 하나 고민하고 있는데, 그런 고민할 필요도 없이 더는 보다 못한 하나가 중재에 나섰다.

"자, 그만. 더는 봐줄 수가 없다. 내 이름은 대체 왜 끼는 거고. 아니, 그전에 좀 있으면 강의야. 그만하고 앉자. 좀."

"어? 언제 왔어?"

이제야 하나의 존재를 눈치챈 듯 지유가 물었다. 진짜 싸울 때는 눈에 뵈는 게 없는 문지유다웠다. 하루 이틀도 아니었기에 하나는 이제 익숙하게 한숨을 쉬며 지유의 물음에 시니컬하게 답을 했다.

"니가 이름이 김태희라고 진짜 김태희인 줄 아냐고 소리칠 때쯤."

"포인트는 다 들었단 소리네."

"나중에 하고 앉자, 좀."

하나가 지유를 말리자, 말릴 생각은 하지도 않은 채 잠자코 구경만 하고 있던 하준이 그제야 나서 지유를 앉혔다. 그 약삭빠른 모습에 정말 정하준답다 싶으면서도 어이가 없었는지 하나가 하준을 비꼬았다.

"넌 뭐 하다 이제 나서?"

"내가 이 여자를 어떻게 말려. 너니까 말리지."

"얘 애인은 분명 내가 아니라 너로 기억하는데."

하나의 비꼼에도 하준은 꿋꿋했다. 오히려 당당하기까지 했다. 보는 사람이 더 기가 막힐 정도로.

"에이. 이거 왜 이러셔. 그러니까 못 이기는 거지. 더 많이 사랑하는 사람이 약자다. 몰라?"

"꿈보다 해몽이 좋다."

결국 하나도 두 손 두 발 다 든 듯 고개를 절레 저으며 항복을 선언했다. 그러자 하준이 승리의 미소를 지으며 희희낙락하는 모습에 하나는 결국 어쩔 수 없다는 듯이 피식- 웃음을 터뜨릴 수밖에 없었다. 저러고도 미워할 수 없는 놈은 정하준 정도일 것이라 생각하며.

기분 좋게 웃으며 지유의 옆에 앉으려 강의실 계단을 내려가려는데 뒤에서 인기척이 느껴졌다. 뒤를 돌아보자 역시나 강현이 하나의 뒤에 서 입 모양으로만 하나에게 말했다.

목소리가 들리지 않았지만 하나는 강현이 하는 말을 쉽게 알아들을 수 있었다. 그도 그럴 것이 딱 한 글자였으니 못 알아듣는 것이 더 이상했다.

'폰.'

왜 달라는 것인지 알 수 없어 어리둥절해하면서도 하나는 손쉽게 자신의 폰을 건네주었다. 물론 싸움이 막 끝나고 다들 자리에 앉아 강의 준비하는 데 정신이 없었기에 그런 그들의 행동을 보지 못했다. 둘이 워낙 자연스러우면서도 티 안 나게 움직이기는 했지만.

하나의 폰을 받아 든 강현은 자신의 폰을 꺼내 뭘 하더니 금방 다시 하나에게 폰을 돌려주었다. 순순히 자신의 폰을 건네받으면서도 하나는 어리둥절한 얼굴로 핸드폰과 강현의 얼굴을 번갈아 보았지만 강현은 그저 웃을 뿐이었다. 영문을 알 수가 없어 하나가 이해할 수 없다는 얼굴로 자신을 바라보는데도 강현은 천연덕스럽게 하나를 지나쳐 자리로 가 앉았다.

진짜 영문을 모를 남자라고 생각하며 하나도 지유의 옆으로 가서 앉았다. 서로 뭘 그리 투닥거리는지 하나가 옆에 앉는데도 지유와 하준은 서로 투닥거리기 바빴다. 익숙한 두 사람의 모습을 뒤로하고 하나는 폰을 꺼내 강현이 뭘 했는지를 알아보았다. 그저 순수한 궁금증이었다. 대체 뭘 했는지 말해 주지도 않고, 뭘 하는지 알 수도 없었으니까.

하지만 이내 하나는 답지 않게 눈을 크게 뜨며 놀란 얼굴을 할 수밖에 없었다. 자신이 보고 있는 것이 헛것이 아닌지 의심스러웠다. 하나로서는 그럴 수밖에 없었다. 아니, 누구라도 그럴 것이다.

[최강현]

전화번호부의 등록되어 있는 이름과 전화번호를 보면.

"……나. 정하나!"

"……어? 어! 왜?"

눈에 띄게 당황하는 하나의 모습에 지유가 이상하다는 얼굴로 하나를 추궁했다.

"뭘 그렇게 보기에 그렇게 놀라?"

"아니. 아무것도 아니야."

"아무것도 아닌 얼굴이 아닌데?"

"아무것도 아니라니까."

티를 내서는 안 된다. 그래야 한다. 조금이라도 더 이 관계를 오래 지속되게 하려면. 시작한 지 하루 만에 끝낼 생각은 추호도 없었다. 하지만 이제 시작임에도 불구하고 그 익숙했던 감정 하나 숨기는 것조차 버거웠다.

하나가 열심히 표정 관리를 하고 있었지만 그게 마음처럼 잘 되지 않는 듯했다.

그것이 너무나 태연스러운 강현과 천지차이라 하나는 너무나 분했다. 굳이 보지 않아도 재밌다는 듯 웃고 있는 강현이 눈에 보이는 것 같았다.

그것이 그리 얄미울 수가 없었다.

"정하나. 왜 그래?"

"아니야. 강의 듣자. 강의 들어야지."

"너 오늘 이상해."

"뭐가. 얼른 강의 준비해. 교수님 들어오신다."

"너 나중에 봐."

참 그들다운 첫날이었다.

◈

"……뭐야? 뭔데. 아, 뭐냐고!"

"아무것도 아니라니까. 그나저나, 왜 싸운 거야? 대체?"

한번 물고 늘어지면 절대 포기하는 법이 없는 문지유답게 강의
가 끝나자마자 끈질기게 추궁해 오는 지유의 물음을 뒤로하며 궁
금했던 것을 묻자 지유는 언제 추궁했냐는 듯 평소의 모습으로
돌아와 격분했다.

"이년이 반년 만에 돌아와서는 미친 소리를 지껄이잖아! 어떻
게 외국물까지 처먹고도 하나도 변한 게 없냐고!"

"야!!"

"뭐!!"

"그만!"

괜히 물어봐서 또 싸움 날 것 같은 모습에 하나는 서둘러 두
사람을 막았다. 어제 저녁부터 제대로 먹은 게 없는 데다 평소보
다 몇 배나 되는 체력 소모를 한 덕분에 무진장 배가 고팠기에 그
들의 싸움에 식당에서 쫓겨나는 불상사는 있어서는 안 되었다.

하나가 기가 막힌 타이밍에 그 둘을 막고서 점원을 불러 음식을 주문했다. 하나가 음식을 주문하자, 두 사람도 싸우는 것을 깔끔히 잊어버리고 서둘러 음식을 주문했다.

그 모습에 하준은 역시 정하나, 라며 나지막이 감탄을 했다. 하지만 그러거나 말거나 하나는 얼른 음식이 나오기를 초조하게 기다릴 뿐이었다.

원래 먹는 것을 좋아하는 편은 아니었지만 오늘은 정말 배가 고팠다. 이렇게 식욕이 이는 것은 정말 오랜만인 것 같았다. 그동안은 배가 고픈지 안 고픈지도 잘 느끼지 못했으니까.

그저 때 되면 먹는 것일 뿐. 그것도 누군가 때를 알려 주지 않으면 잘 잊어버렸다. 때문에 하준과 지유가 하나가 먹는 것에 민감한 것이었다.

"맛있겠다."

음식이 나오자 하나가 하나답지 않게 홍조를 띠며 기대에 찬 반응을 보이자 지유와 하준, 태희가 신기하단 얼굴로 하나를 바라보았다.

"웬일이래. 배 많이 고팠나 봐?"

"응. 어제 병원 가고부터 아무것도 못 먹었거든."

그 말에 다들 쉽게 납득을 하고는 어느새 하나처럼 자신의 앞에 놓인 음식에 집중했다. 어디 맛집으로 소문난 집도 아니었고 그저 학생식당 메뉴였을 뿐이었지만 다들 굉장히 맛있게 식사를 했다. 한국대 식당은 원래 꽤 맛있기로 소문났기도 했지만 다들 시간이 시간이다 보니 오늘 하루 종일 공복이었기에 평소보다 더 맛있게 음식을 먹을 수 있었다.

어느 정도 배가 차자 하나는 만족스러운 얼굴로 빈 접시에 수저를 내려놓고 물을 마시며 태희에게 아까부터 물어보고 싶었던 것을 물어보았다.

"그러고 보니 미국에선 언제 돌아온 거야?"

"엊그제. 좋았어?"

"좋긴 죽을 맛이었지. 넌 어떻게 살았냐? 솔직히 난 니가 인간인가 의심돼. 어떻게 2년 만에 거기서 상위권을 하냐고?"

있을 수가 없다는 기색이 가득 담긴 말에 하나가 작게 웃음을 터뜨리며 어깨를 으쓱였다. 자신 따위가 뭐 별거냐는 듯.

"더 괴물은 우리 주위에 있잖아."

"그건 그 인간이니까 가능한 거고! 애초에 그 인간이 우리보다 3살밖에 안 많다는 것부터가 말이 안 된다고!!"

그 인간이랑 우리랑 같냐며 태희가 죽일 것같이 하나를 향해 달려들었다. 진짜 덤벼들 것 같은 그 행동에 하준과 지유가 서둘러 태희를 막아섰다. 그리고는 뭘 그렇게 별것도 아닌 것 가지고 난리냐는 얼굴로 태희를 바라보자 태희가 그래도 어느 정도 인정은 하는 것인지 아까보다 조금 수그러든 모습으로 다시 의자에 앉았다.

순식간에 바뀌는 변화가 재미있었는지, 아님 오늘 유독 기분이 좋았기 때문인지 하나가 답지 않게 기분 좋은 기색을 그대로 얼굴에 드러내며 웃었다. 천하의 문지유와 정하준, 김태희조차 멍하니 바라볼 정도로.

"하긴. 근데 나도 그렇게 대단한 건 아니야. 정신과만 A+이니까. 다른 건 젬병이라 이렇게 의대 다니고 있잖아."

"그 하나는커녕 1년 동안 강의 하나 수료하기도 죽을 둥 살 둥 했던 나는 뭐냐?"

"나는 2년이었잖아."

너도 2년 있었으면 가능했을 것이라고 위로를 건네자 태희가 그건 그럴지도, 라며 금세 또 수그러들었다. 참 귀도 얇았다. 하지만 그것이 워낙 자신감 넘치는 김태희여서 그런지 유독 그 모습이 귀엽게 보였다.

지유는 어처구니없다면서, 하준은 정말 어지간히 한다며, 하나는 그 모습이 귀엽게 보여 마냥 웃는데, 그런 그들은 보이지도 않는 것인지 태희가 생각해 보니 짜증 난다는 듯 인상을 구기며 열변을 토했다.

"아. 생각해 보니 짜증 나네. 그 인간은 이미 거기서 오픈하트를 수십 번도 했을 인간이 왜 대학을 다니고 앉았느냐고!"

"……귀찮아서?"

"그니까 짜증 난다고!! 모든 수업 A+로 패스했으면 그대로 그냥 다니다 라이센스 따서 올 것이지, 왜 여기서 이러고 있냐고! 누구 놀리는 것도 아니고!"

평범한 사람은 서러워서 살겠냐는 말에 지유와 하준은 물론 하나 역시 저도 모르게 고개를 끄덕일 뻔했다. 솔직히 그건 그랬으니까.

의대를 다니는 사람으로서 누구나 그럴 것이다. 하지만 다들 그저 그였기 때문에 쉬쉬하고 넘어갈 뿐. 자신 같은 평범한 사람들과 다르다는 것은 진작부터 알고 있던 것이었으니 새삼스레 열폭할 이유도 없었고 말이다.

"그래도 정작 특례시험 안 봤잖아. 배우고 싶은 거 있다고. 한국하고 미국은 다르기도 하고."

"그니까 재수 없다고. 특례시험이야 그 인간 입장에서는 껌일 텐데. 누구 놀리나! 학점 수료 싹 한 인간이!"

"하긴."

그건 그들도 쉽게 수긍했다. 강현은 해외에서 모든 강의를 최상위 점수로 패스해 졸업을 앞둔 상태에서 이번 년에 한국대 의대로 편입을 했다. 한국에서 살 거면 그게 좋다는 이유에서.

대학 수료 후, 한국으로 건너와 특례시험을 봐도 되지만 그래 봤자 고생 더 하는 것밖에 더 되냐고, 느긋하게 해 보고 싶은 것도 많다는 이유로 지금 의대를 다니고 있는 것이었다. 그러면 대체 유학은 왜 했냐는 누군가의 울부짖음에 강현은 그 울부짖음이 무상하게 너무나 태연하게 그리 대답했다고 한다.

'실습을 하고 싶어서. 한국은 전공의나 되어야 메스 잡잖아.'

맞는 말이긴 하지만, 그래도 재수 없는 것은 사실이었다. 다만 그것을 물어본 학생의 불행은 그가 너무나 당당하고 재수 없어 눈앞에서 아무 말도 못했다는 것이었달까.

"그렇게 따지면 정하나도 거기서 2년만 더 있었으면 라이센스 땄는데? 정신과만 잘하고 나머지는 잘 몰라서 그렇지. 2년만 더 있었음 가능했을걸?"

"얘는 인간성이나 있지. 그리고 얘는 죽기 살기로 한 거잖아. 그 인간은 당연하게 숨 쉬듯이 해치운 거고."

"뭐, 나는 확실히 필사적이었지."

고등학교 때는 어떻게든 떨어지기 위해 미친 듯이 공부를 해 이 한국대를 들어왔었다. 그 녀석의 성적으로는 절대 한국대는 불가능이었으니까. 한국대 의대는 일류 중 일류였으니 녀석이 아무리 빽이 좋아도 가능할 리 없었다.

그렇게 들어온 한국대에서 조금은 마음을 놓고 남들처럼 놀아도 되었건만, 남들은 노는 의예과 때 미친 듯이 공부만 했다. 본과 때는 놀지도 못하고 죽도록 공부만 해야 해 눈 돌아가고 머리 돌아가기 직전일 테니, 다들 의예과 때는 여행도 다니고 놀러 다니느라 바빴지만 하나에게는 그런 여유가 없었다. 조금의 틈조차 주기 싫었으니까. 의예과는 공통이었고 딱히 정확히 해야 하는 것이 없었다. 그래서 고르다 선택한 것이 정신과였다.

본인이 감정 표현에 서툴렀기 때문이었을까. 의대를 선택한 사람으로서 말하기는 뭐했지만 피 튀기고 살을 가르는 것은 생각만 해도 곤혹스러웠다.

그래서였을까, 정신과가 너무나 마음에 들었고 금세 공부에 빠져들었다. 그러다 1학년이 끝나갈 즈음 그런 자신을 알아챈 정신과 교수가 어학연수를 추천해 주었다. 집은 가난하지는 않지만 유복하지도 않았다. 그리고 무엇보다 한국을 떠나 있는 것이 너무나 좋았다.

두말할 것 없이 오케이를 하고, 그동안 알바해서 고이 모아 놓은 돈을 몽땅 털어, 엄마가 준 돈과 함께 비행기값과 생활비를 마련했다. 그리고 미련도 없이 바로 미국으로 떠났다. 오죽 마음이 급했으면 아무도 자신이 연수를 간 것을 몰랐을까. 하지만 일부러 그런 것도 있었다. 방해하지 않게. 때문에 지유와 하준도 그것을 뭐라 하지 않았다.

그렇게 간 미국은 하루하루가 너무나 즐거웠다. 한국과는 다르게 철저하게 실력 위주였고, 실력만큼 보상을 받을 수 있었다. 마치 게임을 하는 기분이었다. 하루가 너무나 짧다 느껴질 만큼 행복했다. 그러다 보니 쌓이는 스펙이 셀 수 없이 불어났고, 덕분에 1년이었던 연수를 1년 더 늘일 수 있었다.

그렇게 한국에 돌아와서 하나는, 다시 미국으로 돌아가 그대로 대학원을 다녀 라이센스를 취득할 수 있는 기회를 포기하고 한국대 의대를 다시 다니는 것을 택했다. 2년 동안 연수를 한 만큼 학년을 똑같이 올릴 수 있는 특혜 외에는 아무것도 주어지지 않았음에도.

상관없었다. 어차피 정신과의가 되면 곧바로 녀석의 간섭이 시작될 테니까. 그리고 이제야 여유가 생겼으니 친구들과 좀 더 제대로 된 캠퍼스 생활을 보내고 싶었다.

하지만 사실, 그런 것은 다 핑계고 진짜 이유는 따로 있었다. 그날이 없었더라면, 그날이 아니었다면 하나는 절대 한국으로 들어올 생각조차 하지 않았을 것이다. 다시 의대를 다닐 생각 또한 말끔히 지워 버렸을 터였다. 그날이 아니었다면.

생각해 보면 그날이 이 모든 일의 시작인 것 같았다. 거기까지 생각이 미치자 하나는 갑자기 우울해지는 것 같아 재빨리 생각을 지우고 다시 입가에 미소를 띠며 밝은 목소리로 말했다.

"그만 가자. 너희들은 더 들을 거 남지 않았어?"

"우리는 오후 강의 남았지. 아직 널널해. 넌 그럼 오늘 뭐 하게?"

"오랜만에 느긋하게 잠이나 자지, 뭐. 영화나 드라마라도 보든가."

"그래. 그것도 좋겠다."

참 따스하고 화사한 오후였다. 여느 때답지 않게 편안하고 기분 좋아 보이는 하나의 모습에 더욱 그런 것 같았다. 하나의 웃는 얼굴에 그들도 기분이 좋아져 하나를 따라 웃으며 한 소리씩 던졌다.

"너 오늘처럼만 이랬으면 좋겠다."

"맞아. 오늘 진짜 기분 좋아 보여."

"뭐, 좀."

기분이 좋을 수밖에 없었다. 하지만 말할 수는 없었다. 그래도 그저 자신의 기분 좋은 모습을 좋아하는 친구들을 보는 게 좋았다. 자신을 생각해 주는 것 같아 가슴이 따스해졌다.

이런 날이 가장 오래 지속되길 바라는 사람은 하나였다. 언젠가는 없어져 버릴 환상임을 알고 있음에도 붙잡은 것이었지만 영원히 지속되길 바라는 것은 어쩔 수 없는 사람의 욕심인가 보다.

"……?!"

"……정하나?"

"······!"

순간, 하나는 자신의 눈을 의심했다. 저 멀리, 친구들이 볼 수도 있는 아슬아슬한 거리에서 강현이 자신을 바라보고 있었으니까. 하지만 몇 번을 눈을 깜빡여도 보이는 것은 오만하고 당당한 모습으로 자신을 바라보고 있는 강현이었다. 이것이 현실이라는 것을 직시하는 순간, 하나는 저도 모르게 입가에 환하게 미소가 번졌다.

다행스럽게도 그것을 아무도 보지 못했지만. 하나는 웃는 얼굴을 얼른 뒤로 가리면서 지유와 하준, 태희를 향해 말했다.

"아. 얼른 가. 정 교수님 강의지? 미리 준비 안 하면 당한다."

"아씨. 간다!"

"그래."

재빨리 달리는 그들의 인사를 듣는 둥 마는 둥 하고 망설임 없이 그들에게서 등을 돌려 하나는 강현에게로 달려갔다. 강현이 두 팔을 뻗어 자신을 기다리고 있었으니까.

태어나서 가장 행복한 시간들의 연속이었다. 정말 너무나 행복했다. 정말 답지 않게 달려가 그의 품에 덥석 안길 만큼. 누군가에게 들킬지도 모른다는 것을 알면서도 오히려 그 스릴을 즐기고 있었다. 그것은 강현도 마찬가지였지만.

자신을 끌어안는 단단한 팔은 따스하고 다정했고, 자연스럽게 해 오는 가벼운 키스는 너무나 사랑스러웠다. 감정이 서툰 자신이 환하게 웃음을 터뜨릴 만큼.

정말 너무 행복한 나날이었다.

"가자."

언젠가는 깨어질, 누구도, 심지어 그들 자신들도 이해하지 못하는 관계임을 알면서도 깨어지지 않길 바랄 만큼.

환하게 웃으며 키스를 받고, 그의 품에 안겨 그를 끌어안은 하나는 속으로 몇 번이나 바라고 또 바랐다.

"……응."

언제까지나 이 행복이 지속되기를. 이 품에서 언제나 웃을 수 있길.

그것이 이루어지지 않을 것이라는 것을 알면서도 자꾸 욕심이 생겼다. 있지도 않는 신에게 빌 만큼. 눈물이 나올 만큼 간절하게.

◈

"최강현. 어디 가!"

"아, 꺼져."

"야!!"

윤서와 서진의 어처구니없다는 외침에도 아랑곳 않고, 강현은 어딜 그리 급하게 가는 것인지 서둘러 걸음을 옮겼다. 정말 답지 않은 그 행동에 윤서와 서진은 저게 미쳤나, 순간 의심을 했다. 하지만 아까 전 싸가지 없는 태도와 말투는 분명 틀림없는 최강현이 맞다며 단정 짓고는 대체 뭐가 뭔지 모르겠다는 얼굴로 사라지는 강현을 멍하니 바라보았다.

이윽고 강현이 사라지자, 정신을 차린 윤서와 서진은 도저히 이해할 수 없다는 얼굴로 서로를 향해 물었다.

"뭐냐? 저건?"

"그걸 알면 내가 최강현이지, 하윤서냐?"

"그래. 너 잘났다. 미친 건 아닌 거 같은데."

"오늘 무슨 날인가. 아까부터 유독 즐거워 보이더만. 뭐 재밌는 거라도 발견했나?"

최강현이 달라질 일이라고는 아무리 생각해도 그 정도밖에 없었지만 대체 그게 뭔지는 전혀 짐작조차 가지 않았다. 하지만 이내 둘 다 기분 좋은 얼굴로 강현이 사라진 곳에서 등을 돌렸다. 뭐, 나쁜 일은 아니었으니까. 강현이 즐거워 보이는 것은.

"뭐, 괜찮겠지."

감조차 잡히지 않는 것이 궁금하고 짜증도 좀 나긴 했지만 전반적으로는 좋은 일이었다. 무엇보다 어딘가 홀가분했다. 그 무엇에도 관심을 두지 않던 최강현이 즐거워하는 모습은 오랫동안 강현을 알아온 그들로서도 처음 보는 것이었기에.

"여자 문제 같은 거면 진짜 재밌겠다."

"아서라. 생각하는 것 하고는. 최강현이 그럴 놈이냐."

말도 안 되는 소리에 윤서가 혀를 차며 서진을 만류하자 서진은 왜 그러냐는 얼굴로 자신의 말에 변론했다.

"그러니까 더 가능성 있는 거지. 최강현 같은 놈일수록 사랑하면 사람이 바뀐다잖냐."

"꿈보다 해몽이 좋다. 말이 되냐? 그게?"

"······그런가. 가능성 있어 보이는데."

끝까지 그 가능성을 의심하는 중얼거림에 윤서가 나지막이 한숨을 내쉬며 서진에게 진심 어린 충고를 건넸다.

"아주 없지야 않겠지만 워낙 희박하잖아. 그러니까 니가 안 되는 거야."

"아씨. 그렇게까지 말할 건 없잖아!"

"뭐 틀린 말했나."

"야!!"

"아, 시끄러."

서진의 비명에도 꿈쩍도 하지 않은 윤서는 입가에 은은한 미소를 띠며 터벅터벅 발걸음을 옮겼다. 그 모습을 본 서진은 여전히 잔뜩 흥분한 상태에서 윤서를 돌아보며 소리쳤다.

"어디 가!!"

"강의 들으러 간다. 누구하고 다르게 이쪽은 배워야 할 게 많아서. 넌 아닌가 보다?"

"아씨."

서진의 투덜거림을 뒤로하며 윤서는 기분 좋게 미소를 지었다. 확신이 들었다. 분명 앞으로 아주 재미있는 일이 벌어질 것 같다는 확신이. 생전 한 번도 본 적이 없었던 것을 자주 보게 될 것 같다는 확신이.

그것에 윤서는 절로 즐거워졌다. 그런 윤서의 마음은 쥐뿔도 알지 못한 채 서진은 서둘러 윤서를 향해 달려가며 소리쳤다.

"야! 같이 가!!"

무척이나 평화로운 나날이었다.

◈

"김태희요?"

태연스러운 하나의 대답에 강현이 믿기 힘들다는 듯한 말투로 되물었다.

"……이름이 김태희인 건가?"

"네. 특이한 이름도 아니잖아요. 뭘 그런 반응이에요. 너무 유명한 이름이라 좀 그렇지만."

"아니, 이름하고 사람하고 참……."

"우리들은 부모님 천재라고 그랬는데. 진짜 잘 지었다고."

"차마 부정할 수가 없군."

그 말에는 차마 할 말이 없었는지 강현도 쉽게 수긍했다. 그 모습에 하나는 처음 태희의 이름을 들었을 때의 자신과 너무나 같은 반응이라 저도 모르게 피식- 웃음을 터뜨렸다. 다들 하나같이 태희의 이름을 들으면 강현보다 더했으면 더했지, 결코 덜하지 않는 반응을 보여 주었다.

우리나라 최고의 미녀와 이름이 같아서 다들 조금 당황한 반응을 보이는 것은 당연했다. 하지만 태희의 그 정체 없는 근자감과 그럼에도 부정할 수 없는 매력적인 모습에 다들 얼이 빠져 어벙벙한 얼굴을 하면서도 모두 백이면 백 그 소리에 쉽게 고개를 끄덕였다.

"좋은 애예요. 그 근자감은 좀 곤혹스러울 때가 있지만. 기본적으로 능력도 있어요."

하나는 그래도 태희에게 감사하는 마음을 가지고 있었다. 자신의 모든 것을 알면서도 아무렇지 않게 자신의 곁에 있어 준 거의 유일한 사람이었으니까. 그런 게 뭔 상관이냐며 친하게 지내자는 사람도 몇몇 되기는 했지만, 그래도 지유나 하준처럼 거리낌 없이 다가오지는 않았다.

태희가 유일했다. 특유의 대찬 성격 덕분이었는지는 모르겠지만, 그래도 그 자신감 넘치는 모습이 빛이 나는 것처럼 보였다. 자신감에 걸맞는 능력도 가지고 있었고 말이다.

"꽤나 마음에 들었나 보군."

"무척이나요."

시원스러운 대답에 강현 역시 하나를 따라 웃어 보이며 등 뒤에서 하나를 끌어안고 어깨에 얼굴을 대었다. 그 행동에 하나가 순간 당황해 놀라기는 했지만 이내 기분 좋은 미소를 지으며 허리에 둘러진 그의 팔을 맞잡았다.

강현이 등 뒤에서 웃고 있는 것이 느껴졌다. 보지 않아도 알 수 있었다. 그것에 하나는 강현이 눈치채지 못하게 수줍게 미소를 지었다. 무척이나 행복한 듯이. 강현이 그런 하나를 보지 못한 게 정말 유감일 정도로.

"그렇게 의미 있는 여자인가?"

"……음. 내가 대학 와서 처음 사귄 녀석이라. 아무래도 그렇죠."

"……처음이라고?"

"다가오는 사람은 좀 있어도 막상 사귄 녀석은 그 녀석 하나 라."

의미심장한 하나의 대답에 궁금해할 법도 하건만, 아니, 궁금 했지만 강현은 아무것도 묻지 않았다. 괜히 상처를 건드릴 것만 같아서였을까. 물론 강현은 그런 걸 신경 쓸 남자가 아니었지만 이상하게도 하나의 상처를 건드리는 것은 내키지 않았다. 그녀가 아파하는 것도 내키지 않았고 말이다.

"……그래."

강현의 마음을 알았는지 하나가 입가에 부드럽게 미소를 지으 며 몸을 돌려 자신이 먼저 강현을 끌어안았다. 그러자 강현이 의 외의 행동에 당황한 듯한 모습을 보이다가 금세 원래의 모습으로 돌아와 기분 좋은 얼굴로 하나를 마주 안았다.

그런 강현의 행동에 강현의 품 안에 있던 하나의 미소가 더 진 해졌다. 강현은 보지 못했지만.

하지만 상관없었다. 서로가 마주 안아, 어느 정도 서로의 마음 을 느낄 수 있었으니. 그것만으로도 충분히 만족스러웠다. 그 무 엇 하나 정의 내리지 않고, 그 어떤 것도 생각하지 않으며 서로 만족을 느낀다니. 이 얼마나 아이러니하면서도 행복한 일인가.

때문에 그것이 그 누구라도, 설령 본인들이라도 결코 이해할 수 없는 관계라도 개의치 않았다. 아니, 생각하지 않았다. 그것이 표면으로 드러나 문제가 될 때까지. 그때까지는 지금처럼 그저 행 복만 즐길 생각이었다.

강현이 갑자기 고개를 숙여 하나의 입술에 가볍게 키스를 했다. 갑작스러운 행동이었지만 하나는 그리 놀라지 않았다. 물론 갑작스런 키스에 영문을 몰라 하기는 했지만.

이유를 알 수 없어 그저 강현을 올려다보기만 하는 하나의 모습을 본 강현은 부드럽게 미소를 지으며 다시 한 번 고개를 숙여 입을 맞추었다.

아까보다는 훨씬 진하고, 깊은 입맞춤이었다. 그렇게 몇 번이고, 조금씩 강도를 높여 가며 진한 키스를 하는 강현의 행동에 하나는 강현의 키스가 무엇을 의미하는지 눈치챌 수 있었다. 그러자 하나가 그것을 눈치챈 것을 안 강현이 그제야 몇 번이고 반복되던 키스를 멈추고는 하나를 내려다보았다.

강현이 내려다본 하나의 얼굴에는 그 무엇도 담겨 있지 않았다. 당혹도, 놀람도, 그저 어딘가 즐거운 듯한 얼굴이었다. 그 얼굴에 강현 역시 조금 짓궂은 얼굴로 하나를 내려다보았다. 하나의 대답을 기다리며. 그런 강현을 향해 하나가 싱긋─ 웃으며 물었다.

"저녁은요?"

단순했지만 여러 가지를 의미하는 의미심장한 말.

그 말속에서 자신이 원하는 의미를 정확히 캐치해 낸 강현이 미소를 지으며 다시 하나에게 키스를 했다. 물론 하나의 질문에 대한 답을 하는 것도 잊지 않으며.

"……나중에."

그리 대답하며 하나가 뭐라 물을 새도 없이 들이닥치는 부드러운 입술에 하나가 순간 정신이 팔렸다가 퍼뜩 정신을 차리고는 숨을 쉬는 틈을 타 살짝 강현을 밀어냈다.

"……하지만."

한번 섹스가 시작되면 강현이 얼마나 집요해지는지 알고 있는 하나였기에 제대로 불이 붙기 전에 강현을 만류한 것이다. 하지만 안타깝게도 강현은 그런 하나의 마음에 동조해 줄 생각은 추호도 없었다.

"나중에. 지금은 밥보다……."

"……?"

"니가 더 고파."

본인이 할 말을 끝내자마자 가차 없이 키스를 해 오는 강현에 하나는 정신을 차릴 수 없었다. 키스도 키스였지만 무엇보다 방금 전 강현이 했던 말 때문이었다.

하나는 지금 자신이 무슨 말을 들은 것인지 믿을 수 없을 지경이었다. 누구라도 그랬을 것이다. 그 자리에 다른 누군가가 있었다면. 하지만 지금 그곳에는 단 둘뿐이었다.

강현이 키스를 멈추고 위치를 달리해 귓가에 키스를 하자 입이 자유로워진 하나가 그제야 아까부터 하고 싶었던 말을 꺼내었다. 물론 그리 중요한 이야기는 아니었지만.

"……그, 그런 말은…… 어디서 배워 온 거예요."

툭 쏘는 듯한 말에 강현이 피식— 웃음을 흘리며 대답했다. 여전히 하나의 목에 키스를 하는 것도 잊지 않으며 말이다.

"글쎄."

"……정말."

책망하는 듯한 말투였지만 얼굴에는 아무런 변화도 나타나지 않았다. 그저 강현이 주는 쾌락으로 인해 조금 열기를 띠고 있을 뿐. 전혀, 아무런 티가 나지 않았음에도 강현은 하나가 부끄러워하고 있음을 알 수 있었다. 입술을 목 언저리에 대고 있었기 때문이었을까.

강현이 즐겁다는 듯 웃으며 다시 하나에게 키스를 쏟아부었다. 욕망이 그대로 드러나는, 탐욕적이고 배려 없는 키스를. 그러나 거부할 수 없는 마력이 있었다. 키스를 하며 능숙하게 하나의 옷을 벗기는 강현의 손을 눈치채지 못할 정도로 키스는 매력적이었다. 강현이 브래지어 후크를 풀자 그제야 강현이 거의 옷을 다 벗겼다는 것을 눈치챈 하나는 조금 망설이는 듯하다가 거부하지 않고, 팔을 뻗어 강현의 목을 끌어안았다.

하나가 강현을 끌어안자, 강현이 팔에 힘을 주어 더 깊게 하나를 자신의 품 안에 넣었다. 그리고는 망설임 없이 그대로 하나를 들어 올리며 발걸음을 옮겼다. 물론 행위는 잊지 않으면서 말이다.

침실은 바로 그들의 앞에 있었다. 침실 문이 열리는 소리를 들으며 하나는 그가 주는 쾌락에 모든 것을 맡겼다.

◈

"……아. 잘못 봤나."

"넌 아까부터 왜 그래? 강의는 들었냐? 강의 내내 딴 데 정신

팔려 있더만."

"이상하게 마음에 걸려서. 헛것을 봤나? 보약이라도 지어 먹을까?"

"야. 보약 지어 먹을 돈 있으면 그 돈 나한테 내놔. 너한테 무슨 보약이야, 보약이."

아니. 차라리 정하나를 지어 주라며 지유가 신랄하게 태희를 비난하자, 태희가 씹어 먹을 듯한 얼굴로 획- 지유를 돌아보다가 화내 봤자 뭐하나, 하는 생각에 한숨을 내쉬며 화를 억눌렀다. 웬일로 어른스러운 태희의 행동에 지유가 재미없는 듯 칫- 하고 혀를 찼다. 그런 지유를 보며 하준은 남몰래 손으로 머리를 짚으며 고개를 절레 저었고 말이다.

다들 그렇게 각자 행동에 정신이 팔려 있는데, 더 이상 놀릴 의향이 없었는지 평소와 같은 시니컬한 모습으로 태희에게 물었다.

"그래서, 갑자기 웬 보약 타령이야?"

"분명히 그런 일은 있을 리가 없는데 그런 일을 눈으로 봐서."

"야. 그렇게 말하면 누가 알아듣냐?! 육하원칙으로 설명 안해?!"

진짜 한번 죽어 봐야 정신 차릴 거냐고 지유가 살벌한 얼굴로 으르렁거리자 태희가 인상을 쓰며 알았다는 얼굴로 고개를 절레 저었다. 무지하게 귀찮다는 듯한 모습이었지만 그래도 의외로 쉽게 태희는 지유에게 자신이 본 것을 자세하게 설명해 주었다.

"아까 헤어질 때, 정하나가."

"정하나가 뭐."

"달려가서 어떤 남자를 끌어안는 걸 봤어."

"……뭐?"

지금 자신이 무슨 말을 들은 것인지 알 수 없어, 순간 자신의 귀의 정상성을 의심하며 지유가 되물었다. 그리고 아무 말도 하지 않았지만 하준도 지유와 아주 똑같은 얼굴이었다. 전생에 쌍둥이였나 싶을 수준이었다.

그들의 기이한 행동에도 태희는 그들의 행동이 충분히 이해가 가는 듯 아무렇지 않은 얼굴로 다시 한 번 자세하게 설명을 해 주었다.

"정하나가 달려가서 어떤 남자 품에 안겼다고. 무슨 영화 한 장면 보는 느낌이었음."

"……미친."

그 말이 끝나자 지유와 하준은 손쉽게 태희를 매도했다. 평소 같았으면 불같이 날뛰었을 태희도 믿을 수 없는 것은 마찬가지였는지 그들의 매도에도 아무런 말도 하지 않았다. 얼이 빠진 그 얼굴은 그들과 별반 다를 것이 없었다.

"그치? 역시 내가 헛것 본 거지? 보약이라도 한 제 지어 먹어야겠어."

"그래. 비싼 놈으로 한 제 지어 먹어라. 그게 말이 되냐. 다른 사람도 아니고 정하나라니. 말도 안 되지."

"그래도 좀 소망하는 일인데. 혹시 남자 얼굴 봤냐?"

"아니. 근데 무지하게 잘난 놈이야."

단호하다 못해 칼 같은 태희의 대답에 지유가 어처구니없다는 듯 헛웃음을 터뜨리며 물었다.

"얼굴도 못 봤다면서 그건 어떻게 알아?"

"천하의 내 눈에도 그렇게 후광이 비쳤는데 더럽게 잘난 놈이 아니면 뭐야? 전신에서 평범한 인간들과는 다르다는 아우라가 풍겨졌어."

다른 사람도 아니고 내 눈에 보일 정도니 오죽하겠냐는 자신감을 가득 담은 목소리에 지유는 그것이 탐탁지 않았음에도 쉽게 납득할 수 있었다. 저 정체 모를 근자감 덕분에 저 녀석의 눈 역시 최상이 었으니까. 하준 역시 말없이 쉽게 고개를 끄덕였으니 오죽할까.

그래서 지유는 인정할 것은 재빨리 인정하고 궁금한 것을 물어 보았다.

"진짜 정하나가 달려가 안겼어?"

"어. 왜 영화에 그런 거 나오잖아. 남자가 팔 벌려 기다리고 있으면 여자가 환하게 웃으면서 달려가 남자 끌어안는 거. 남자도 기다렸다는 듯 여자 끌어안고. 딱 그 장면이었어. 영화보다 백배 천배 예뻤다는 사실 빼면. 진짜 정하나가 그렇게 환하게 웃는 거 처음 봤어. 솔직히 내가 봐도 예쁘긴 하더라."

주인공이 다름 아닌 정하나였기에 그 점은 충분히 납득할 수 있었다. 웬만한 연예인은 비교도 안 되는 하나가 그랬다면 얼마나 예뻤겠는가. 아마 그 자리에서 넋이 나갈 정도였을 것이다. 다만 그것이 영화나 상상이었다면 몰라도 현실에서 일어난다는 것은 믿으려야 믿을 수가 없었다.

그랬기에 지유와 하준은 쉽게 태희가 본 것을 부정할 수 있었다.

"아닐 거야. 정하나가 어떤 녀석인데."

"그렇지?"

"자신은 행복해질 수 없다고 믿는 녀석이니까. 뭐, 니가 본 게 현실로 이루어지길 간절히 바란다만. 그렇게만 되면 소원이 없겠다."

"어지간히 정하나 좋아해."

두 사람의 말에 태희가 진짜 어지간하다며 고개를 저었다. 그런 태희를 향해 두 사람은 환하게 웃으며 동시에 똑같은 대답을 건네었다.

"정하나랑 거의 평생을 함께했으니까."

어지간하다는 듯 푹— 한숨을 내쉬었지만 그것이 나쁘지는 않은 듯 태희가 기분 좋 웃으며 화제를 돌렸다.

"하긴. 아, 배고프다. 벌써 저녁 시간이네."

"저녁이나 먹으러 가자."

평화로운 나날 속에 일어난 별거 아닌 에피소드였다.

모두가 그 에피소드가 현실일 줄은 꿈에도 몰랐지만 말이다.

◈

"마스터."

"어? 왔어? 간만이네."

하나가 가게 안으로 들어오자, 바 안에서 유리잔을 닦고 있던 남자가 미소를 지으며 하나를 반겼다. 하나 역시 그 미소에 화답하며 남자의 앞에 앉자 남자가 닦고 있던 유리잔을 내려놓으며 하나에게 물었다.

"웬일이야? 일단 뭐 좀 마실래? 뭐 마시고 싶은 거 있어?"

"마스터 추천으로."

"오케이."

하나의 주문에 흔쾌히 답변을 내어 주고는 남자는 재빨리 손을 놀려 하나에게 칵테일을 건네주었다. 그러자 하나는 기이한 얼굴로 칵테일을 들어 살펴보다가 이내 조금 어이가 없다는 듯한 말투로 남자를 향해 내뱉었다.

"카타르시스?"

왜 이 칵테일이냐고 묻는 말에 남자는 평소와 같이 능글맞게 웃으며 답했다.

"스트레스 풀라고. 필요할 거 같아서. 고민도, 걱정도 잠시 내려놓고."

그 말에 다시 칵테일을 내려다보던 하나는 결국 힘없이 웃음을 흘리며 정말 어쩔 수 없다는 듯 고개를 절레 저었다.

"……여전히 귀신이야."

"폼으로 영업하는 줄 아나. 이 정도야 기본이지."

능글맞은 남자의 대답에 하나가 피식- 웃음을 터뜨리자 아까보다 좋아 보이는 하나의 모습에 그제야 남자가 여전히 웃는 얼굴로 물었다. 물론 아까 보여 준 그 모습 같지 않게 아주 조심스럽게 말이다.

"……무슨 일이야?"

"……그냥. 조금."

별일 아니라는 말에 자신이 걱정할까 그런 것인지, 아니면 그저 말하고 싶지 않은 것인지 가늠하던 남자는 금방이라도 사라질 것만 같은 모습이었음에도 표정 하나 없는 하나의 얼굴에서 무엇을 봤는지 씨익- 미소를 지었다.

"보아하니 잘 안 된 건 아닌 것 같은데. 뭐가 문젠 거야?"

"……문제야 많지."

너무 많아서 어떤 걸 꺼내야 할지 모르겠다는, 자포자기한 하나의 대답에 남자는 입을 다물었다. 그것은 남자도 부정할 수 없었으니까. 그런 남자의 모습을 본 하나는 힘없이 미소를 지으며 그대로 칵테일을 원샷했다.

카타르시스는 워낙 도수가 높은 칵테일이라 상당히 목이 탔을 텐데도 불구하고 하나의 얼굴에서는 그 어떤 표정도 찾아볼 수 없었다. 그래서 더욱 불안해 보였다. 모든 것을 포기한 채, 그대로 사라져 버릴 것만 같아서.

그래서 남자는 서둘러 입을 열었다.

"……사랑하는 사람까지 곁에 있게 됐잖아. 조금은…… 즐겨도 되지 않아?"

"……그 행복이 언제까진데?"

"……정하나."

"대체 언제까지 지속되는 건데? 나는 언제까지…… 언제까지 행복할 수 있는 건데?"

그 말에는 누구도 대답을 해 줄 수 없었다. 신이 아닌 이상. 그것은 하나도 아주 잘 알고 있었지만 마음을 주체할 수가 없었다.

하루하루가 행복해 미칠 것 같음과 동시에 하루에도 몇 번이나 천국과 지옥을 동시에 오가는데 제정신인 것이 더 이상했다. 행복했다. 불행하지 않았다. 하루하루가 너무나 행복했고, 이대로 죽어도 여한이 없었다.

그랬기에 불안했다. 언젠가는 끝날, 머지않아 사라질 행복이라는 것을 너무나 잘 알고 있었으니까.

"술 줘."

"……정하나."

"……제발, 줘. 마스터."

눈물은 흐르지 않았다. 하지만 지금 여기에 있는 그 어떤 사람들보다 가슴속으로 많은 눈물을 흘리고 있을 것이라는 것을 남자는 알 수 있었다. 표정 하나 없는 그 얼굴이 되레 그것을 증명해 주고 있었으니까.

이런 상대에게 술을 건네주는 것은 좋은 일이 아니라는 것을 알면서도 너무나 간절한 외침에 남자는 결국 하나에게 술을 건네주고 말았다.

이러면 안 되는데. 속으로 계속 그리 되뇌이면서도. 차마 아파 죽을 것같이 음성을 쥐어짜내는 하나를 더 볼 수가 없어서.

남자가 술을 건네자 하나는 그대로 그 술을 입안에 들이부었다. 조금의 여유도 보이지 않았다. 하지만 그 마음을 이해하기에, 남자는 아무 말도 할 수가 없었다.

"……술이 모든 것을 해결해 주는 건 아니야."

"그래도…… 이거라도 없으면 버틸 수가 없는걸."

"……행복하지 않아?"

그 물음에 하나가 고개를 들어 남자를 향해 웃었다. 너무나 예쁘나, 슬픈. 그런 미소였다.

"……행복해. 행복해서…… 무서워."

"……"

행복해서 무서운 그 마음을 바로 몇 년 전 온몸으로 느꼈던 남자는 그 마음을 백번 이해할 수 있었다. 하지만 그런 자신보다 몇 배는 힘든 상황에 처해 있는 이 아이가 너무나 안쓰러웠고, 이 아이 덕분에 자신은 그 고통에서 벗어나 행복해졌음에도 아무것도 도와줄 수 없는 것이 너무나 미안했다.

자신만 행복해져서, 결코 미안해할 것이 아니었음에도 미안했다. 자신은 행복할 수 없을 것이라 믿는, 너무나 예뻐서 더 불쌍한 아이였기에 그것이 죄처럼 느껴졌다.

"……마스터."

"……응."

"……난…… 나도, 나도 행복해도 돼? 나도 조금은 행복해져도 돼?"

그것은 누구에게 허락을 구할 만한 것이 아니었다. 그리고 이 아이를 아는 모두는 이 아이가 행복해지길 간절히 바랐다. 그 마음을 모르지 않았음에도 아이는 이렇게 물어왔다. 생전 처음 느껴본 행복을 조금이라도 이해받고 싶어서. 이런 자신이라도 조금이라도 행복하고 싶어서.

하지만 본인은 행복할 생각이 없었다. 이 질문에 그래도 된다고 대답을 해도 믿지도, 받아들이지도, 그저 한순간의 위안으로도 받아들이지 않을 것임을 남자는 잘 알고 있었다.

그것이 너무나 안타까워 남자는 몇 번이나 입을 달싹이다 대답을 건넸다.

"지금은, 아무 일도 일어나지 않았어. 일어나지도 않은 일에 미리 슬퍼하는 멍청이가 어디 있냐? 그러니까……"

"……"

"지금은 좀 즐겨. 다 잊고. 넌 그럴 자격 있고, 아무도 그런 널 비난하지 않아. 다 잊고 바보가 되면 뭐 어때. 그래서 행복해질 수 있다면."

일부러 능글맞은 어조로 밝게 말하는 남자의 모습에 하나가 정말로 환하게 웃어 보였다. 너무나 환하게. 너무나 좋다는 듯이.

"그래, 그렇지. 고마워, 마스터."

무언가 깨달은 듯한 얼굴은 아니었지만 최소한 위안은 된 듯싶어 남자는 안도한 얼굴을 했다. 조금의 위안이라도 되길 바랐으니까.

누구에게도 이해받지 못하는 관계가 뭐 어쨌단 말인가. 어차피 관계란 것은 수학처럼 딱 정의할 수 있는 것도 아니었다. 통상적으로 그렇다 하는 것만 있을 뿐. 그리고 서로의 관계에 누군가의 이해가 왜 필요하단 말인가. 누구나 알고 있는 것이었지만 그것이 선뜻 마음처럼 되지 않는 것도 사실이었다. 그것은 하나도 마찬가지였다.

그래서 하나는 남자의 말대로 바보가 될 생각이었다. 훗날의 후폭풍이 어떻든, 지금의 이 행동이 어떤 결과를 불러오든, 이미 멈출 수 없는 것이었고, 되돌릴 수도 없는 것이었다. 그렇다면 차

라리 다 잊고 바보가 되어 자신도 조금이라도 행복해져 볼 요량
이었다. 죄책감도 있었고 양심도 찔렸다.

지금 자신의 이 결정이 훗날 누구에게 어떤 피해가 갈지 상상
조차 할 수 없었다. 하지만 그렇다 해도 자신의 행복을 위해서라
면 개의치 않을 이들이었기에 더 겁을 먹었던 것이다. 그런 사람
들이었기에 쉽게 상처를 주는 결정을 할 수가 없었다.

하지만 곁에 있게 되고, 서로 마주하며 웃고 떠들며 껴안는 그
순간이 너무나 좋아, 눈물이 나올 만큼 사랑스러워서, 자꾸만 욕
심이 생겼다. 지금의 이 결정이 얼마나 위험한 것인지 모르지 않
았다. 하지만 걸어 보고 싶었다. 모든 것을 걸어서라도 손에 넣고
싶은 시간이었기에.

"마스터, 한 잔 더."

"안 돼. 너 이미 많이 마셨어."

"딱 한 잔만. 한 잔만 마시고 갈게."

"한 잔만이다?"

"응."

그게 하나가 태어나서 처음으로 부린 이기심이었다.

누구도 비난하지 않을, 누구도 인정할 수밖에 없는, 너무나 소
박해서 되레 가슴이 상하는……

그런 이기심이었다. 본인은 전혀 모르겠지만.

네 번째.
믿을 수 없는 광경

"……나. 정하나."

"……으음."

"일어나. 아침이야."

깨우려는 건지, 재우려는 건지 의심스러운 목소리에 하나가 부스럭부스럭 몸을 움직이다가 살짝 실눈을 뜨고는 바로 위에서 자신을 내려다보고 있는 강현에게 물었다. 매우 익숙한 모습이었다.

"……몇 시?"

"9시."

그 대답에 하나가 조금 인상을 쓰면서도 순순히 침대에서 몸을 일으켰다. 아직 비몽사몽해서 제대로 몸을 겨눌 수 없었지만.

금방이라도 다시 쓰러져 침대에 누울 것 같은 모습에 강현이 피식— 웃음을 흘리며 손을 뻗어 하나를 일으켜 주었다. 평소라면 상상할 수도 없는, 오로지 아침이기에 가능한 그 모습이 무척이나 마음에 드는 듯했다.

처음 본 것도 아니었고, 이제는 꽤나 익숙해졌을 법도 하건만 강현은 아직도 그 모습이 너무나 재미있는 모양이었다. 눈을 제대로 뜨지도 못해 아직도 비몽사몽한 상태인 하나는 그것을 보지 못했지만.

"얼른 씻고 옷 입어. 계속 그러고 있을 거야?"

"아."

그제야 자신이 팬티 한 장 걸치지 않은 알몸임을 깨닫고 잠이 확 깬 듯 하나가 눈을 번쩍 뜨더니 서둘러 손으로 이불을 끌어당겼다. 그리고는 벌떡 침대에서 일어나 어기적어기적 욕실로 향하자 강현이 못 참겠다는 듯 손으로 입을 가리다가 결국 크게 웃음을 터뜨렸다. 그 웃음소리에 하나의 귓불이 붉어지자 또 그건 어떻게 봤는지 그것을 본 강현이 더욱 크게 웃음을 터뜨렸다.

한두 번도 아니고 이제는 익숙해져 아무렇지 않을 법하건만 그녀는 한결같았다. 어쩜 그리 한결같이 아침만 되면 알몸인 자신의 상태를 깨닫고 부끄러워하는지. 하룻밤을 보낸 후에 다음 날 아무렇지 않게 실올 하나 걸치지 않은 몸으로 자연스럽게 걸어 다니며 자신을 유혹하려고 애를 쓰는 여자들만 보다 보니 그것이 퍽 신기했다.

그들은 그만큼 자신의 몸에 자신이 있었기에 할 수 있었던 행동이었겠지만 객관적으로 보나 주관적으로 보나 그들보다는 몇 배는 환상적이고 매력적인 몸을 가진 그녀가 정작 자신의 몸에 자신이 없다는 것은 좀 의아했다. 원래 여자라는 생물은 남자보다 훨씬 자신의 매력을 잘 알고 있는 생물이 아니었는가. 아닌 사람도 있지만.

그녀가 여자가 아니라는 것은 아니었다. 지난밤 뜨겁게 자신이 탐하던 몸이었는데 어찌 그것을 모르겠는가. 하지만 때때로 의아했다.

누가 봐도 잘난 여자였다. 그런데 그녀는 자신에 대한 자신감이라는 것이 전혀 보이지 않았다. 잘난 척이나, 사람이라면 필시 있을 어느 부분에 있어 특유의 우월함을 과시하는 것 따위는 전혀 찾아볼 수가 없었다.

사람이라면 그럴 턱이 없을 텐데도 말이다. 마치, 모든 것을 포기한, 무기질적인 사람처럼. 그것이 어딘가 모르게 자신을 불안하게 했다. 꼭…….

"……거기서 뭐 해요?"

언제라도 자신의 곁을 떠날 것만 같아서.

그럴 리가 없을 텐데도 그런 생각이 자꾸만 들었다. 분명히 자신의 품에 안고 있음에도 그 생각이 지워지지 않았다.

"……왜 그래요?"

"아니, 잘 닦아. 이게 뭐야. 흐르잖아."

"……아."

강현의 가운을 입어 후줄근한 차림에 머리에는 수건을 올리고 나타난 하나는 대충 머리를 닦은 상태였기에 몸은 미리 닦아 둬 괜찮았지만, 머리는 아직도 축축하게 젖은 채로 물이 흘러내리고 있었다.

그 모습을 본 강현은 그제야 상념에서 벗어나 희미한 미소를 입가에 띠며 다가가 수건으로 하나의 머리를 닦아 주었다. 그러면서 이게 뭐냐며 투덜거렸지만 목소리에는 애정이 가득했다.

그것을 알기에 하나는 꾸중을 듣고 있었음에도 기분 좋은 미소를 지으며 얌전히 강현이 하는 대로 그냥 내버려 두었다.

"자. 얼른 옷 입어."

"네."

하나가 쪼르르 드레스 룸으로 들어가자 강현은 그런 하나를 웃으며 바라보다 주방으로 발걸음을 옮겼다. 함께 지내는 시간이 많아지고, 어느 정도 시간이 흐르다 보니 자연스럽게 하나의 세간살이가 늘어나는 것은 당연한 일이었다.

벌써 함께 보낸 시간이 한 달 남짓, 그렇다 보니 이제는 아예 강현의 드레스 룸 한구석에 하나의 옷이 구비되어 있었다. 정확히 말하면 하나가 전날 밤 입던 옷을 세탁해 놓았던 것이 그대로 그곳을 차지한 것이었지만.

하나가 옷을 입고 방을 나오자 주방에서 강현이 간단한 토스트와 커피를 내왔다. 두 사람 다 먹는 것을 그리 즐기는 편이 아니었다. 그렇지만 다들 의사였기에 간간이, 틈이 날 때마다 규칙적으로 생각이 없어도 조금씩 식사를 했다. 때문에 둘 다 양이 그리 많지 않았다. 말 그대로 입가심 정도였다.

사실 그마저도 잘 하지 않는 하나였기에 처음 자신은 아침을 잘 먹지 않는다고 고백했을 때, 강현의 무시무시한 눈 때문에 기가 죽어 어느 순간부터 강현을 따라 이리 아침을 먹게 되었다. 처음에는 익숙하지 않아 속이 좀 더부룩할 때도 있었지만 이제는 익숙해져 오히려 이편이 당연하게 느껴졌다.

맞은편에 앉아 하나가 토스트를 베어 물며 휴대폰을 꺼내 일정을 확인했다. 그 모습을 보며 강현은 느긋하게 커피를 마셨다.

지극히도 자연스러운 모습이었다. 이미 일상이 되어 버린 듯한 모습이었다. 그게 길조인지, 흉조인지 누구도 알 수 없었지만 무척이나 보기 좋은 모습임은 부정할 수가 없었다. 정말 보기 좋았나. 정말…….

"시간 됐다. 가자."

"네."

너무나.

◘

"어. 왔어?"

"하아. 니들은 또 왜 그래?"

하준이 반갑게 하나를 맞이했지만 하나는 반갑게 인사를 받아줄 수가 없었다. 뭐, 그것은 하준도 마찬가지였기에 별말을 하지 않았다. 하나가 한숨을 내쉬며 또 그러냐는 말투로 묻자 둘은 약속이라도 한 듯 한 치의 어긋남도 없이 동시에 대답했다.

"이년이 자꾸 시비 걸잖아!"

"이년이 자꾸 미친 소릴 지껄이잖아."

"……."

너무 쿵짝이 잘 맞아서 순간 하나와 하준은 할 말을 잃어버렸다. 그런 두 사람은 보이지도 않는지, 지유와 태희는 서로 반대편으로 돌아서서 있는 대로 신경질을 부리기 바빴다. 그 모습을 보던 두 사람은 결국 깔끔하게 그 둘을 포기하기로 했다. 말린다고해서 들을 것들도 아니었으니.

하나는 이제 두 사람이 또 왜 싸우는 건지 이유를 알고 싶지도 않았다. 포기하고 하준의 옆에 앉았고, 하준도 이미 오래전에 포기한 듯 두 사람은 신경조차 쓰지 않은 채 오늘 강의할 부분을 미리 예습을 했다.

그런 그들과 반대로 강의실에 있는 학생들은 죽을 맛이었다. 저 둘을 말릴 인간들이 이미 포기한 채 자기 할 일 하기 바빴으니 오죽했을까. 하지만 그들의 소리 없는 외침이 저들에게 들릴 리만무했다. 그 증거로 아직도 두 사람은 싸우는 데에만 정신이 팔려 있었으니.

'작작 좀 해라, 좀!'

아무리 이제는 포기했다지만 지긋지긋한 것은 어쩔 수가 없는지 다들 속으로 이를 갈고 있을 때쯤, 평소라면 악마의 강림이라고 할 수 있는 교수가 구세주처럼 등장했다. 저들의 싸움을 감당하느니 차라리 지옥 같은 공부의 시간이 나은 듯했다.

교수가 등장하자 아무리 그녀들이라도 계속 그 상태로는 있을수 없었는지 제대로 자리를 잡고 강의를 들을 준비를 했다. 그 모습에 다들 남몰래 안도의 한숨을 쉬었다. 물론 그녀들은 그것을 알지도, 관심도 없었지만.

강의가 끝나고, 다들 다음 강의가 있었기에 서둘러 물건들을 챙기고 자리에서 일어나 서둘러 걸음을 옮겼다. 점심을 먹고 바로 다음 강의를 들으러 가야 하기 때문에 시간이 촉박했다. 그것은 하나의 일행 또한 다르지 않았기에 여전히 싸운 상태였음에도 묵묵히 짐을 싸 자리에서 일어났다.

그리고 자연스럽게 점심을 먹으러 가야 했지만, 평소라면 자기들이 먼저 나서 뭘 먹을지 소리칠 사람들이 조용하니 자연스럽게 침묵이 낮게 깔렸다. 그 익숙한 침묵이란 것이 이렇게 소름 끼칠 수도 있다는 것을 하준과 하나는 새삼 깨닫고 있었다. 하지만 깨닫는 건 깨닫는 거고 상황은 상황이었다.

'아, 진짜.'

둘이 속으로 동시에 한탄을 했다. 상황이 왜 이 지경이 됐는지 따위는 알고 싶지도 않았다. 그저 얼른 이 상황을 벗어나고 싶을 뿐. 하지만 그럼에도 언제 터질까 몰라 누구도 섣불리 입을 열지 못하는데, 결국 결심을 한 듯 두 주먹을 꽉 움켜쥔 하준이 비장한 얼굴로 입을 열었다.

"점심 뭐 먹을래?"

"아무거나."

"아무거나."

바로 동시에 돌아오는 똑같은 대답에 하나와 하준은 전생에 둘이 쌍둥이가 아니었을까, 하는 의심을 하게 되었다. 어쩜 그리 똑같을 수가 있는지 신기할 지경이었다. 그러면서도 같은 대답이 동시에 들려오자 서로를 죽일 듯이 쌔려보는 모습이 아주 가관이었다. 할 수 있다면 동영상으로 찍어 놓고 싶을 정도였다.

결국 이 상황을 어떻게든 만회해 보려 했던 하준조차 두 손 두 발을 다 들자 하나는 결심할 수 있었다. 그리고 이미 결심한 이상, 그것을 행동으로 옮기는 것은 아주 쉬운 일이었다.

"나 간다."

"어디 가! 정하나!"

하나의 선언에 마치 무슨 날벼락이라도 떨어진 듯 하준이 토끼같이 놀란 눈을 하고는 휙- 몸을 틀어 애타게 하나를 불렀지만, 이미 결심한 이상 하나는 거침이 없었다. 하준의 간절한 외침을 깨끗이 무시하고 귀에 이어폰을 꽂으며 누가 자신을 불렀냐는 듯 태연스럽게 앞으로 걸어 나갔다.

한번 결심을 하면 거침이 없는 하나를 잘 알고 있었으면서도 하준의 간절한 외침은 멈출 줄을 몰랐다. 어쩜 그리도 애절할 수 있는지, 마치 떠나가는 연인을 붙잡는 남자와 다를 바가 없었다. 하지만 그런 하준의 외침에도 불구하고 하나는 꿋꿋했다. 한 번도 걸음을 멈추지 않았다.

"정하나! 정하나아아!!"

단 한 번도.

◈

"……어?"

"왜 혼자야?"

대체 언제부터 보고 있었던 건지. 아니, 그 혼란한 와중에 어떻게 자신을 알아보고 기다리고 있었는지 신기할 지경이었다. 하지만 어이가 없는 반면에도 마음이 들뜨는 것은 어찌할 도리가 없었다. 의도치 않았음에도 입가에는 슬그머니 미소가 감돌았다.

"……뭐예요."

말투는 퉁명스러웠지만 입가에 감도는 미소 덕에 전혀 무게감이 실리지 않았다. 그 이질적인 모습에 강현이 작게 미소를 지으며 들고 있던 종이컵을 그대로 쓰레기통으로 집어 던졌다. 꽤나 거리가 있었기에 들어가지 않을 법도 하건만 종이컵은 정확히 쓰레기통 안으로 들어갔다.

멋있기는 하지만 무척이나 재미없는 결과였다. 실패하면 조금은 사람답게 보일 법하건만. 이런 모습 때문에 다른 사람들에게 괴물 취급받는 것은 아는지 모르는지. 아마 그러든지 말든지 상관없는 쪽이겠지만.

종이컵이 들어간 쓰레기통을 보며 그런 생각을 하고 있는데, 그런 자신은 안중에도 없는지 그는 태연스럽게 차에 기대고 있던 몸을 일으키며 말했다. 너무나 아무렇지 않게. 물론 별거 아닌 말이었지만 자신에게는 너무나 가슴 설레는 말이었다.

"밥 먹으러 가자."

"……에?"

저도 모르게 되묻고 말았다. 이미 몇 번이고 들었던 말이었지만 지금 이 말을 듣게 될 줄은 몰랐으니까. 점심을 먹고 다음 강의에 들어가야만 했다. 시간이 많지도 않아 근처에서 점심을 때워야 했다.

그렇다는 것은 누구에게 둘의 모습을 들킬 수도 있다는 것이었다. 그리고 애초에 그와 점심을 먹고 태연스럽게 강의에 들어가 강의를 들을 수 있을 리가 없었다.

때문에 답지 않다는 것을 알면서도 당황스러운 마음을 고스란히 얼굴에 드러내며 뭐라 묻지도 못하고 쩔쩔매는데, 그는 그런 자신은 보이지도 않는지, 아니면 일부러 무시하는 것인지 태연스럽게 자신을 잡아끌었다.

"시간 없다."

"잠, 잠깐만요! 진, 진짜예요?!"

"내가 허튼소리 할 사람으로 보이나?"

물론 안 보인다. 잠깐. 이게 아니라!

"들키면 어쩌려구요?!"

"안 들키면 되지."

"그게 말이 된다고 생각하는 거예요? 진심으로?"

"……"

어처구니없는 대답에 저도 모르게 헛웃음을 치며 미친 거냐고 묻자, 자신도 말도 안 된다는 자각은 있었는지 아무 말도 없었다. 하지만 행동은 거침이 없었다. 그대로 아무 말 없이 제 갈 길을 갔으니까. 물론 여전히 자신의 손목은 붙든 채로.

"어. 저. 잠깐! 잠깐만!"

당황스러운 외침이 그대로 울려 퍼졌지만 그는 걸음을 멈추지 않았다. 망설이지도 않고. 정말 매정하게도.

"잠, 잠까안!"

단 한 번도 말이다.

◎

"먹어."

"⋯⋯지금 밥이 넘어갈 거 같아요?"

"안 넘어갈 건 또 뭐야?"

"⋯⋯이봐요."

심술이다. 분명 알면서 일부러 그러는 거다. 하지만 알면서도 그대로 당할 수밖에 없는 현실에 저도 모르게 주먹에 힘이 들어갔다. 이렇게 누군가를 때리고 싶은 욕구가 솟아오른 것도 참으로 오랜만인 거 같았다. 아니, 아직도 자신에게 이런 감정이 남아 있었다는 것이 신기하고 생소했다. 그날 이후, 다 없어져 버린 줄 알았으니까.

김이 모락모락 피어오르는 오므라이스는 모양과 냄새만으로도 충분히 매혹적이었지만 이러저러 복잡한 심정에 손을 대지 못하고 있는데, 그런 자신을 아는지 모르는지, 아니, 알고 있다. 확신할 수 있었다.

그럼에도 그는 태연스럽게 자신의 입안에 손수 밥을 넣어 주었다. 흉한 꼴은 면하기 위해 일단 받아먹기는 했지만 진 듯한 기분은 어쩔 수가 없어 인상을 구기고 있는데, 그가 자신의 밥을 먹으며 말했다.

"그렇게 머리 터지게 고민한다고 뭐가 달라지는 것도 아니고, 여기까지 왔으면 맛있게 밥이나 먹고 가."

"머리 터지게 고민하게 만든 사람이 할 말은 아니네요."

그렇지만 충분히 일리가 있는 말이었다. 하지만 쉽게 인정하는 모습을 보이기는 싫어 마지못해하는 얼굴로 숟가락을 들었다. 그런 자신은 또 어떻게 눈치챘는지 그가 피식- 웃음을 터뜨렸다. 진짜 당해 낼 수가 없는 남자였다.

자신의 얼굴이 붉어지자 웃음소리는 더 커져만 갔다. 그만 웃으라고 해 봤자 듣지 않을 것을 알기에 그 웃음을 깨끗이 무시하고 묵묵히 오므라이스를 입에 넣자, 어느새 웃음을 멈춘 그도 자신의 몫의 오므라이스를 먹기 시작했다. 그 모습에 결국 웃음이 터진 건 자신이었다. 우습지 않을 수 없었다, 이 상황이.

어찌 우습지 않을 수 있겠는가. 스스로도 인정하고 있었다. 참으로 기이한 상황이었고, 있을 수 없는, 일생에 두 번 다시 있을까 말까 한 이상한 광경이었다. 아마 그도 그것을 잘 알고 있었다. 개의치 않을 뿐.

그건 그의 판단이 옳았다. 어차피 결정한 거, 머리 싸매고 고민해 봤자 뭐가 달라지는가. 그냥 이 상황을 즐길 수 있는 대로 즐기는 것이 이득이었다. 물론 그만한 강심장이 있어야 가능한 일이었지만.

'넌 내 거야. 내가 아니면 그 누구도 가질 수 없어.'

"......!"

그리고 불행히도 자신은 그만큼의 강심장이 아니었다.

몇 년간의 시간이, 가슴속에 박힌 말들이 아직도 내 모든 것을 옥죄고 있었으니까. 손톱만큼의 용기도, 그 무엇도 낼 수가 없었다. 신이 원망스러울 정도로.

"정하나."

"……아, 왜요?"

"너 소스 묻었어."

"아."

그럼에도 그와 함께 있는 것은 충분히 즐거웠고, 너무나 행복했다. 꿈에 바라던 순간들이 언제 사라질지는 모르겠지만 분명 현실로 이루어졌으니까. 그것만으로도 꿈만 같았다. 그가 자신을 어떻게 볼지는 별로 중요치 않았다. 그저 함께 있는 이 순간 자체만으로도 너무나 좋았다.

누군가는 어쩜 그리 욕심이 없냐 말할 수도 있겠지만 이건 자신에게 이미 충분히 과하게 욕심을 부린 것이었다. 평생 없을 것이라고 생각했으니까.

어쩌면 그는 자신이 그의 얼굴과 평판, 돈을 보고 접근했다고 생각할지도 몰랐다. 충분히 그럴 만했다. 그는 남부럽지 않을 재력을 가지고 있었고, 외모도 뛰어났으며, 외모만큼 능력도 뛰어나 모든 여자들이 노리는 최고의 남자였으니까. 아마 자신도 다른 이들과 같은 상황에 놓여 있었다면 그의 그런 것에 마음이 갔을지도 몰랐다. 자신도 여자는 여자였으니.

바라는 건 사람들이 생각하는 그 무엇도 아니었다. 그저 지금의 이런 시간을 원했던 것뿐이었다. 누군가는 꿈도 야무지다고 비웃을지도 몰랐다. 또 다른 누군가는 그게 말이 되냐며 위선 떨지 말라고 비난할지도 몰랐다. 그래도 상관없었다. 남들이 뭐라 해도 좋았다. 그저. 그저 그냥…….

"자."

"고마워요."

이 남자의 곁에 있고 싶었다.

태어나 처음으로 바란 작디작은 소망이었다. 결코 이루어지지 않을 것을 알았기에 하는 소망이기도 했다. 그래도 바라고 또 바라는 일이었기에 한없이 들어주지도 않을 이에게 계속 소망하는 것이었다. 몇 번이고, 몇 번이고.

"강의 시간 얼마 안 남았다. 가자."

"네."

신이시여, 제발.

"잠, 잠까안!"

그 애타는 외침에 강현은 웃음이 튀어나올 뻔했다. 물론 터져 나오기 직전 간신히 막아 내었으니까.

하루하루 이렇게 색다른 모습을 보여 주니 질리려야 질릴 수가 없었다. 하루하루가 이렇게 재밌기는 또 처음이었다.

자신이 어떻게 행동하는지에 따라 매일 전혀 다른 새로운 모습을 보여 주니 이렇게 안 하던 짓을 하는 것을 멈출 수가 없는 것이었다. 그것을 그녀가 아나 모르겠지만.

안다고 해서 딱히 달라질 것도 없었기에 크게 신경 쓰지 않았다. 처음에 생겼던 작은 흥미가 지금은 이렇게 커다란 재미를 안겨 주고 있었다. 사실 별게 있는 것도 아니었다. 정말 사소한 것들이었다.

하지만 고작 음식 소스가 입가에 묻은 것을 보는 것만으로도 충분히 즐거웠다. 늘 완벽해 보이는 여자의 엉성한 부분이어서 그런 걸지도 모르겠지만 그것도 이 여자의 일부였다.

거의 한 달에 가까운 기간 동안 같이 지내니 모르던 것이 눈에 보였다. 완벽해 보이는 이 여자는 상당히 흐트러진 부분이 많았다. 아마 선천적인 것 같았다. 사람이란 게 원래 완벽할 수 없다는 가설을 증명해 주듯 아침에 눈을 떴을 때라든가 사람들이 잘 모르는 부분에서 이 여자는 상당히 어설펐다. 의외로 귀찮은 것을 싫어하기도 했고, 은근 게으르기도 했다.

그런 이 여자가 완벽해 보이는 것은 아마 본인의 노력 덕분이었을 것이다. 원래가 머리 좋고, 귀찮아했기에 역으로 한 번에 확실히 끝내 버리는 성격 탓도 분명 있었겠지만, 완벽하지 않으면 안 되는 이유가 있었기에 본인 스스로가 노력을 한 것이다. 마치 빈틈을 보이지 않아야 하는 사람인 것처럼. 그것에 이상하게 신경이 쓰였다.

보통 24살이 그렇게나 노력해야 할 이유가 있나? 대답은 아니, 였다. 재벌이 아닌 이상은. 하지만 자신이 알기로 그녀는 재벌이 아니었다. 자신이 기억하는 이름 중에 정하나라는 이름은 없었다.

그렇다면 대체 왜. 무슨 연유로. 물어봐 봤자 제대로 대답해 주지 않을 것이다. 자신이 그것을 물어볼 이유도 없었고 말이다. 애초에 자신이 그것을 궁금해야 할 이유도 없었다.

그런데 신경이 쓰였다. 이러니저러니 해도 꽤나 마음을 준 것 같았다. 자신도 모르는 새 말이다. 어쩌면 처음부터 마음을 주었는지도 몰랐다. 처음, 그녀를 안았을 때부터. 자신이 섹스에 매력을 느끼던 이였던가. 그런 우스운 생각을 하며 강현은 피식- 웃음을 터뜨렸다.

좋지 않은 일임을 안다. 어쩌면 그녀도 다른 여자들과 다를 것이 없을 것이다. 자신의 재력이나 외모, 권력 같은 실제로는 별것도 아닌 것들에 홀린, 머리는 텅텅 빈 주제에 성격은 영악한 그런 보기만 해도 신물이 넘어오는 인물일지도 몰랐다. 아니라는 것을 직감적으로 알고 있었으면서 그렇게 의심하고 흉을 보는데 이상하게 자꾸 웃음이 새어 나왔다.

스스로가 봐도 우스웠기 때문이었을까. 다 부질없는 짓이라는 것을 알면서도 왜 이런 생각을 하는지 모르겠다. 알게 모르게 그녀에게 옮았나 싶었다.

"……음."

거리를 둬야 하는 것을 알고 있었다. 어쩌면 그녀도 다른 별 볼일 없는 인간과 똑같을지도 모른다는 것을 알고 있었다. 그렇다면, 아니. 그렇지 않다고 해도 훗날을 위해서라면 이렇게 마음을 주면 안 된다는 것을 잘 알고 있었다. 하지만 그런 머리와는 다르게 이미 그녀에게 충분히 마음을 주고 있었다. 나중에 얼마나 복잡해질지 모르지 않았으면서.

그럼에도 그럼 뭐 어때, 라는 생각이 들었다. 스스로가 봐도 어이가 없을 지경이었다. 하지만 전에 그녀에게 했던 말처럼 머리 싸매고 있어 봤자 뭔가 나오는 것도 아니었다. 지금은 그저 가만히, 즐길 생각이었다. 나중에 가서 생각해도 늦지 않으니까. 벌써부터 일어나지도 않은 일에 겁을 먹고 도망치는 겁쟁이 같은 일 따위는 사양이었다. 그리고 무엇보다…….

"우웅."

지금은 이 조그맣고 가련한, 그러나 어쩌면 자신보다도 강할지 모르는 이 여자가 자신의 품에 있다는 것만으로 충분히 만족스러웠으니까. 그리고 무엇보다 이 여자를 품에 안고 잠을 청하는 기분은 그리 나쁘지 않았다. 스스로가 생각해도 어이없을 만큼 말이다.

하지만 지금은 그것으로 충분했다. 그리고 그것은 아마 그녀도 같을 것이라는 확신이 들었다. 왠지 모르지만 그런 생각이 들었다. 그건 아마 자신의 품에 안겨 있는 이 여자의 얼굴이 그 어느 때보다 편안해 보였기 때문일까.

"풋."

물론 이 말을 들은 누군가는 그게 말이 되냐며 비웃을지 모르지만.

그래도 상관없었다. 남들이 무슨 상관인가. 본인이 만족스러우면 아무래도 좋은 사람이었다, 자신은.

그녀를 안으며 눈을 감고 잠을 청했다. 그녀가 품에 있을 때는 언제나 나타나는 기분 좋은 잠을 기대하며.

◎

"오랜만이에요, 은지 씨."

"요즘 너무 뜸하신 거 아니에요? 선생님?"

"이제 좀 있으면 시험이잖아요."

"아, 벌써 그렇게 됐나?"

미안하다는 하나의 얼굴에도 시종일관 부루퉁한 얼굴을 보이던 은지는 이내 평소처럼 화사하게 웃어 보이며 하나에게 가까이 오라고 손짓했다. 그 모습에 하나 역시 입가에 부드럽게 미소를 띠며 은지의 침대 앞에 있는 의자에 앉자, 은지가 득달같이 하나를 붙잡고 그동안의 이야기를 캐물었다.

"어떻게 됐어요? 그 남자랑은요? 사귀어요? 네? 같이 지내는 건 맞죠? 그죠?"

"숨넘어가겠다. 하나씩 물어봐요."

"같이 지내는 건 맞구나? 어쩐지. 얼굴이 그래 보이더라니."

하나가 대답도 하기 전에 하나의 얼굴에서 답을 캐낸 은지는 저 혼자 고개를 끄덕이며 역시 나는 눈치 하난 기가 막히다며 자화자찬을 했다. 너무 빠른 변화에 자신에게 묻는 말이었음에도 불구하고 한마디도 대답하지 못한 하나는 멍한 얼굴로 은지를 바라보다가 이내 작게 웃음을 터뜨렸다.

우울증 환자라고는 생각할 수도 없을 정도로 밝고 화사한 환자였다. 아니, 오히려 환자는 자신인 것 같다는 착각이 들 정도였다. 눈앞에 있는 우울증 환자보다 의사인 하나가 더 어둡다 생각했으니까. 실제로도 그러했고 말이다. 우울증 환자가 의사보다 세상을 비관적으로 바라보지 않고, 더 밝은 마인드를 가지고 있다니. 정말 말세였다.

"보자, 은지 씨. 많이 좋아졌네요. 경과도 좋고, 오늘 보니까 이제 약 줄여도 되겠다."

"에이, 말 돌리지 마시구요. 어떻게 됐냐니까요."

"혼자 북 치고 장구 치고 다 하더니?"

"그래도 확신은 얻고 싶습니다."

진지한 얼굴로 선언하며 그러니 얼른 말하라고 칭얼거리는 은지의 모습에 하나가 기분 좋은 웃음을 터뜨리며 대답했다.

"지금 내 얼굴 보면 답이 나오지 않아요?"

"그게 다일 거란 생각은 안 들거든요."

"그게 단데?"

하나가 장난스럽게 말하자 은지가 의외로 엄한 얼굴로 정색을 하며 하나의 말을 전면 부정했다.

"설마."

확신을 가득 담은 그 목소리에 하나도 결국 어쩔 수 없다는 듯 두 손을 들며 항복을 선언했다.

"정말 못 당하겠네."

"그러니까 얼른 불라니까요. 난 들을 준비가 돼 있어요. 얼른! 컴 온!"

"그 말은 또 어디서 배운 거예요?"

"그런 사소한 거엔 신경 끄시고 얼른!"

화통한 은지의 대답에 피식- 웃음을 흘리며 하나는 나지막이 입을 열었다. 너무나 부드럽고 다정한, 그러나 어딘가 가슴 한구석을 아리게 하는 목소리였다.

"좋아요. 정말. 내 생에 이렇게 행복한 날이 있었나 싶을 만큼."

"……그런데요?"

"영원하지 않으니까. 언젠가 끝날 테니까."

너무나 고요하고 단조로운 목소리가 마치 모든 걸 체념한 듯 보여 은지는 왠지 모르게 제 가슴이 다 아파 오는 것 같았다. 어째서 그렇게 체념하는지. 한번 노력해 보고, 싸워 볼 만도 하건만, 어째서 해 보지도 않고 포기하는지. 아무 상관도 없는 자신이 다 화가 나고 안타까웠다.

"……어째서 그렇게 생각하세요?"

울 사람은 따로 있었는데도 제가 다 눈물을 흘릴 거 같은 은지의 얼굴에 하나는 애써 밝게 미소를 지어 보였다. 그것이 오히려 더 슬퍼 보인다는 것을 아는지 모르는지.

"굳이 내가 아니라도 누구나 그럴 거예요. 원래 사랑은 평생 가지 않는다잖아요."

그건 분명 부정할 수 없는 말이었다. 실제로 영원한 사랑이라는 건 말뿐인 경우가 허다했으니까. 언제 식게 될지, 언제 식어 행복이 추억이 될지 모르는 게 사랑이란 것이었다. 행복한 때는 그 사랑이 식지 않고, 타오를 때였다. 그것은 은지도 잘 알고 있는, 모든 사람들이 알고 있는 사실이었다.

하지만 알면서도 꿈꾸고, 겁을 먹고 도망치면서도, 결국 누구나 사랑을 했다. 지치지도 않고, 누군가를 계속, 혹은 영원히. 영원을, 평생을 꿈꾸며 아프고 힘들어도 그리 사랑을 하는 것이다.

아마 하나도 알고 있는 것일 것이다. 그리고 은지는 하나의 마음을 이해할 수 있었다. 이 사랑이 소중하기에. 지금 그 사랑이 너무나 소중했기에 두렵고, 서글픈, 그 마음을. 그렇기에 은지는 더 안타까웠다. 은지 역시 하나가 행복하길 바라는 한 사람이었으니까.

"……선생님."

"얘기가 너무 칙칙하게 흘렀네. 본의 아니게 미안해서 어쩌죠?"

"그게 미안해할 일이에요? 내가 조른 건데?"

은지가 어처구니없다는 듯 되묻자 하나가 힘없이 웃음을 흘리며 대답했다.

"아니. 그래도."

"그렇게 따지면 내가 미안해해야지. 미안해요. 이런 얘길 꺼내게 해서."

진심이었다. 분위기가 이렇게 가라앉길 바라지 않았다. 눈앞에 있는 이 여자의 밝은 미소를 흐릴 생각은 없었다. 이제 와 말하기도 뭐했지만 진심이었다. 한 치의 거짓도 존재하지 않았다. 누구보다 좋아했으니까. 이 여자의 환한 미소를. 자신에게는 없는 밝고 활기찬 얼굴을.

그런 하나의 진심이 눈에 뻔히 보여 은지는 왠지 모르게 눈물이 나올 것 같았다. 한 톨의 거짓도 없는 진심이어서 더욱더 울고만 싶었다. 하지만 은지는 눈물 대신 더욱 환하게 미소를 지어 보였다. 눈앞에 있는 이에게는 그것이 더 좋다는 것을 아주 잘 알고 있었으니까.

"선생님, 저는요. 세상에 불가능은 없다고 생각해요. 우리가 불가능하다고 여기고 당연히 포기하는 일들은 어쩌면, 더 노력했으면 가능했을지도 모르는 일이거든요. 훗날 깨닫고 후회하는 것이지만."

"……."

왜 갑자기 이런 얘길 꺼내는지는 알 수 없었지만 그 말이 가슴 속 깊이 와 닿았다. 정말 이상하게도. 무슨 얘기인지 제대로 알지도 못하면서.

"그러니까…… 지금 선생님 앞에 펼쳐지는 풍경이 믿을 수 없는, 언젠가는 사라질 광경일지라도 그건 현실이에요. 즉, 선생님이 어떻게 하냐에 따라 계속해서 선생님이 인정할 수 있는 현실이 될 수 있을 거예요. 나는 그렇게 믿을래요. 선생님이라면 충분히 그러실 수 있을 거예요. 그러니까……."

"은……."

"선생님이 저를 행복하게 해 주셨듯이, 선생님도 행복하셨으면 좋겠어요."

"……."

"진심이에요."

눈앞에 펼쳐지는 너무나 따스한 진심 어린 미소에 하나는 아무 말도 할 수 없었다. 그저 고개를 숙이며 차마 보이지 못할 눈물을 떨굴 뿐이었다. 말을 건넨 그녀만큼이나 간절한 마음을 담아.

사랑한단 한마디 하지 못하는 어리석고 못난 자신의 마음을 위하여.

"······이상해."

"하루 이틀이냐?"

"장난 아니다."

"뭔데?"

윤서가 난해한 얼굴로 계속 이상하다고 중얼거리자 보다 못한 서진이 대체 왜 그러는 거냐고 약간의 짜증을 담아 윤서에게 물었다. 그러면 오히려 더 대답해 주기 싫은 사람의 마음을 눈곱만치도 모르는 듯했다. 하지만 의외로 윤서는 너무나 쉽게 답을 내주었다.

"헛걸 본 거 같아서."

"뭘 봤는데 천하의 하윤서가 그런 소리를 하는 거야?"

"최강현이 평범한 커플처럼 걸어가는 모습을 본 거 같아서. 아, 요즘 기가 약해졌나 봐. 아버지한테 보약 하나 좋은 걸로 지어 달라고 할까."

윤서의 집은 강남에서 가장 유명한 한방병원을 운영했다. 덕분에 윤서는 쉽게 비싼 보약들을 아무렇지 않게 받아먹을 수 있었고 말이다. 워낙 건강체라 먹을 일이 별로 없었지만.

윤서가 눈을 비비며 역시 보약을 지어 먹어야겠다고 중얼거리자 서진은 별 미친 소리를 다 들어 보겠다는 듯 헛웃음을 터뜨리며 시원스럽게 윤서의 말을 부정했다.

"그게 말이 되냐. 천하의 최강현이? 차라리 해가 서쪽에서 뜨는 게 더 빠르겠다. 헛소리도 정도껏 해야지. 요즘 뭔 일 있냐? 진짜 뭐라도 하나 지어 먹어라."

"그래야 할라나 봐."

"최강현이 웃으면서 여자랑 오붓하게 커플처럼 걸어 다니는 꼴을 보기 전에 우리가 먼저 세상 하직할 거다. 죽기 전에 한 번쯤 꼭 보고 싶은 풍경이기는 하다만."

"그건 그렇지."

시원스럽게 서진의 말에 수긍을 하며 윤서는 휴대폰을 꺼내 아버지에게 문자를 보냈다. 보약 좋은 걸로 한 제만 지어 달라고. 물론 갑자기 웬 보약이냐는 으름장이 날아왔지만. 그래도 윤서는 잔말 말고 요즘 기가 허한 것 같다고 보약을 지어 달라 주장했다.

윤서의 완강한 주장에 결국 숙이고 들어간 것은 아버지였다. 좋은 걸로 한 제 지어 줄 테니 조만간 병원으로 오라는 문자를 받은 윤서는 아까보다는 한결 안심이 된 얼굴로 휴대폰에서 고개를 들었다.

"정 그러면 우리 내일 날 잡고 쳐들어가 볼래?"

"어딜?"

"최강현네 집."

자신만만한 서진의 미소에 윤서는 웬 미친놈을 보는 듯한 얼굴로 되물었다.

"진지하게 묻는 건데. 미쳤냐?"

"완전 제정신. 생각해 봐. 니가 본 게 사실이라면 분명 필시 집에 뭔가 있을 거야. 그 녀석 성격에 여자를 들이지는 않겠지만 그래도 일단 여자가 생기면 집 안 분위기가 바뀌잖아. 분명 뭔가 캐낼 수 있을 거야."

"그건…… 심하게 땡기는데."

"그치?"

도저히 거부할 수 없는 유혹이었다. 최강현은 원래 그런 놈이다 보니 친구라고 말할 수 있는 녀석들은 고작해야 우리들뿐이었다. 극도의 인간 불신이다 보니 다들 섣불리 다가설 수 없었다. 우리들도 끈질기게 곁에 붙어서 몇 년의 노력 끝에 이 자리를 얻어 낸 것이었다. 하지만 그럼에도 주거 공간에 침입할 수는 없었다.

주거 공간은 그야말로 그 녀석의 성역 같은 곳이었다. 그 누구의 손도 닿지 않는, 오로지 자신만의 공간. 그것을 포기할 수 없었고, 때문에 누가 함부로 침입하는 것을 허락지 않았다. 그리고 그것을 이해했기에 좀 섭섭하기는 했지만 그것에 대해서는 일절 관여하지 않았다.

그래도 항상 멋대로 들어가고 싶었다, 녀석의 집에. 소중했으니까. 뭐니 뭐니 해도, 녀석은 자신들이 좋아하는 못나디못난 친구 녀석이었으니까.

"오케이. 그럼 내일 아침 여덟 시. 녀석 오피스텔 앞."

"좋아. 콜."

그때까진 그들은 상상조차 할 수 없었다. 그들이 상상하는 것 이상의, 도무지 믿을 수가 없는 광경을 보게 되리라는 것을. 그리고 그들은 그것이 현실로 닥치는 순간 뼈저리게 실감할 수 있었다.

사람의 인생은 한 치의 앞도 알 수 없다고.

◈

병원을 나오자, 그가 병원 앞에서 대기 중이었다. 생각지도 못한 일이라 놀라기도 했지만 나중에는 제 의지와 상관없이 입가에 환한 미소가 그려졌다. 행복을 주체할 수가 없었다. 그는 이렇게 생각지도 못한 일로 자신을 행복하게 했다. 그에게는 별것 아닌 일들이라도 내게는 세상에 둘도 없는 행복한 일이었다.

딱히 데이트 같은 걸 하는 게 아니었기에 당연히 차는 그의 오피스텔로 향하고 있었다. 그러다 잠시 신호가 멈춰 있는데 창문 너머로 길가에서 파는 커다란 곰 인형이 눈에 보였다. 저런 게 얼마쯤 하더라. 자신도 별수 없는 여자였기에 저런 것이 무척이나 귀엽다고 생각했다. 하지만 가격이 워낙 세서 그 가격을 주고 곰 인형을 사고 싶지는 않았다.

그냥 귀엽네, 하는 생각에 작게 입가에 미소를 띠며 곰 인형을 보고 있는데 그가 갑자기 길가에 차를 세웠다.

"왜요?"

갑자기 길가에 차를 세우는 이유를 알 수 없어 묻자, 그가 특유의 무심한 얼굴로 내게 대답했다.

"저녁. 먹을 거 없잖아."

"아."

그러고 보니 지금이 저녁때인 것도 잊고 있었다. 물론 저녁은 먹지 않았고 말이다. 그의 말에 순순히 차에서 따라 내려 적당히 먹을 걸 사고 그를 돌아보는데, 언제 사라졌는지 그가 보이지 않았다.

주위를 둘러봐도 그가 보이지 않자, 갑자기 불안해졌다. 대체 어디로 사라졌는지. 괜시리 눈물이 터져 나올 것 같았다. 그 자리에서 계속 주위를 살피는데 바로 뒤에서 나를 부르는 소리가 들려왔다. 자신이 그토록 바라던 목소리로.

"정하나."

"……어딜 갔다!!"

말을 다 이을 수가 없었다. 내가 미처 말을 다 하기 전에 내 품에 한가득 무언가 안겨져 왔으니까. 처음에는 그가 안긴 건가 싶었다. 하지만 그는 절대 그럴 사람이 아니었다. 그리고 이건 사람의 감촉이 아니었다. 뭐랄까, 폭신폭신? 정신을 차리고 보니, 그건 자신이 아까 보고 있던 곰 인형이었다.

그것도 내 두 팔에 넘칠 정도로 커다란 곰 인형.

"……이게 웬 거예요?"

두 눈으로 보고 있음에도 믿을 수가 없어 그에게 물었다. 이게 하늘에서 떨어질 리는 없고, 그럼 당연히 샀다는 건데. 이걸 왜 당신이.

그런 내 마음을 알고 있을 텐데도 그는 피식 웃음을 흘리며 평소와 다름없는 느긋한 어조로 내게 말했다.

"가지고 싶어 하는 것 같아서."

"……!"

고작 내가 가지고 싶어 하는 것 같았다는 이유로, 남자가 거기서부터 이 커다란 곰 인형을 사 가지고 오다니. 정말 이 남자답지 않은 짓이었다. 눈앞에 있는 이 남자가 과연 내가 알고 있는 남자인지 의심스러울 정도였다.

하지만 두 팔에 안고 있는 곰 인형은 분명 현실이었고, 평소와 같은 무심한 얼굴로 나를 내려다보는 그 얼굴 역시 환상이 아니었다.

절로 고개가 숙여졌다. 눈물이 나올 것만 같아서. 곰 인형을 있는 힘껏 꽉 끌어안고 터져 나올 것만 같은 눈물을 참았다. 그가 나를 내려다보는 게 느껴졌다. 왜 그러나 싶은 듯했다. 이런 생각지도 못한 이벤트를 해 놓고서 이런 반응이라니. 정말로 그다웠다. 입가에 환한 미소가 지어졌다.

지금만큼은 세상 그 어떤 사람도 부럽지 않았다. 너무너무 행복했다. 너무너무 좋았다. 눈앞에 있는 이 남자가 너무나 좋아, 미칠 것만 같았다.

"……고마워요. 정말, 너무 좋아요."

그 말에 본인도 알 수 없을 정도로 부드럽게 미소를 짓는 당신의 얼굴을 보며 나는 정말 울고 싶어졌다.

거리에서는 언제나와 같이 노랫소리가 울려 퍼지고 있었다. 그리고 내 머릿속에도 내가 몇 번이나 불렀고, 너무나 아꼈던 노래가 울리고 있었다.

사랑해요.

내 모든 걸 버릴 정도로.

……너무나 사랑해.

◈

"야. 저거 정하나 아니야?"

"정하나? 어디?"

"저기."

남자의 말에 곁에 있던 남자의 친구들이 득달같이 달려들어 남자가 가리키는 곳으로 시선을 돌렸다. 이윽고 보이는 하나의 모습에 그들은 순간 얼이 빠진 듯, 넋 나간 얼굴을 하다가 퍼뜩 정신을 차리고는 매몰차게 남자를 비난했다.

"야. 저게 어딜 봐서 정하나야. 비슷한 인간이야. 세상에 비슷한 인간은 셋씩 있다잖아."

"저만한 미모가 둘인 것도 죄 아냐?"

"그건 그렇지. 그래도 어쨌든 아니야. 정하나가 저렇게 웃고 다닐 리 없어. 솔직히 정하나가 웃고 다닐 수나 있냐? 난 그 정도로 양심이 없진 않다."

"하긴."

남자의 말에 순식간에 분위기가 숙연해졌다. 그럴 만도 했다. 그들도 상당한 죄의식을 가지고 있었으니까. 아무리 성격이 나쁘든, 싸가지가 없든 그들도 사람이었다. 물론 다른 이들과 비교하면 개념 없고 자신들밖에 모르는 이들이었지만, 그런 그들이라도 무엇 하나 잘못한 것이 없는, 충분히 행복할 수 있는 여자를 나락으로 떨어뜨리는 건 내키지 않았다.

더군다나 하나는 예뻤다. 그들이 없었다면 눈이 부실 정도로 환하게 빛이 났을 것이다. 지금도 물론 빛이 날 정도로 아름다웠지만.

그리고 그들은 그것을 잘 알고 있었다. 그랬기에 그들은 늘 하나에게 미안했다. 가담하지는 않았지만 말리지 못하고 방관한 것도 엄연히 죄였으니까.

그의 밑에서 그가 던져 주는 콩고물을 받아먹고 샘을 내는 입장이었기에 그가 하는 행동에 토를 달 수도, 거절을 할 수도 없었다. 무엇보다 그가 무서웠다. 같이 다니는 패거리였지만 그들은 그를 무서워했다. 한 치의 양심도 존재하지 않는 듯한 그 행동은 아무리 그들이라도 기가 질렸다.

"……그냥 가자."

만약 저게 진짜 정하나라면, 지금 보이는 것이 정말 정하나의 미소라면 보고를 해야만 한다. 그 사실을 그들은 모두 잘 알고 있었다. 하지만 누구 하나 그에게 이 사실을 보고할 마음이 들지 않았다. 그의 앞에서 정하나의 일로 입을 열고 싶지 않았다. 처음부터 그랬듯.

정하나에 관한 일이라면 좋은 소식이든 나쁜 소식이든 그의 반응을 예측하지 못해 가슴을 졸여야 한다는 이유도 있었지만, 무엇보다 다들 하나에게 연민을 가지고 있었다.

아무것도 해 주지 못하기에, 이렇게라도 입을 다물어 주고 싶은 바람이었다. 언젠가는 알려질 사실이라도. 조금은, 그녀도 조금은 행복할 날이 있어야 하니까. 그녀도 웃을 수 있는 날이 있길 바라니까.

"그래."

그래서 그들은 망설임 없이 걸음을 옮겼다. 지금 자신들이 보는 게 허상일지도, 그녀가 아닐지도 모르지만 그래도 그들은 개의치 않았다. 물론 진짜이길 바라는 마음도 있었지만 지금 그녀의 모습은 그들이 그녀를 봐 온 이래로 가장 행복해 보였으니까.

얼마 안 되는 시간이라도, 우리가 막을 수 있는 그 시간 동안은 부디 행복하다 느낄 수 있기를 진심으로 간절히 바랐다. 그건 그들이 가지는 몇 안 되는 사람으로서의 양심이었다. 그리고 그것이 그와 그들이 다른 점이었다.

한 사람의 인생을 망치는 데 여념이 없음에도 당당하게 자신이 원하는 것을 얻어 내겠다고 옥박을 지르는 그 남자와.

"최강후가 언제 돌아온댔지?"

"2주 뒤라고 들은 것 같은데."

"그전까지 그 녀석 귀에 들어가지 않아야 할 텐데."

"그러게. 우리가 막는다고 해도 한계가 있으니."

답이 나오지 않는 말들뿐이었다. 당연했다. 할 수 있는 것은 아무것도 없었으니까. 때문에 결국 흘러나오는 거라고는 한숨뿐이었다.

"일단 막는 대로 막아 보자고. 그래 봤자 2주가 한계일 테지만."

"그렇지."

그래도 한번 해 볼 수 있는 데까지 해 볼 생각이었다. 저 미소가 조금이라도 오래 지속되길 바랐으니까. 오랜 시간 그녀를 지켜봐 온 만큼 그들도 그녀를 아끼는 이들과 같은 마음이었다. 행복하길 바랐다. 진심으로.

자신들이 불행하게 만들었던 날보다 더.

◆

띵동— 띵동—

쾅. 쾅. 쾅.

아침부터 참 반갑지 않은 소리에 강현은 덕분에 오랜만에 진심으로 짜증이 가득 담긴 얼굴로 침대에서 벌떡— 일어났다. 그런 강현과 다르게 하나는 그 소리가 들리지 않는 것인지 아주 새근새근 잘 자고 있었다.

그 모습이 어처구니없다 싶으면서도 그래도 자신과는 다르게 깨지 않는 것이 다행이라는 생각에 강현은 하나가 깨지 않게 부드럽게 하나의 머리를 쓸어 주고는 침대에서 일어나 밖으로 나갔다.

하나의 머리를 쓸어 줄 때와는 천지차이가 나는 얼굴이었다. 얼굴에 짜증이 그득그득했다. 며칠 만의 단잠을 방해했으니 기분이 좋을 리 없었지만.

그런 마음을 대변해 주듯 강현이 신경질적으로 현관문을 열어젖혔다. 쓸데없는 광신도들의 방문이라든가, 세일즈 같은 거면 가만 안 두겠다는 마음으로 열어젖힌 현관문 앞에는 정말로 의외의 인물들이 서 있었다.

"하이. 좋은 아침."

"······돌았냐?"

지금 이 아침에 난데없는 초인종 소리와 문 두드리는 소리에 본의 아니게 일찍 아침을 맞이하게 되었는데 좋을 턱이 있나. 그 심정이 고대로 드러나는 얼굴로 강현이 죽일 듯이 두 사람을 내려다보자 두 사람은 기가 죽은 듯 시선을 내렸다. 이 아침에 무례하게 강현의 집을 방문한 이들은 다름 아닌 윤서와 서진이었다.

하지만 오랜 시간 동안 강현과 함께 지내 온 이들답게 그들은 기가 죽는 걸로 끝나지 않았다. 보통 사람들은 그대로 고개 한 번 못 들고 퇴장이었을 텐데 말이다.

"자, 자. 일단 들어가서 얘기합시다."

"꺼져."

"에이. 섭섭하게 왜 이러시냐. 자, 얼른, 얼른."

"어딜 기어들어 와!"

강현이 답지 않게 화가 난 듯 큰 소리를 냈음에도 그들은 유유히 신발을 벗고 집 안으로 들어가 집 안을 구경했다.

"올. 역시. 깔끔하게 해 놓고 사네. 좋다, 야."

"빨랑 안 꺼져?"

"섭섭하게 왜 이래. 기껏 너한테 빅뉴스를 알려 주러 온 사람한테."

"……빅뉴스?"

짜증스러운 얼굴은 그대로였지만 그래도 그 말은 꽤나 효과가 있었는지 강현이 신경질 부리는 것을 멈추고는 그건 또 무슨 소리냐는 얼굴로 둘을 바라보았다. 그런 강현의 모습에 그들은 간신히 기를 펴며 일부러 활기찬 목소리로 대화를 이어 나갔다.

"일단 뭐라도 한 잔 마시면서 얘기하자. 손님이 왔는데 물 한 잔도 안 주는 건 예의가 아니지."

"니들이 예의 따질 군번은 아닌 거 같은데."

"사소한 건 따지지 말고. 자자, 어서."

그렇게 말하며 서진과 윤서가 강현의 등을 떠밀자 강현은 그래도 웃는 얼굴에 침은 못 뱉겠는지 신경질적으로 머리를 흐트러뜨리고는 터벅터벅 주방으로 들어갔다.

강현이 주방으로 들어가자 서진과 윤서는 재빨리 집 안을 스캔했다. 무서울 정도로 깔끔한 걸 보면 역시 최강현의 집다웠다. 예상했던 그대로였다. 하지만 뭔가가 달랐다. 분명 예상한 그대로의 집 안이었음에도 자꾸 뭔가 마음에 걸렸다. 그게 뭔지 모른다는 것이 문제였지만.

"……뭐지?"

좀처럼 쉽게 답이 나오지 않아 둘 다 진지한 얼굴로 골머리를 썩이고 있는데 어느새 컵에 물을 담아 가지고 온 강현이 그들의 앞에 서서 물을 건네주었다. 그러자 아까의 진지한 얼굴을 다 어디로 갔는지 평소의 방정맞은 얼굴로 돌아와 강현이 건네주는 물을 보고 투정을 부렸다.

"헐. 진짜 물만 주기냐?"

"주는 것도 감사하게 여겨."

"아, 옙. 어련하실까. 천하의 최강현께서."

"그 말 하려고 여기까지 왔냐?"

고작 그따위 말하려고 여기까지 왔냐고 지금이라도 당장 내쫓을 것 같은 강현의 기세에 서진이 정색을 하며 강현의 말을 부정했다.

"물론 아니지. 왜 이러실까. 한국말은 끝까지 들어 봐야 한다고."

"그래서."

"하여간 성격도 급하다니까. 알았어, 알았다고."

쓸데없는 소리 하려면 꺼지라는 말을 돌려 말하자 서진도 더 이상 시간을 끌 수 없다는 것을 눈치챈 듯 서둘러 강현을 달랬다. 택도 없는 소리였지만 그래도 약간은 통했는지 강현이 시큰둥한 얼굴로 소파에 앉자, 윤서가 한시름 덜은 얼굴로 한숨을 내쉬었다.

하지만 강현은 소파에 앉자마자 둘을 노려보며 말 한 마디 꺼내지 않고 압박을 시작했다. 얼른 할 얘기하고 꺼지라고.

그 완고한 모습에 서진과 윤서는 서로를 마주 보며 이제 어쩔

수 없다고 순순히 단념하고는 천천히 입을 열었다. 물론 꺼낸 이
야기는 그들이 시간을 벌 법한 제법 큰 말이었지만 당사자인 강
현에게는 아무래도 상관없는 쓸모없는 이야기였다. 물론 그렇다
고 그리 의미 없는 이야기는 아니었다. 이러나저러나 언젠가는 알
게 될, 알고 있으면 어디선가 쓸모 있을 소리였으니까.

"최강후 귀국한대. 다음 주에. 원래 2주 뒤였는데 더 빨리 귀국
할 수 있다나 봐. 어찌 될지는 모르지만 일단 그럴 수도 있다고."

"여전한가 보군."

"너무 여전해서 문제지."

윤서의 말에 서진이 고개를 끄덕이자 강현이 귀찮은 게 걸렸다
는 얼굴로 한 손으로 머리를 쓸어 올렸다. 녀석이 들어오건 말건
그런 것은 관심 없었지만 그로 인해 자신이 귀찮아질 것이라는
것은 상당히 짜증이 났다.

그런 강현의 속이 훤히 보이는 듯 윤서와 서진은 어쩔 줄 모르
는 얼굴로 서로 시선을 마주 보다가 큰맘 먹고 서진이 먼저 총대
를 멨다.

"어쩔 거야?"

"어쩌긴 뭘 어째. 내버려 둬."

"많이 귀찮아질 수도 있어. 무엇보다 후계자 문제도 불거질 거
야. 작년에는 어영부영 넘어갔지만 너도 이제 졸업 얼마 안 남았
고, 녀석 쪽도 기승을 부릴 테니까."

강현은 이제 졸업을 앞둔 4학년이었다. 졸업 이후 당연히 병원
으로 취직을 할 테고 그러면 당연히 강현의 아버지의 병원으로

취직을 할 것이다. 그래 봤자 햇병아리부터의 시작이겠지만 강현이 병원으로 들어간다는 것부터가 이권에 큰 작용을 하는 것이었다. 때문에 작년에는 아직 어리다는 이유로 미뤄 왔던 후계자 문제가 거론될 수밖에 없었다.

거의 확정이나 다름없기는 했지만 혹시 모를 일이었다. 이쪽에는 재능이 있지만, 저쪽에는 재능은 없는 대신 확실한 혈통이 있으니까.

"받아도 그만, 안 받아도 그만이야."

"그건 너나 그렇지. 다른 사람은 안 그런다는 게 문제지."

강현은 이권에 관심이 전혀 없었다. 병원을 준다고 하면 필요 없다고 안 받는다고 하지는 않겠지만, 안 받아도 그만이었다. 딱히 병원이 필요하지도 않았고, 권력욕이나 야심 같은 건 전혀 없었으니까. 의사로서 보면 무척이나 좋은 점이었지만 강현의 주위에 있는 사람들의 입장에서 보면 정말 속 터지는 것이었다.

물론 강현은 신경조차 쓰지 않았지만.

"그 녀석 알잖아. 죽어도 지 잘났다고 하면서도 너한테 열등감 끝내주는 녀석이야. 니가 관심 없다고 해도 녀석이 널 가만히 내버려 둘 것 같아?"

"후, 귀찮게 됐군."

강현도 그 점을 잘 알고 있었기에 윤서의 말에 쉽게 수긍을 하며 인상을 찌푸렸다. 주제도 모르고 제멋대로 열등감을 품고 날뛰는 것은 이쪽에선 보면 정말 상당한 민폐였다.

한동안 끊었던 담배가 갑자기 피우고 싶어졌다. 하지만 한동안 피우지 않았던 담배가 현재 그의 손안에 있을 리가 없었다. 그리고 무엇보다 지금 이 집에서 담배를 피울 수도 없었다. 지금 침실 안에 고이 잠들어 있는 존재가 담배라면 질색을 했으니까. 담배 냄새를 직접적으로 맡으면 곧바로 기침이 나오는 그녀 때문에 담배를 손에 쥐지 않은 지 오래였다.

무엇보다 그녀가 있을 때는 담배 따위 생각날 겨를도 없었다. 거기까지 생각이 미치자 갑자기 그녀가 보고 싶어졌다. 지금 저 침실 안에서, 아이처럼 곤히 잠들어 있을 그녀. 하지만 이 녀석들을 여기 두고 그녀를 보러 갈 수는 없었기에 강현은 어차피 더들을 것도 없겠다, 망설임 없이 윤서와 서진을 내쫓으려 했다.

"할 말 끝났으면 꺼져."

"헐. 단물만 쏙 빼먹고 버리겠다고?"

"아, 진짜 매정하게."

"이제 알았냐? 얼른 꺼져."

서진과 윤서의 비난에도 눈 하나 꿈쩍 안 한 강현은 특유의 무심한 얼굴로 그들을 내쫓으려 했다. 그 매정한 모습에 두 사람이 합심해 맹비난을 펼쳤지만 역시나 강현은 꿈쩍하지 않았다. 단호한 그 모습에 두 사람은 어떻게든 나가지 않으려고 열심히 머리를 굴렸다. 그러다 불현듯 뭐가 떠올랐는지 서진이 눈을 번쩍 뜨며 소리쳤다.

"아, 그러고 보니까 그 녀석이 열 올린다는 여자가 있었어!"

"……하?"

그건 또 무슨 생뚱맞은 소리냐는 듯한 얼굴로 강현이 그 둘을 내려다보았지만 두 사람은 이미 그 이야기 삼매경에 빠진 지 오래였다.

"맞아. 그런 게 있었지. 덕분에 그 여자 인생은 아주 거지 같아졌다는."

"한 여자 인생 제대로 망쳤다는 불쌍한 얘기지."

서진의 말에 윤서가 동조하며 고개를 끄덕이다 무언가 생각이 난 듯 서진을 돌아보며 물었다.

"그러고 보니 그 여자, 우리 학교지?"

"소문에 의하면 그 녀석의 능력으로는 이 학교에 발끝도 못 들이미니까 입학했다고 하더라."

자고로 대학을 결정하는 건 자신이 원하는 것을 최우선시해야 했건만, 실제로 모든 고등학생들이 그렇게 대학을 결정해 가지도, 갈 수 있지도 않았지만 어떻게든 자신을 괴롭히는 남자와 떨어지기 위해서 대학을 결정했다는 것은 참으로 씁쓸한 이야기였다.

두 사람이 한창 그 얘기에 빠져 있는데 강현은 미간을 찌푸리며 지금 자신이 왜 이 이야기를 듣고 있는지 모르겠다는 얼굴로 골치가 아픈 듯 한 손으로 머리를 짚었다.

"하긴. 그 여자 이름이 정하……."

그리고 두 사람의 이야기가 끝나려는 기미가 보이자 이제는 정말 꼴 보기도 싫은 듯 두 사람을 내쫓으려 했다. 그 순간, 타이밍 좋게 울리는 소리가 아니었다면.

우당탕탕―

아주 제대로였다. 무언가 떨어지는 소리와 함께 누군가 넘어진 것이 역력한 소리는 이곳에 그들을 제외한 누군가가 있다는 것을 분명하게 알려 주고 있었다. 그 소리에 윤서와 서진은 너 나 할 것 없이 둘 다 믿을 수 없다는 얼굴로 강현을 돌아보았다.

강현이 그 둘을 한 번 돌아보다가 결국 어쩔 수 없다는 듯 인상을 찌푸리고는 서둘러 침실 문을 열어젖혔다. 그러자 가방에 있던 물건들이 전부 쏟아진 채로 바닥에 주저앉아 있는 하나가 보였다. 그녀를 보자마자 윤서와 서진이 경악을 금치 못하는 얼굴로 둘을 번갈아 보고 있었다.

강현은 심각한 얼굴로 하나를 내려다보았다. 무언가 이상했다. 얼굴부터가 마치 금방이라도 울 것 같은 얼굴이었다. 혼이 나간 듯한 그 모습에 강현은 몸을 숙여 하나와 눈높이를 맞추었다. 그리고 하나를 부르자 하나가 여전히 혼이 나간 얼굴로 횡설수설하며 주섬주섬 물건들을 가방에 쓸어 담았다.

"아. 미, 미안해요. 방해하려던 건 아니었어요. 저, 나 그만, 그만 가 볼게요. 할 일이 있던 걸 잊어버렸어요."

"정하나."

"얼른 가 봐야겠어요. 마저 하던 말 계속해요. 방해해서 미안해요. 저기."

"정하나!!"

"……!"

강현의 부름에도 여전히 정신없이 횡설수설 말을 내뱉으며 물건들을 챙기는, 그러면서도 한 번도 강현과 시선을 맞추지 않는 하나의 모습에 보다 못한 강현이 하나의 팔을 잡으며 소리를 치

자 하나가 놀란 얼굴로 그제야 강현과 시선을 맞추었다. 간신히
정신이 돌아온 것 같은 하나의 모습에 강현이 팔을 쥐고 있던 힘
을 풀며 물었다.

"무슨 일이야. 왜 그러는데."

"에? 무슨 소리예요. 아무 일도 없어요."

"근데 너 왜 그래."

"내가 뭐가요."

끝까지 겉으로 평정을 유지하며 자신의 말을 부정하는 하나의
모습에 강현은 작게 한숨을 내쉬었다. 저러는 정하나는 끝까지 자
신에게 아무 말도 해 주지 않을 것을 알고 있었기 때문이다. 하지
만 확실히 할 건 확실히 해야 했다. 무슨 일이 있는지는 관심 밖
이었다.

"그럼 대체 왜 우는 건데?"

"……!"

"……!!"

그 말에 윤서와 서진의 눈이 크게 떠졌다. 천하의 최강현의 입
에서 저런 말이 나온다는 것도 놀랄 일이었지만, 무엇보다 최강현
이 그런 것에 관심을 가질 수도 있다는 것을 오늘 처음 알았다. 그
리고 더더욱 놀랄 일은 확실히 정신없어 보이기는 했지만 여자의
그 어디에도 울 것 같은 기색은 보이지는 않는다는 것이었다.

그 말에 놀란 것은 하나도 마찬가지였다. 아니, 그 두 사람보다
하나가 더 놀랐다. 그럴 수밖에 없었다. 그가 꿰뚫어 볼지도 모른
다는 생각은 했지만, 지금 이 순간, 그것을 정확히 꿰뚫어 보고

캐물어 올 것이라는 생각은 해 본 적이 없었으니까.

'넌 내 거야. 내가 아니면 그 누구도 가질 수 없어.'

덕분에 간신히 지탱해 오던 것이 전부 와르르 무너져 내렸다. 가슴속에 박힌 그 한 마디가 미친 듯이 자신을 흔들고 있었음에도 그런 모습을 보여 주고 싶지 않아 그렇게 공을 들였는데, 그의 단 한 마디에 간신 쌓아 올린 것들이 한순간에 전부 사라져 버렸다. 그리고 가면이 사라진 얼굴 뒤에는 금방이라도 무너질 것 같은 하나의 얼굴이 있었다.

"나, 나는…… 아, 아니……."

"됐어. 말하지 마."

"……미안. 미안해요. 난, 나는."

"그래, 알았어."

하나가 무너져 내리자 기다렸단 듯 강현이 하나를 끌어안았다. 하나가 부들부들 떨리는 손으로 강현의 옷자락을 붙들며 그의 품에 얼굴을 묻었다. 흐느끼는 소리 하나 제대로 나지 않았다.

필사적으로 울음을 참고 있는 것인지, 아님 우는 법도 잊어버린 것인지 눈물만 흐를 뿐 우는 소리 한 번 제대로 내지 않는 그 모습에 윤서와 서진은 그 자리에서 굳어 아무 말도 할 수가 없었다. 그런 그 둘을 향해 고개를 돌린 강현이 여전히 하나를 끌어안은 채 말했다.

"그만 돌아가."

그 말에 어떤 반박도 할 수 없었다. 그저 얼떨떨한 얼굴로 고개를 끄덕일 뿐. 두 사람이 고개를 끄덕이자 언제 그랬냐는 듯 하나에게로 고개를 돌린 강현은 더없이 다정한 얼굴로 하나를 안고 있었다.

두 사람은 숨조차 제대로 쉬지 못하고 그대로 등을 돌려 그곳에서 도망쳐 나왔다. 오피스텔을 빠져나오고 나서야 숨통이 트이는 듯 숨을 몰아쉰 두 사람은 황망한 얼굴로 서로를 향해 물었다.

"내가 지금 헛걸 본 거냐?"

"나도 봤으니 헛것은 아닐 거라 말하고 싶지만 나도 헛걸 본 심정이라."

그만큼 그들에게는 아까 자신들이 본 것이 믿기지 않았다. 아니, 그들이 아니라도 누구라도 그랬을 것이다. 그들은 자신할 수 있었다.

"살다 살다 그런 최강현을 보게 될 줄이야."

"동감. 그나저나 아까 그거 정하나 맞지?"

"누구누구 씨가 목매는 여자 맞는 거 같던데."

그들도 오늘 처음 본 것이었다. 워낙 소문이 무성하다 보니 이름 정도만 알고 있을 뿐이었다. 하지만 처음 봐도 바로 알 수 있었다. 환상적인 미모를 가지고 있다는 소문이 무색할 만큼 아름다웠으니까. 이름만 듣고는 동명이인이겠지 싶을 수도 있었지만 그 얼굴이 그 생각을 싸그리 지워 주고 있었다.

"정하나는 최강현이 누군지 알고 있을까?"

"모르지 않을까? 정하나도 최강현처럼 소문에는 관심 없기로 유명하니까. 자기 소문 때문인지는 몰라도."

"하긴."

대화가 끊기고, 두 사람은 너 나 할 것 없이 강현의 오피스텔을 올려다보았다. 무슨 생각을 하는지는 영 알 수 없었지만, 한참의 침묵이 오가다 윤서가 그 침묵을 깼다.

"……잘 될까?"

앞뒤 다 잘라먹은 말이었지만 서진은 기차게 그것을 알아들었다.

"글쎄. 나로서는 잘 됐으면 좋겠는데."

"그건 나도 그렇지만 영 잘 될 거란 생각이 안 드네."

그건 서진도 마찬가지였는지 아무런 대꾸도 하지 않았다. 그럴 만도 했다. 믿을 수 없는 광경이었다. 있을 수 없는 환상 같은 광경이었다. 제3자인 그들이 보기도 그랬으니 다른 사람들은 오죽할까.

그런 광경이 오래갈 일은 없었다. 애초에 있을 수도 없는 광경이었다. 그것은 아마 본인들도 잘 알고 있을 것이다. 쓸데없이 기가 막히게 머리가 좋은 사람들로 유명했으니까.

그래도 바라게 된다. 자신들이 본 것을 믿을 수 없어도, 두 눈을 씻고 봐도 믿을 수 없는 광경임에도 그 광경이 계속되기를. 오랫동안 지속되기를. 그리고 아마 그것을 바라는 것은 그들뿐만이 아닐 것이다. 어쩌면 본인들이 가장 바라고 있을지도 모른다.

"……가자."

"그래."

어쩌면 서로 사랑할지도 모르는 그들이.

다섯 번째.
바라 마지않던 꿈

바라던 것이 있었다.

자신도 사람이었으니 바라던 것이 없지는 않았다. 다만 다른 사람들과는 다르게 포기가 빠를 뿐. 욕심이 없는 것은 아니었다. 자신도 사람이었는데 어찌 욕심이 없겠는가.

하지만 자신이 욕심을 부리는 대가는 너무나 커 엄두조차 낼 수 없었다. 보통 자신을 위해서라면 신경조차 쓰지 않겠지만 자신은 그러기에는 대범하지 못하고 용기가 없었다. 타인을 상처 주면서까지 원하는 걸 얻을 용기가.

바보라고 비웃어도 할 말이 없었다. 어쩌겠는가. 자신은 그런 인간인 것을. 그러다 보니 바라는 것이 있어도 금방 포기해 버렸다. 한심했지만 그것이 더 편하다는 것을 이미 깨우친 뒤였다.

그렇게 포기하다 보니 어느새 바라는 것도 없게 되어 버렸다. 자신이라고 처음부터 이런 사람이었겠는가. 살아온 삶이 그렇다

보니 그렇게 되는 것일 뿐.

그렇게 포기를 안 지 몇 년이 지나서, 처음으로 바라는 것이 생겼다. 너무나 간절히 바라는 것이 생겨 버렸다. 그래서는 안 되는데, 안 되는 것을 아는데 멈출 수가 없었다. 다른 것들은 그렇게 쉽게 포기할 수 있었으면서 이상하게 이것은 포기가 되지 않았다. 그 많은 것은 그리 쉽게 포기했으면서 이것은 포기할 수가 없었다. 그래서 결국 몇 번을 헤매고 망설이다 포기하는 것을 포기했다.

바라는 것만으로도 무언가 되는 것은 아니었으니까. 바라는 것이 죄는 아니었으니까. 바랄 뿐, 아무것도 하지 않는데 문제가 될 건 없었다. 그저 바라기만 해도 좋았다. 바랄 수 있는 것만으로도 충분했다.

이 감정마저 포기해야 한다면 정말 모든 것이 텅텅 비어 버릴 것만 같았다. 뭐라도 하나는 남겨 놓고 싶었다. 녀석 때문에 자신이 전부 바뀌는 것은 정말 원하지 않았다. 그래서 붙들고 있었다. 단 하나 남은 소망을.

하지만 바람은 욕심을 만들고, 그 욕심이 결국 행동을 만든다. 이미 수차례 시행착오를 겪었으면서도 자신은 가장 중요한 그 순간에 그것을 잊고 말았다.

그것이 지금을 만들었다. 언젠가 사라질 시한부의 행복을. 그래도 행복했다. 조금이라도 가져갈 수 있었으니까. 언젠가 사라질 것이라고 해도 추억은 남을 테니까. 그것만으로 충분했다. 그것만으로도 평생을 살아갈 수 있었다.

어차피 이 바람이, 이 꿈이 이루어질 리는 없었으니까. 그것만 이면 충분했다. 그렇게 나는 무의식적으로 그것을 포기했다. 절대로 이루어질 리 없다고 생각하면서. 그리고 그것은 실제로도 누구도 상상할 수 없는, 말 그대로 평생 이루어지지 않을, 바라 마지 않는 꿈이었다.

평생을 꾸고 싶은, 그런 꿈이었다. 적어도 자신에겐.

평생을 바라고 싶은, 설마 당신이 이뤄 줄 줄은 상상조차 못 했던, 그런 꿈이었다.

◈

"……후."

담배가 고팠다. 하지만 옆에서 곤히 잠들어 있는 그녀 때문에 차마 담배를 손에 쥘 수 없었다. 갈증 때문에 말없이 입을 달싹이자 그 소리를 들었는지 그녀가 살짝 꿈틀거렸다. 아직도 운 것이 역력히 보이는 눈에는 물기가 감돌고 있었다. 그리고 간절하게 자신의 옷자락을 붙드는 그 여린 손을 강현은 차마 뿌리칠 수가 없었다.

왜 우는 것인지는 전혀 알 수가 없었다. 아니, 그런 것은 생각할 틈도 없었다. 수도꼭지처럼 흘러내리는 눈물에 정신이 팔려 있었으니까. 왜 우는지 알아내는 것보다 일단은 눈물을 그치게 하는 것이 먼저였다. 하지만 마치 몇 년간 담아 두었던 것들을 전부 쏟아 내듯, 눈물은 쉽사리 멈추지 않았다.

그러니 몸이 남아날 리가 있나. 몇 시간을 울다 지쳐 결국 쓰러져 버려 묻고 싶었던 말들은 전부 목 뒤로 넘어가 버리고 말았다. 울다 지쳐 잠이 들었음에도 옷자락은 끝까지 놓지 않는 손에 결국 강현은 그대로 하나를 들어 침대에 내려놓은 후, 자신도 그 옆에 앉을 수밖에 없었다.

아직까지도 물기가 남아 있는 눈이 마음에 들지 않았다. 자신이 아닌 다른 것이 그녀에게 영향을 미친다는 것이 이상하게 기분이 나빴다. 왜 그러는지는 대강 눈치챌 수 있었지만 그렇다고 이 감정을 인정하기에는 아직 확신이 부족했다.

애초에 감정이란 것에 확신이라는 것이 생길 수도 있나, 하는 의구심이 들었지만 자신은 그런 인간이었다. 확신이 없으면 그 무엇도 하지 않는 사람. 확신이 없으면 움직이는 일이 극히 드문 인간이었다.

지금까지 자신이 확신이 없음에도 움직인 적은 딱 한 번밖에 없었다. 바로 이 여자의 일이었다. 그랬기에 이번에도 그렇게 될지 알 수가 없었다. 자신조차 자신이 어떻게 나갈지 가늠하기 힘들었다. 이 여자와 관련된 일이면 그 무엇도 예측하기 힘들어진 지 오래였으니까. 그럴 생각은 눈곱만큼도 없었는데 정신 차려 보니 이렇게 되어 있었다. 자신으로서는 상당히 억울한 상황이었다.

그녀는 아무렇지 않아 보였으니까. 적어도 자신보다 변하지 않았으니까. 그녀는 자신과는 다르게, 여전히 자신의 생각을 분명하게 지키고 있었다. 자신이 아무리 흔들어도 결코 흔들리지 않았다. 자신과는 다르게 말이다. 그것이 상당히 약이 올랐다.

자신만 그러는 것은 억울했다. 그래서 똑같이 만들어 줄 생각이었다. 한 번도 해 본 적은 없었지만 그 무엇에도 실패한 적이 없었으니 가능하다고 생각했다. 그것이 얼마나 큰 오만인지 모르고 그런 생각을 했다.

"……뭐."

어차피 시간은 많다고 생각했으니까. 자신이 매력이 있다고는 생각해 본 적 없었지만 매력이 없다고도 생각지 않았으니, 반하게 만드는 것은 그리 어렵지 않을 것이라 여겼다. 해 본 적은 없었어도 천부적으로 여자를 홀리는 재주가 있다는 것 정도는 알고 있었으니까.

때문에 쉬울 것이라 생각했다. 아니, 다른 여자들처럼 쉬울 것이라 생각하지는 않았지만 결국 그렇게 될 것이라 생각했다. 그녀도 어쩔 수 없는 여자였으니까.

그녀의 말대로 꿈보다 해몽이 좋은 소리였다. 하지만 그럼에도 웃기지도 않게, 자신이 바라 마지않는 꿈이기도 했다. 그 순간에는 꿈이라고는 추호도 생각하지 않았지만.

"……으음."

"하여간."

그게 문제였다. 그것이 비극을 만들었다. 그리고 그 순간, 태어나서 처음으로 자신이 얼마나 어리석은 존재인지 처절히 깨달을 수밖에 없었다. 그렇게 스스로를 저주한 적도 그날이 처음이었을 것이다.

하지만 그녀가 익히 말했듯 이미 돌이킬 수 없는 일이었고, 이미 내어 줘 버린 감정이었다.

◎

　"헤이, 마스터."

　"아, 너네냐."

　"반응이 왜 이러실까?"

　떨떠름한 마스터의 반응에 환대를 기대했던 것은 아니었지만 그렇다고 이런 냉대를 바라지는 않았던 지유가 싸늘한 얼굴로 마스터를 노려보고 하준이 멋쩍게 웃으며 슬그머니 뒷걸음질 치자 사태를 파악한 마스터가 서둘러 수습에 나섰다.

　"미안, 미안. 잘못했다. 하나가 올 줄 알았거든."

　"……정하나?"

　"그럼 다른 하나냐?"

　그때, 한 여자가 가게 주방에서 튀어나와 두 사람 사이에 끼어들었다.

　"하나? 정하나? 왔어? 어디?"

　"안 왔어, 이 여자야."

　"뭐야. 괜히 사람 실망하게."

　여자의 말이 마음에 들지 않았는지 마스터가 미간을 구기며 여자를 향해 말했다.

　"실망할 건 또 뭐야? 남편보다 더 열렬하게 찾는다?"

　"당연하지."

"야!"

"아, 왜 소리를 질러."

진심으로 화를 내는 마스터의 모습에도 눈 하나 꿈쩍하지 않고, 쿨하게 한쪽 귀를 막고 짜증을 내는 여자의 모습에 하준이 소리 없이 박수를 치며 감탄을 금치 못했다. 그런 하준의 모습에 옆에 있는 지유가 어쩔 수 없다는 듯 고개를 절레 저었지만, 하준은 두 사람의 모습을 보기 바빴다.

"그만. 그만. 그러다 날 새우시겠어요."

그대로 내버려 두면 몇 시간이고 계속될 거 같은 그 모습에 보다 못한 지유가 중재에 나서자 그제야 두 사람이 싸우던 것을 멈추었다. 하지만 여전히 서로를 노려보고 있는 모습에 지유가 골치가 아프다는 듯 한 손으로 머리를 짚으며 한숨을 내쉬었다.

"아, 진짜 부부가 쌍으로 똑같아. 누가 부부 아니랄까 봐."

"야!"

"내가 어디가?!"

아주 미리 신호라도 보낸 듯이 동시에 대답하는 모습에 하준과 지유가 질린다는 듯 그들을 바라보았다. 그리고는 너 나 할 것 없이 동시에 솔직하게 자신의 속내를 드러내었다.

"이게."

더 말할 필요도 없다는 듯 단호하게 말하자 차마 할 말이 없는 듯 입을 달싹이다 조용히 수그러드는 두 사람의 모습에 하준과 지유는 어느새 바에 자리 잡고 앉아 마스터를 향해 주문을 했다.

"난 모히토."

"난 마티니."

"진짜 똑같은 것들."

"사돈 남 말하시네."

아주 당연하게 주문을 하는 지유와 하준의 모습에 마스터가 진짜 어지간하다고 혀를 차자, 지유와 하준이 동시에 마스터의 말에 코웃음을 쳤다. 그 모습에 결국 졌다는 것을 인정한 마스터는 진짜 질린다는 듯 고개를 저으며 칵테일 제작에 들어갔다. 그러자 언제 나왔는지 지유의 옆에 앉은 여자가 태연스럽게 자신도 주문을 했다.

"난 스콜피온."

어이없다는 얼굴로 마스터가 여자를 바라보았지만 여자는 아무렇지 않은 얼굴로 방긋방긋 웃으며 말했다.

"아, 왜 이러실까. 여보. 손 놀려, 손."

"후. 스콜피온은 안 돼."

그 뻔뻔하고 자연스러운, 미워하려야 미워할 수 없는 사랑스러운 모습에 결국 마스터가 항복을 하며 다른 것을 주문하라고 말하자 여자가 시원스럽게 손을 내저으며 대답했다.

"아, 괜찮아. 괜찮아."

"뭘 괜찮아! 너 이따 일해야 돼!!"

"나 같은 주당이 고작 스콜피온에 갈 거 같아? 걱정도 팔자셔."

"……후."

닥치고 얼른 만들라는 말에 마스터는 결국 길게 한숨을 쉬며 칵테일 제조에 들어갔다. 그러자 마스터에게서 시선을 돌린 여자가 자연스럽게 지유와 하준에게 말을 걸었다.

"그런데 니들은 웬일이야?"

"그냥 술이 땡겨서. 언니는 여전하네."

"당연하지."

당연스레 돌아오는 대답에 지유가 시원하게 웃음을 터뜨리며 대꾸했다.

"하긴. 천하의 허연지 님께서 달라지실 리가 없지."

"나야 언제나 한결같기로 유명하잖냐."

비꼬는 말에도 기분 좋게 대꾸해 오자 지유가 입가에 부드럽게 미소를 지으며 장난기 어린 목소리로 말했다.

"너어어무 한결같으셔서 문제시지."

"하하. 너도 여전하네, 뭘."

"하긴."

사람이 그리 쉽게 달라지는 게 아니지. 지유가 쉽게 수긍을 하며 고개를 끄덕이자 여자, 아니, 연지가 시원스럽게 웃음을 터뜨렸다. 그때, 어느새 칵테일을 완성한 마스터가 그들의 앞에 칵테일을 내어 주며 말했다.

"좀 달라져도 되는데, 니들은."

"뭐래. 우리들은 몰라도 언니는 그러면 큰일 나지. 특히 댁한테는. 언니가 한결같지 않았으면 댁이 언니를 꿰찰 수 있었을 거 같아?"

"역시 문지유. 잘한다!"

"야!"

시니컬한 지유의 독설에 연지가 웃으며 맞장구를 치자 마스터가 연지를 향해 소리를 질렀다. 하지만 연지는 아무렇지도 않았다. 오히려 왜 소리를 지르냐는 얼굴로 대꾸를 했다.

"뭐, 틀린 말도 안 했구만."

"……."

너무나 당연스럽게 돌아오는 대답에 할 말이 없어진 마스터가 멍한 얼굴로 연지를 바라보았지만 연지는 그런 마스터에게 눈길조차 주지 않았다. 어느새 다시 지유의 옆에 붙어 묻고 싶었던 것들을 물을 뿐이다. 남편인데도 참 냉랭한 태도였다. 하지만 아무도 그것을 신경 쓰지 않았다.

"그러고 보니 하나는?"

"집에 있겠죠. 오늘은 우리끼리 온 거예요."

"나 하나 안 본 지 꽤 됐는데. 섭섭하네."

"하여간 정하나 엄청 끔찍이 위한다니까. 남편보다 더 위하는 거 같은데?"

"당연하지. 하나가 어떤 앤데."

연지에게 하나는 무엇보다 소중한 존재였다. 어쩌면 남편보다도 말이다. 워낙 예쁘고 마음에 드는 아이여서도 있었지만, 지금의 이 사랑을 이루어 준 것이 하나였기에 연지는 누구보다 하나에게 각별했다. 그리고 그것을 지유와 하준도 잘 알고 있었기에 연지의 대답에도 아무렇지 않게 칵테일을 마시며 고개를 끄덕였다.

그러자 컵을 닦고 있던 마스터가 무언가 생각이 난 듯 손을 움직이던 것을 멈추며 중얼거렸다.

"아, 그러고 보니 아직도 생각난다. 그때 정하나 노래."

"환상적이었지. 이제 와 말하는 건데 솔직히 하나 노래 아니었으면 내가 그렇게 홀랑 넘어가지도 않았어. 프러포즈보다 노래가 더 감동이었다니까."

"……야."

"사실인데, 뭘."

"그래도 그렇지."

좀 섭섭한 듯 그리 말했지만 사실 마스터도 충분히 연지의 마음을 이해할 수 있었다. 자신 역시 그 노래가 있었기에 프러포즈할 용기가 생긴 것이었으니까. 사실 그 프러포즈는 거의 즉흥적으로 이루어진 것이었다. 반지는 준비해 두었지만 차마 프러포즈할 용기가 나지 않아 주머니에 넣고 다니기만 했던 것이었다.

하나의 노래에 용기를 얻어, 아니 용기를 얻었다기보다는 그냥 분위기를 탄 건지로 몰랐다. 그 흔한 꽃 한 송이도 없었다. 있던 것은 반지와 진심, 그리고 노래뿐. 그래도 평생에 남을 환상적인 프러포즈이리라 자부할 수 있었다. 그 노래가 모든 것을 대신해 주고 있었으니까.

때문에 두 사람은 누구보다 하나에게 각별했다. 자신들의 사랑을 이루어 준 큐피드였으니까. 그리고 정하나라는 사람 자체를 워낙 좋아하기도 했다.

"나 그 노래 다 부를 줄 아는데. 나중에 처음부터 끝까지 다시 불러 달라고 했거든."

"어? 불러 줘. 난 그거 못 들었단 말이야. 엄청 궁금했는데 끝까지 창피하다고 안 불러 주더라."

지유가 득달같이 연지에게 달려들어 떼를 쓰자 마스터가 피식 웃음을 흘리며 연지에게 말했다.

"불러 줘. 마침 사람도 없고."

"그럼 그럴까? 기분이다. 불러 주지, 뭐."

"앗싸!"

기분 좋은 지유의 외침을 들으며 연지는 라이브 무대에 올라가 기타를 손에 쥐었다. 그리고 자리를 잡고 앉아, 마이크의 높이를 맞추고 피크를 손에 쥐자 지유가 눈을 반짝이며 지유를 바라보았다.

이윽고 노래가 시작되었다. 맑은 하나의 목소리와는 다르게 꽤나 허스키한 목소리였다.

> 황망하기만 하던 세상에.
> 당신과 함께하던 시간은 내게 꿈만 같았어요.
> 당신이 내 이름을 불러 주면
> 나는 하늘을 나는 기분이었죠.

"……!"

작사를 한 것이 하나임을 알고 있었기에 지유와 하준은 무척이나 놀란 듯한 눈으로 연지를 바라보고 있었다. 설마 하나가 이런 가사를 지을 줄은 생각조차 못 했으니까.

그야 당연했다. 이보다 닭살스러운 가사는 얼마든지 들어 봤지만 이건 그것들과는 차원이 달랐으니까.

당신은 모를 거예요. 내가 얼마나 당신을 사랑하는지.
이왕이면 평생 몰랐으면 해요. 내가 부끄럽지 않게.

"······정하나."

너는 과연 알고나 있을까. 이 노래를 들었을 때 우리가 어떤 심정인지. 어쩌면 너는 그것을 알고 있기에 끝까지 이 노래를 우리에게 불러 주지 않았을지도 모른다는 생각이 들었다.

그냥 그런 생각이 들었다.

내 꿈을 이루어 줄래요.
내 바람을 이루어 줄래요.
당신만이 할 수 있는 일이에요.
당신이 아님 이루어 줄 수 없는 일이에요.

당신은 내게 그런 사람이었어요.
당신이 내 손을 잡아 준다면.
나는 아마 세상에서 가장 행복할 거예요.

당신은 모를 거예요. 내가 얼마나 당신을 사랑하는지.
이왕이면 평생 몰랐으면 해요. 내가 부끄럽지 않게.

내 꿈을 이루어 줄래요.

내 바람을 이루어 줄래요.

당신만이 할 수 있는 일이에요.

당신이 아님 이루어 줄 수 없는 일이에요.

"⋯⋯왜."

지유가 더는 못 보겠는지 고개를 숙이며 손으로 얼굴을 가렸다. 하지만 하준은 웬일로 지유를 나무라지 않았다. 평소였다면 그게 무슨 예의 없는 짓이냐고 꾸짖었을 텐데도 말이다. 듣기 힘든 것은 하준도 마찬가지였으니까.

서툴러도 말해 줘요.

아마 울지도 모르지만 그래도 말해 주었으면 해요.

그것만으로도 나는 아마 세상을 얻은 기분일 거예요.

"⋯⋯후."

하준이 괴로운지 한 손으로 얼굴을 쓸며 한숨을 내쉬었다. 하지만 그것을 모르는 마스터는 프러포즈했던 순간이 떠올랐는지 입가에 부드럽게 미소를 띠고 있었다.

그 한 마디면 충분해요.

많은 것을 바라지 않아요.

나는 그저……

"그만. 제발…… 그만."

지유가 더는 듣지 못하겠는지 제발 그만하라고 중얼거리는데 때마침 곡도 끝이 나고 있었다.

당신 곁에 있고 싶어요.

"……어, 어떻게."

노래가 끝남과 동시에 지유가 눈물을 터트렸다. 그러자 하준이 안절부절못하며 그녀를 달래기 시작했다.

그 곡은 사랑 노래였다. 아니, 정확히는 정하나의 진심이 담긴 노래였다. 다른 사람을 위한 것이 아닌, 오로지 자신만을 위한 곡이었다.

더없이 사랑스러운, 금방이라도 눈물이 터져 나올 것 같은 안타까운 정하나의 마음이었다. 누구라도, 정하나를 아는 이라면 누구라도 울 수밖에 없는 처절한 마음이었다. 너무나 처절해서 이 더러운 세상에 새삼 화가 날 지경이었다.

"……이 새끼…… 강지욱 이 개새…… 강지욱 이 새끼 어디 갔어?! 빨리 전화해 봐!!"

눈물을 흘리던 지유가 지욱의 욕을 하다 다급하게 휴대폰을 찾으며 소리쳤다.

"갑자기 강지욱은 왜 찾아. 그리고 강지욱이 무슨 죄야. 작곡한 것밖에 없잖아."

지유의 말을 이해하지 못한 연지가 그리 묻자, 옆에 있는 마스터가 동조하듯 고개를 끄덕였다. 강지욱. 그는 그들도 잘 아는 존재였다. 작곡의 천재라 불리는 녀석이었으니까. 하나와 지유, 하준의 고등학교 동창인 지욱은 이미 그때부터 작곡을 해 와 작곡가로서 이름을 날린 상태였다.

한창 작곡가로 이름을 날리고 있을 때, 오랜만에 학교에 와 우연히 하나와 마주친 것이 인연이 되어 아직까지도 관계를 이어 오고 있었다.

하나가 부르는 모든 노래를 지어 준 것은 당연히 지욱이었다. 애초에 가사 따위는 지을 줄도 모르는 하나를 붙들고 책까지 사다 안기며 가사 좀 지어 달라고 사정한 것이 지욱이었다. 작곡에는 재능이 넘쳐났지만 불행히도 작사에는 재능이 없어 늘 작사가에게 맡기는 지욱이었기에 늘 자신의 마음에 드는 작사가에 목이 말라 있었다.

가사를 지어 주면 그만큼 인센티브가 나오니 제발 해 달라고 하도 사정을 해 하나가 작사하는 법을 배워 늘 가사를 작성해 온 뒤로 쭉 하나는 지욱 전문의 작사가가 되어 있었다.

지금 생각해도 불가사의인 것은 가사라고는 생전 지어 본 적도 없고, 시는 물론이고 글 자체에 관심이 없는 하나를 자신의 작사가로 만들 생각을 했냐는 것이었다. 그것을 물었을 때, 지욱은 자신 있게 감이라고 대답했지만, 다른 것도 아니고 자신의 일을 그렇게 결정했다는 것은 쉬운 일이 아니었다.

어쨌든 덕분에 하나는 돈 걱정 없이 살아올 수 있었다. 나름 쌈짓돈도 벌고 말이다. 하나에게는 은인 같은 존재였다. 그런 지욱을 대체 왜?

이해할 수 없다는 마스터와 연지의 얼굴을 보던 지유는 열불을 터뜨리며 소리쳤다.

"그 개새끼! 다 알면서 나한테 한마디도 안 했어! 어떻게 이걸 보고도 입도 뻥끗 안 할 수 있냐고!!"

"……아."

그제야 이해가 간 듯 마스터와 연지가 탄식했다. 연지는 순수하게 지유의 말을 이해해서 한 것이었지만 마스터는 약간 사정이 달랐다. 정확히는 몰라도 마스터도 엄연히 지욱과 같은 저치였으니까. 어쩌면 지욱보다 더 죄인인지도 몰랐다. 지욱보다는 더 확실하게 본인에게 확인하고 알게 모르게 상담도 해 주고 있었으니까.

'……걸리면 난 죽는다.'

절대 들켜서는 안 된다고 다짐하며 마스터는 남몰래 심장을 움켜쥐었다. 절대 들켜서는 안 된다는 압박감과 불같이 날뛰는 미친 문지유를 앞에 두고 있으니 긴장감이 장난이 아니었다. 알게 모르게 등에서 식은땀까지 흐를 정도였다. 다행히도 지유는 마스터에게서 관심을 끄고는 휴대폰을 꺼내 누군가에게 전화를 걸었다.

하지만 아무리 해도 전화를 받지 않는 이에게 계속 전화를 걸다 결국 소리를 질렀다.

"……전화 받아. 전화 받으라고 제발!"

끝까지 전화를 받지 않아 지유는 결국 포기한 듯 휴대폰을 아무렇게나 집어 던졌다. 그리고는 의자에 주저앉아 고개를 푹 숙였다. 다들 아무런 말도 하지 못했다. 그 어떠한 말을 꺼낼 용기도 없었다.

그렇게 모두들 아무 말 없이 고개만 떨구고 있는데 마스터는 예전 지욱과 했던 말이 떠올랐다. 어떻게 감만으로 그 중요한 작가를 뽑을 수 있냐는 그 질문에 지욱이 했던 말이.

'그 녀석은 진짜거든.'

'……하?'

그건 또 무슨 소리냐는 되물음에 녀석은 기분 좋게 웃으며 대답했다.

'잃은 것이 많은 만큼 욕심을 부리지도 않고 포기하는 게 일상인 녀석이야. 그런 녀석은 현재 자신이 갖고 있는 것이 무엇보다 소중하지. 더 이상 잃고 싶지 않으니까. 무언갈 잃고 싶지 않은 마음이 강해 그만큼 소중한 걸 만들지도 않아. 하지만 그럼에도 소중해지는 존재가 생긴다면…….'

'생긴다면?'

'아마 우리들은 꿈도 못 꿀 사랑을 가질 거야. 그리고 그 사랑을 가지고 있다면…….'

어느새 녀석의 이야기에 흠뻑 빠져 있는데 녀석은 그런 자신에게 더없이 즐거운 얼굴로 핵폭탄 같은 말을 했다.

'세상에서 가장 아프고 사랑스러운 감동적인 가사를 쓸 수 있지 않겠어?'

그 순간은 정말 이기적이라고만 생각했던 말이 이제야 이해가 갔다. 어떻게 그렇게 아무렇지 않게 그 말을 할 수 있었는지 너무나 뼈저리게 깨닫고 말았다. 하지만 전혀 기쁘지 않았다. 정말 조금도 기쁘지 않았다. 어떻게 좋을 수 있었겠는가.

"……악취미야, 진짜. 뭐 같은 놈."

그 말은 곧, 정하나가 이리될 것을 이미 알고 있었다는 말이었는데.

그 사랑에 아파하고 힘들어할 정하나를 뻔히 앞에서 보고 있었다는 말이었는데.

"그지 같은 놈."

"……으음."

잠에서 깨자마자 본능적으로 휴대폰을 움켜쥐었다. 어제 몇 년 만에 신나게 울어 댄 덕분에 아무리 애를 써도 뻑뻑해진 눈은 떠질 생각을 하지 않았다. 간신히 실눈을 뜨고 휴대폰을 확인하는데 아주 가관이었다.

"……이게 다 뭐야."

무슨 부재중이 이렇게 많단 말인가. 문자까지 합쳐서 족히 50통은 넘는 것 같았다. 통화는 다 한결같이 문지유였고, 문자는 전부 하준이었다. 문자 내용도 아주 가관이었다.

[야, 무슨 일 있어? 왜 전화를 안 받아.]

[빨리 전화 받아. 문지유 미쳐 가고 있잖아!]

[야, 나 저거 감당 안 돼. 어떻게 좀 해 봐!]

외 똑같은 내용으로만 몇 십 통이었다. 어떻게 이렇게 같은 말을 다르게 많이 할 수 있는지 신기할 지경이었다. 어지간히 급했나 보다.

"문지유가 오랜만에 완전 돌았나 보네. 천하의 정하준이 이럴 정도인 거 보면."

간절한 마음이 절절히 느껴지는 문자 메시지에 절로 웃음이 튀어나왔다. 하지만 그건 하준의 문자만 봤을 때였다. 지유의 통화 목록을 보니 웃음이 싹 가셨다. 화가 많이 난 모양이었다. 왜 그런지는 모르겠지만 말이다. 아주 분노가 절절히 담긴 부재중들을 보니 갑자기 오싹해졌다. 뭔지는 모르겠지만 지금 문지유를 만났다가는 아주 작살이 날 것 같았다.

자신 때문에 화가 난 것 같은데 대체 왜 난 건지 모르겠다. 문지유가 자신에게 괜히 화풀이를 할 리도 없고, 도무지 답이 나오지 않았다.

"······이상하다."

문득 한동안 지유를 만나지 말아야겠다는 생각이 들었다. 왠지는 모르겠지만 만나서는 안 될 것 같다는 생각이 강하게 들었다. 불길한 예감이 걷잡을 수 없이 커져만 갔다. 대체 왜 그런지는 모르겠지만.

"······나. 정하나."

"……?"

"정하나, 아직도 안 일어났어?"

"아, 일, 일어났어요!"

난데없이 들리는 그의 목소리에 그제야 정신을 차리고는 아무렇게나 휴대폰을 집어 던지고 침대에서 벌떡 일어나 서둘러 거실로 향했다.

"벌써 점심시간이 다 돼 가네. 나가서 먹자. 집에 먹을 거 없다."

"난 상관없어요."

"옷 입고 나와."

"네."

어쩌면 이미 본능적으로 알고 있었던 건지도 몰랐다. 이미 모든 게 들통 났다는 것을. 자신이 감추고 감춰 왔던 것들이 이제는 감출 수 없다는 것을. 그래서 피하고 싶었던 건지도 몰랐다. 비록 아주 짧은 시간일지라도. 현실을 마주하고 싶지 않아서.

"가요."

"그래."

이 바라 마지않던 꿈에서 깨어나고 싶지 않아서.

◉

"뭐 먹을래?"

"아무거나 상관없어요."

그 대답이 마음에 들지 않는 듯 그가 인상을 찌푸렸다. 그 얼굴에 역시 지유처럼 이런 대답을 싫어하나 싶어 그를 올려다보는데 그가 그런 나를 내려다보며 물었다.

"친구들이 네 그 말 싫어하지?"

"네, 엄청요."

너무나 자연스럽게 튀어나오는 대답에 그가 어이없다는 얼굴로 짧게 헛웃음을 터뜨리며 나를 바라보았다.

"그런데도 그 말을 하는 이유는 뭐야?"

"습관이라서요."

뻔뻔스러울 만큼 당연하게 튀어나오는 대답은 그를 어이없게 만들기 충분했다. 그가 어처구니없다는 얼굴로 나를 빤히 바라보고 있으니 슬슬 견디기가 힘들어 그의 팔을 붙잡고 배시시 웃어 보이자, 웃는 얼굴에는 장사 없다고 그가 나를 내려다보다 결국 어쩔 수 없다는 듯 피식 웃음을 터뜨리며 한 손으로 자신의 머리를 흐트러트려 주었다.

서툴기 그지없었지만 오히려 그것이 더 좋았다. 무척이나 서툰 손놀림이었지만 묵묵한 애정이 느껴져 가슴이 뜨거워졌다. 괜시리 눈물이 터져 나올 것 같은 만큼.

"……가자."

나지막이 웃는 당신의 미소가 오로지 나에게만 한정되어 있다는 것을 알고 있었다. 그것을 모를 만큼 둔하지 않았다. 오랜 시간 알게 모르게 당신을 보고 있었기에 모를 수가 없었다. 그래서 더 괴로웠다. 포기할 수가 없어서. 나에게만 보여 주는 이 미소를 잃고 싶지 않아서. 이 미소를 잃으면 어떻게 살아야 할지 모를 정도로 나는 어느새 당신 없이는 살 수 없는 존재가 되어 있었다.

두 팔로 그의 팔을 꽉 안자, 그가 의아한 얼굴로 자신을 돌아보는 것이 느껴졌다. 하지만 고개를 들어 그의 얼굴을 보지 않았다. 보지 않은 것이 아니라 볼 수가 없었다. 어쩌면 눈에 눈물이 고여 있을지도 몰랐으니까. 가면이 깨어져 얼굴에 모든 것이 드러날지도 몰랐으니까.

"왜?"

"아니, 아무것도 아니에요."

어차피 잃게 될 거, 깊이 빠져서는 안 되는 거였는데. 아니, 깊이 빠진다고 해도 언젠가는 놓아야 된다는 것을 잊어서는 안 되는 거였는데. 처음부터 이 순간을 즐길지언정, 언젠가는 끝날 일, 포기하는 것에는 자신 있었으니 그의 곁에 있었던 적이 있었다는 것으로 당신을 포기하려고 했었다. 아니, 포기가 되지 않는다고 해도 미련 없이 당신의 곁을 떠날 수 있을 것이라 생각했다.

하지만 그건 오산이었다. 전혀 그렇지 않았다. 어떻게 그렇게 생각할 수 있었는지, 스스로가 얼마나 오만했는지 그제야 그것을 깨달을 수 있었다.

"나는 까르보나라요."

"그래."

대강 아무거나 골라 그에게 말하고 편하게 그의 얼굴을 바라보았다. 자신이 그리 얼굴을 따지는 사람이었던가, 하는 생각이 들 정도로 그는 눈이 부셨다. 분명 처음 사랑했던 이유는 얼굴 때문이 아니었던 것 같은데, 이제 보니 그 생각이 틀린 것 같았다. 그런 우스운 생각을 하며 웃고 있는데 어느새 주문을 한 그가 그런 나를 눈치채고는 나를 향해 미소를 지어 보이며 물었다.

"무슨 생각을 하기에 그렇게 웃는 거지?"

"그냥요."

"재미없는 대답이군."

"하하. 그래도 말 안 할 거예요."

생각의 내용이 부끄러워 입 밖으로 꺼낼 수 없었다. 무엇보다 이 감정을 들킬 수 없었다. 평생 들키지 않아야 했다. 자신이 비참해지지 않으려면. 이미 비참해질 만큼 비참해진 상태에서 이런 소리를 한다는 것 자체가 우스운 일이었지만 여기서 더 비참해지는 것은 바라지 않았다.

눈앞에 눈이 부실 정도로 빛이 나는 이 남자 앞에서 더는 초라해지고 싶지 않아서. 이기적인 생각이었지만 아무래도 좋았다. 눈앞에 있는 이 남자에게 부끄럽지 않을 수만 있다면. 이 남자의 앞에 서는 것이 초라하지 않을 수만 있다면.

"……왜 그래?"

"……그냥. 습관이란 게 참 무서운 거다 싶어서요."

"갑자기 무슨 소리야?"

"아무것도 아니에요. 그냥 혼잣말. 몰라도 돼요."

아니, 알지 않았으면 해요. 이런 자신의 못된 속마음 따위는. 욕망에 똘똘 뭉친 이기적인 마음 따위는 평생 알지 않았으면 한다. 정말 우스운 소리였지만 그의 앞에서 나는 언제나 선하고 좋은 사람이길 바랐다. 욕심부리지 않고 그저 편하게 곁에 있을 수 있는 그런 사람이었으면 한다.

물론 자신은 그런 사람이 되지 못했다. 사실은 누구보다 욕심이 많았고, 이기적인 생각만 하는 평범하다 못해 널리고 널린 사람들 중 하나였다. 하지만 그에게는 그렇게 보이지 않았으면 한다. 이기적인 생각이었지만 그에게만은 그 누구보다 특별하길 바랐다.

어쩌면 자신은 그에게 그 어떤 이들보다 특별한 사람일지도 몰랐다. 그도 그럴 것이 다른 사람들과 다르게 그에게 바라는 것이 달랐으니까.

그의 입장에서 보면 원하는 것이 전혀 없는 사람으로 보일지 몰랐다. 사실은 그 어떤 이들보다 가장 큰 것을 바라고 있었는데도. 자신이 바라고 있는 것이 그에게는 그 어떤 것보다 내어 주기 힘든 것이라는 것을 잘 알고 있었다.

자신도 같았으니 오죽했을까. 하지만 바라게 된다. 자신 역시 그 무엇보다 내어 줄 수 없는 것이었음에도 자신은 내주지 못하면서 자꾸 바라게 된다. 그것을.

그것이 어쩔 수 없는 사람의 마음이라고는 해도 자신이 추악한 인간이라는 것을 증명해 주고 있는 것 같아 마음이 쓰렸다.

이때만큼 자신이 너무나 별 볼 일 없는 존재라는 것이 실감 난 적도 없었던 것 같았다. 아니, 이 남자와 있으면 늘 그랬다. 자신도 그렇게 별 볼 일 없는 존재라고는 생각하지 않았지만 이 남자 앞에서는 늘 그런 생각이 들었다. 너무나 잘나서. 어떻게든 따라가 보려, 발끝이라도 닿아 비슷해져 보려 발버둥을 쳐도 소용없는 짓이었다. 아무리 위로 올라가도 올려다보면 늘 그가 있었다.

한 번도 자신과 동급인 적이 없었다. 학생들이 괴물, 괴물 할 때에도 실감이 나지 않았건만 그와 있으면 처절히 깨닫게 된다. 그가 얼마나 대단한 사람인지. 그리고 자신이 얼마나 별 볼 일 없는 존재인지 말이다.

"……정하나?"

"……아, 왜요?"

간신히 상념에서 깨어나 애써 미소를 지으며 그의 부름에 답을 하자 그가 이상하단 얼굴로 나를 바라보았다.

"뭐야? 왜 그러는데?"

"아무 일 없다니까요."

"……정하나."

"네."

분명 무언가 눈치챈 듯했지만 묻는다고 해서 대답해 주지 않을 날 잘 알고 있었기에 그는 내 이름을 부르며 나를 바라보았다. 그것이 무언의 압박임을 모르지 않았지만 애써 모른 척하며 그의 부름에 답을 하자, 그가 결국 포기한 듯 한숨을 푹 내쉬었다. 그렇게 나를 포기하는 그가 좋지는 않았지만 이 상황에서는 어쩔 수가 없었다.

미안하다는 듯 그를 바라보며 배시시 웃어 보이자 마음에 들지는 않아도 어쩔 수는 없는 듯 눈이 부드럽게 풀어졌다. 내가 그의 미소에 약하듯 그도 자신의 미소에 약했다. 이건 어쩔 수 없는 것인가 보다. 서로 함께한 시간이 많으면 많을수록 말이다.

앞으로도 계속 이런 시간이 지속된다면 언젠가 당신도 나를 사랑하게 될 날이 올까? 말도 안 되는 소리임을 알면서도 그런 꿈을 꾸게 된다. 그가 나를 사랑하게 되는 날이 온다면 아마 수많은 노래 가사나 드라마에서 떠들듯 세상 모든 걸 얻은 것 같은 기분일 것이다. 확신할 수 있었다. 지금의 내게 그것만큼 행복한 일은 없었으니까.

그런 날이 올 리도 없고, 설령 그런 날이 온다고 해도 절대 행복해질 리 없다는 것을 잘 알고 있었으면서도 어리석게도 계속 그런 꿈을 꾸고 있었다. 그럴 리 없는데, 있어서도 안 되는 것인데. 그렇게 생각하면서도 마음 한 켠으로는 간절히 바라고 있었다. 알고 있었다. 이것이 얼마나 어리석은 짓인지.

하지만 그와 함께 있으면 이런 생각이 들었다. 그래도 상관없지 않을까, 하는. 누군가에게 폐를 끼치는 것도 아니고 혼자 바라고, 상처받는데 누가 뭐라고 할 것도 아니지 않는가. 누군가를 원하고 바라는 마음이 죄라고는 생각지 않았다. 다른 사람에게는 몰라도 자신에게는 죄가 될지도 몰랐지만, 자신도 사람인 만큼 자신의 편에 서게 된다. 이기적인 것을 알면서도 말이다.

만약 바라던 대로 그런 날이 온다면 무심코 그의 손을 잡아 버릴지도 모른다. 잡아서는 안 되는 그 손을. 세상 전부를 적으로 돌린다고 해도. 평생을 바라고 원했던 것이었으니까. 그만큼 간절하고, 눈물이 터져 나올 정도로 애원하던 것이었으니까.

그런 날이 올 리도 없는데 김칫국부터 들이마시고 그런 생각을 하고 있는 자신이 너무나 우스워 웃음을 흘리자, 작은 웃음소리였음에도 그것을 기차게 들은 그가 내게 물었다.

"왜 웃어?"

"그냥요. 좋아서요."

"뭐가?"

"지금 이 순간이요."

그것은 그것대로 진심이었다. 정말 좋았다. 나른한 햇살, 선선한 바람. 환한 풍경에서 서로 마주 앉아 웃고 있는 우리가. 여느 연인들처럼 앉아 소소한 행복을 누리며 웃는 이 광경이.

바라던 것은 그리 거창한 것이 아니었다. 그냥 어느 평범한 연인들처럼 마주 앉아 서로를 향해 웃고 떠들고 티격태격하면서도 결국 웃어 보이는 그런 것들을 원했던 것이었다. 그런 평범한 것들이었다. 너무나 평범해 우리에게는 절대 이루어지지 않는 것이었지만.

"정하나."

"왜요?"

그런 생각을 하자 절로 기분이 좋아져 환하게 웃으며 그의 부름에 답을 하자, 그가 그런 자신의 미소에 답을 하듯 자신을 따라 입가에 부드럽게 미소를 그리며 말했다.

"좋아하는 것 같아."

"뭘요?"

"너를."

"……네?"

순간 내 귀를 의심했다. 그럴 수밖에 없었다. 누구라도 그랬을 것이다. 자신할 수 있었다. 그도 그럴 것이 평생 그의 입에서 나오지 않을 말이었으니까.

생각지도 못한 발언에 너무 놀라 그 자리에서 그대로 굳어 제대로 상황 파악을 하지도 못하는 나에게 그는 절대로 그냥 넘기지 않겠다는 듯 다시 한 번 쐐기를 박았다.

"내가 너를 사랑하는 것 같다고. 정하나."

"……!"

그때의 기분을 뭐라 설명할 수 있을까. 아마 세상 그 어떤 단어로도 설명이 되지 않을 것이다. 믿을 수 있고 없고를 떠나 평생을 바라던 꿈이 이루어진 순간을 대체 어떤 단어로 설명할 수 있겠는가. 하지만 그런 환상적인 순간에서 나는 그 어떠한 반응도 내보일 수 없었다. 아니, 보여 줄 수 없었다.

믿을 수 없기도 했다. 도무지 이 상황이 믿어지지 않았다. 그럴 만도 했다. 세상은 한 번도 내 편이 되어 준 적이 없었으니까. 따지고 보면 지금 이 상황도 마찬가지였다. 신은 끝까지 단 한 번도 제대로 내 편이 되어 주지 않았다. 원망스러울 정도로.

"잠, 잠깐만요. 나 화장실 좀."

자신이 생각해도 참 추잡했다. 고작 핑계라고 댄 게 이런 거니. 하지만 뭐래도 좋았다. 그곳에서 도망갈 수만 있었다면. 그 말을 하며 그의 대답을 기다리지 않고 벌떡 일어나 화장실로 걸음을 옮겼다. 이런 상황에서 이런 말을 꺼내는 게 당황스러울 법하건만 그는 그리 당황스러워하지 않았다. 처음에는 조금 놀란 듯했으나, 금세 평소의 얼굴로 돌아와 화장실로 걸음을 옮기는 나를 보고 있었으니까.

쾅—

화장실로 들어와 아무 데나 빈 곳을 찾아 들어가 문을 잠그자마자 쓰러지듯 벽에 몸을 기댔다. 그리고 그제야 제대로 상황 파악을 하기 시작했다.

"……하. 하하. 진짜야? 꿈 아니지?"

그리고 방금 전 자신에게 있었던 것이 틀림없는 현실임을 직시하자 왈칵 울음을 터뜨렸다.

"……흑…… 진, 진짜…… 사랑한다고 한 거지? 그런 거지?"

눈물이 멈추지 않았다. 바라 마지않던 꿈이 이루어진 순간에서 마냥 기뻐할 수만은 없는 자신이 너무나 비참해서. 눈물조차 보여줄 수 없어서 이렇게 초라한 화장실 한구석에서 울고 있는 자신이 그렇게 한심할 수가 없었다,

기뻤다. 어떻게 기쁘지 않을 수 있겠는가. 그렇게 바라던 꿈이 이루어졌는데. 하지만 기뻐할 수가 없었다. 환하게 웃으며 행복한 얼굴로 그의 말을 받아들일 수가 없었다. 그런 자신의 처지가 너무나 모질고 서러워…….

"……사랑해. 정말…… 너무너무……."

"……."

"……사랑해."

가슴이 아팠다.

여섯 번째.
각자의 심정

처음부터 이상했다. 이상하게 신경이 쓰이고 지나치게 마음이 갔다. 자신답지 않게. 그것이 얼마나 자신답지 않은지 스스로도 잘 알고 있었다.

하지만 멈출 수가 없었다. 가장 뜻대로 안 되는 것이 사람 마음 이라는 말처럼 자신도 그것을 피해 갈 수 없었다. 태어나 그 누구 에게도 관심을 가져보지 않고, 심지어 부모에게도 그리 마음을 주 지 않은 내가 이상하게 너에게는 너무나 쉽게 마음을 내어 주었 다.

그것은 네가 다른 이들과는 다른 사람이기 때문이었을까. 생각 해 보면 내가 조금이라도 마음을 준 이들은 다른 쓰레기들하고는 내게 다가오는 의미가 다른 사람들이었다. 속물적인 쓰레기들에 게 이골이 나 있었기에, 어쩌면 당연한 걸지도 몰랐다. 하지만 너 는 정말 이상한 사람이었다.

내가 누군지 알지도 못하는 것 같았다. 아니, 알려고도 하지 않았다. 이 정도 관계를 쌓았으면 나에 대해서 궁금해할 법도 하건만 너는 전혀 그러지 않았다. 아니, 너는 내가 누구인지보다 내가 무엇을 싫어하고 마음에 들어 하는지에 더 관심이 있는 것 같았다. 그것이 신선했고, 즐거웠다.

내게 아무것도 바라지 않는 네가 이상했고 그만큼 호기심을 불러일으켰다. 하지만 어느새 그런 것은 다 잊고 즐거움을 만끽하고 있었다. 그저 네가 옆에 있기만 해도 좋았다. 이상하게 마음이 차분해지고 편안해졌다. 네가 우는 것이 마음에 들지 않고, 잠이 든 그 순간까지도 시선이 내 쪽을 향해 있지 않으면 기분이 나빴다.

네가 웃으면 덩달아 기분이 좋아지고 입가에 미소가 지어졌다. 남들이 보면 충분히 기겁할 일임을 모르지 않았다. 자신이 이렇게 웃을 수 있는 인간인 줄 자신도 몰랐는데 오죽할까. 굳이 이해할 생각은 없지만, 이해하지 못할 것도 아니었다.

어느 정도 시간이 흘러 이제는 네가 자연스럽게 내 품에 안겨 웃을 때면 행복하다는 말이 비로소 실감이 났다. 이런 게 소소한 행복이란 것을 깨달을 수 있었다. 포근하고 나른한, 더없이 따스한 체온이 너무나 좋았다. 가슴이 따뜻해질 정도였다. 그럴 때면 절로 웃음이 흘러나왔다. 하나도 변하지 않았다고 생각했는데 자신도 모르는 새 훌륭하게 변하고 있었던 것이다.

"……으악."

"맛없으면 먹지 마."

"미안해요. 내가 만들었지만 진짜 맛없다."

맛없는 음식은 입에 대지조차 않았지만 네가 만든 음식이라서 그런가? 맛없는 음식에도 그리 기분이 나빠지지 않았다. 오히려 자신이 만든 음식인데도 본인이 반응을 해 오는 탓에 어느새 음식 맛은 까맣게 잊어버리고 너의 반응을 즐기고 있었다. 항상 그런 일의 연속이었다. 그런 일이 없었던 만큼 생소하고 어렵기도 했지만 사소하고 평범한 일인 만큼 우리들의 일상에 스며들어 가는 것은 정말 순식간이었다.

그래서 쉽게 눈치챌 수가 없었다. 그때 너의 반응에 즐겁게 웃고 있던 이유를, 맛없는 음식에도 성질 한 번 내지 않고 기분 좋은 얼굴로 그리 맛없지 않다고 생각했던 이유를. 생소하기 그지없는 일상이었지만 이런 일상도 나쁘지 않다고 생각했던 이유를.

잠든 너의 얼굴을 한없이 바라보고 있는 게 어느새 일상이 되었을 무렵, 그것을 인지했을 때 너의 별 볼 일 없는 한마디에 비로소 깨달을 수 있었다.

"왜 웃어?"

"그냥요. 좋아서요."

"뭐가?"

"지금 이 순간이요."

아아, 이런 걸 바로 사랑스럽다고 하는구나.

그것을 깨닫는 순간, 더 볼 것도 없이 일말의 망설임도 없이 솔직하게 내 마음을 전했다. 다른 이들과 다르게 감정이 메말라 있는 자신답게 그것은 그리 망설이고 어려워할 일이 아니었다. 그리고 그렇게 솔직하게 내 마음을 전했을 때……

"잠, 잠깐만요. 나 화장실 좀."

너는 울지도 웃지도 못하는 기이한 얼굴로 내 앞에 앉아 있었다.

◈

어떻게 그와 헤어졌는지 기억조차 나지 않았다. 어떻게든 눈물 자국을 지워 보려 파우더를 얼굴에 바르고 애써 웃는 얼굴로 화장실에서 나와 볼일이 생겼다고 말하며 어떻게든 그에게서 빠져나가려 발버둥을 쳤다.

그런 내가 얼마나 한심하고 우스워 보였을까. 생각조차 하기 싫었다.

마음 같아서는 있지도 않은 신에게 쌍욕이라도 퍼붓고 싶은 심정이었다. 일생일대의 행운이 찾아왔는데, 가장 바라던 것이 그렇게 이루어졌는데 그것을 순수하게 기뻐하며 받을 수가 없는 자신의 처지가 너무나 원망스러워서. 오늘만큼 신이 원망스러운 적이 없었다. 오늘만큼 이 세상이 밉고 싫었던 적이 없다. 어떻게, 어떻게 바라 왔던 순간이었는데.

하지만 이미 돌이킬 수도 없었다. 애초에 일찌감치 포기했어야 했다. 좋아해서는 안 되는 것이었다. 좋아한다고 해도, 얼른 접었어야 했다. 더 노력했어야 했다. 얼렁뚱땅, 사실은 포기하고 싶지 않아서, 감정을 가진 게 죄는 아니라고 스스로를 타이르며 그 감정을 가지고 있어서는 안 되는 것이었다.

좋아해서는 안 되는 것이었다. 어차피 서로 힘들어질 거, 시작조차 해서는 안 되는 것이었다. 괜히 욕심을 부려 다가가는 것이 아니었다. 이제 와 모든 것이 후회가 됐다.

섹스를 한 그 순간부터 애초에 시작이었던 것인데, 그저 고작 섹스뿐이라고 스스로를 납득시키며 시작한 것이 아니라는 어리석은 생각을 해서는 안 되는 것이었다.

눈물이 한강수처럼 흘러나오고 모든 것을 후회하고 나서야 뼈저리게 그것을 깨달을 수 있었다.

자신은 얼마나 어리석은 사람이었는가. 스스로가 봐도 가늠하기 힘들었다.

"……아, 정말."

처음 만났을 때, 사랑에 빠지는 것이 아니었다. 처음 만난 그 순간, 스쳐 지나간 그를 잊었어야 했다. 고작 스쳐 지나간 것뿐이었음에도 계속 생각하고 기억해 지금을 만들어 버렸다. 잠깐의 방심이 일을 이 지경까지 만들어 버렸다.

"……사랑……해."

하지만 그럼에도 잊을 수가 없었다. 포기할 수가 없었다. 그래서 후회하는 것이었다. 지금 이렇게 울면서 자책을 하는 것이었다. 이 모든 일의 시작을. 결코 변하지 않을 사실을. 평범하기만 했던 내 인생이 이렇게 변해 버렸을 때부터.

"……흑."

나는 당신을 사랑해서는 안 되었다.

"아, 또다. 저 개새끼. 쥐뿔도 없으면서 개지랄은 존나 떨어 대."

"야, 들을라. 지가 귀족이라 생각하잖아. 들으면 개지랄 할 거 야. 거기다 거의 귀족이기도 하고."

"그니까, 그것만 아니면 쥐뿔도 없는 새끼가. 아, 꼴 보기 싫어."

우리 중학교에는 유명 인사가 있었다. 물론 나쁜 의미로. 좋은 의미일 수가 없었다. 말 그대로 문제아 중에 문제아였지만 집안의 권력으로 뻔뻔스럽게 고개를 빳빳이 들고 사회에 나와 있는 녀석 이었으니까.

집안의 권력만 아니었다면 진작 감옥에 갔어도 골백번은 갔을 놈이었다. 물론 집안의 권력이 없었다면 애초에 저리 지 잘났다고 고개를 들고 다니지도 못했겠지만.

나와 지유, 하준은 초등학교 때부터 줄곧 같은 학교를 다니고 있었기에 그때도 우리는 붙어 다니는 게 일상이었다.

두 사람 모두 녀석을 모를 리 없었다. 일주일에 한 번은 녀석의 일 때문에 학교가 떠들썩해지니 모를 리가 없었다. 물론 지유와 하준은 녀석을 아주 싫어했다. 두 사람이 가장 싫어하는 타입의 인간이었으니 싫어하는 것이 당연했다.

지유의 말을 빌리자면 머리는 텅텅 빈 주제에 저가 잘난 줄 알 고 날뛰는 쓰레기 부르주아였으니, 좋아하는 사람이 있는 것이 더 이상했지만.

나 역시 좋아할 리 없었다. 그보다는 관심이 없었다. 물론 나 역시 가장 싫어하는 타입의 인간이었지만 그런 놈을 신경 써서 뭐 하는가. 자신하고 관련된 것도 아니고. 그 얘기를 그대로 지유에게 했을 때, 지유는 그건 그렇지만 짜증 나는 건 짜증 나는 거라고 발광을 했었다.

그때까지는 나도 여느 애들과 같은 평범한 아이였다. 시험 때문에 속상해하고 친구들하고 놀며 웃고 즐거워하던 여느 애들과 다름없는 생활을 하던 아이였다.

이 외모 덕에 인기 역시 많았기에 친하게 지내는 아이들도 많았다. 중학교 2학년 때 아버지가 돌아가셨지만 보험금도 있었고, 어머니가 간호사여서 정부에서 학비는 지원받고 하니 생활에는 전혀 지장이 없었다.

알바를 하기는 했었지만 당장에 돈에 시달리는 일은 없었다. 그렇게 다른 사람들과 다를 바 없는 평범한 일상이었다. 그 녀석이 내 앞에 나타나기 전까지는.

사실 처음에는 기억조차 하지 못했다. 그럴 수밖에. 애초에 누군가에게 관심을 가지는 타입이 아니었으니까. 일일이 마주친 사람을 기억하는 인간도 아니었고.

하지만 너는 그런 나를 용납할 수 없다는 듯 첫 만남마저 기억할 수밖에 없게 만들어 주었다. 정말 조금도 바라지 않았음에도. 기억하는 것은 나였음에도 그런 것은 전혀 상관없다는 얼굴이었다.

애초에 첫 만남부터 잘못된 것이었다. 그러지 말았어야 했다. 쓸데없는 양심에 발걸음을 돌리지 말았어야 했다.

중학교 3학년, 가을. 모든 것은 그때부터 시작이었다.

"……괜찮아요?"

무서웠다. 무섭지 않다면 거짓말이었다. 하지만 비가 거세게 내리는 날, 온몸이 피투성이가 되어 주저앉아 있는 사람을 못 보고 지나치기에는 너무 양심이 찔렸다. 다가가 놓고도 다가가는 것이 아니었다고 몇 번이나 후회를 했다. 하지만 이미 벌어진 일이었고, 나를 노려보는 눈이 무서웠지만 그래도 상처가 신경이 쓰였다. 그래서 우산을 건네주었다.

그저 작은 호의였다. 이 상태에서 상처를 치료해 봤자 소용없으니 비라도 맞지 않길 바라는 마음에서였다. 물론 이미 흠뻑 젖은 상태였지만 적어도 우산이 있으면 비가 상처를 때려 아플 일은 없을 것이라는 생각에 건네준 것이었다.

걸을 수 있을까 걱정이 되기는 했지만 구급차를 불러 준다고 하면 욕만 먹을 것을 눈치챌 수 있었기에 별말 없이 그대로 우산을 씌워 주고 집으로 들어갔다.

"왜 그렇게 젖었어? 우산은?"

"일단 씻고 얘기하자, 엄마."

"그래, 얼른 들어가라. 감기 걸리겠다."

우산이 없었기에 옷과 머리가 젖을 수밖에 없었지만 집이 바로 코앞이라 그리 많이 맞지도 않았고, 애초에 우산을 써도 다리 쪽은 비를 피할 수 없어 집에 들어가면 바로 씻을 생각이었기에 그리 개의치 않았다.

그렇게 집으로 들어와 욕실로 들어가 씻으며 자신이 베풀었던 작은 호의마저 전부 씻어 내렸다. 기억할 필요도 없는 것이었다. 그리 대단한 것도 아니었다. 호의를 베푼 것에 답례를 받을 일도 없었으니 더욱 그랬다.

설마 그 은혜를 원수로 갚을 줄은 꿈에도 모른 채 말이다.

그것이 녀석과의 첫 만남이었다. 워낙 유명한 인물이었지만 관심이 없어 얼굴을 알지 못했기에 녀석인 것을 알아보지 못했다. 알아봤다면 그랬을 리가 없을 것이다.

어쩌면 알았다고 해도 그랬을지 모르지만, 최소한 경계는 했을 것이다. 녀석이 어떤 인물인지 소문을 들어 잘 알고 있었으니까. 물론 평범한 소문과 다르게 100% 실화인 소문을 말이다.

그리고 며칠 뒤, 사건은 터졌다.

"정하나! 정하나 어딨어?!"

"……저. 저기……."

교실 문 앞이 소란스러웠지만 그날따라 몸 상태가 안 좋아 이어폰을 귀에 꽂고, 책상에 엎드려 살짝 잠이 든 상태여서 그것은 눈치채지 못했다. 녀석이 뜬금없이 사람을 찾아 대니 아이들은 겁을 먹기도 했지만 이 상황이 당황스러워 우왕좌왕하는데, 그런 것들은 눈에 보이지도 않는지 녀석은 짜증이 그득한 얼굴로 아이들을 밀치며 교실로 들어섰다.

갑자기 벌어진 상황에 화장실에 갔다 온 지유와 하준이 놀라 내게로 달려왔지만 그것보다는 녀석이 더 빨랐다.

"정하나?"

"……응?"

바로 앞에서 자신을 부르는 소리에 본능적으로 고개를 들어 녀석을 올려다보자 고개는 들었음에도 아직도 비몽사몽해 눈조차 제대로 뜨지 못하고 있는 자신의 상태는 보이지도 않는지 무척이나 기분 좋은, 거만한 얼굴로 내게 말했다.

"나랑 사귀자."

"……뭐?"

"넌 이제부터 내 거라고."

"……하?"

흐리멍덩하던 눈이 난데없는 헛소리에 잠이 확 달아나 말똥말똥해졌다. 아픈 상태에서 그럴 정도면 얼마나 어이가 없었겠는가. 그런 자신만큼 어이없는 것이 어느새 내 옆에 와 있던 지유와 하준이었다.

"이거 미친 거 아니야? 어디 와서 개소리야?! 후딱 안 꺼져?!"

"이건 또 뭐야?"

"니가 수작 건 이년 친구다! 왜!!"

먼저 성질을 낸 건 당연히 지유였다. 하준은 자신과 똑같이 어이없다는 얼굴로 녀석을 바라보고 있었다.

이게 말이야, 막걸리야.

딱 그런 얼굴이었다. 당연한 반응이었다. 교실에 있는 모든 아이들의 표정도 마찬가지였다. 어디 말이 말 같아야지. 하지만 본인은 그것을 전혀 모르는 모양이었다. 그런 자신과 아이들의 얼굴은 보이지도 않는지 뻔뻔스럽게도 너무나 당당하게 지유를 향해 폭언을 퍼부었다.

"뭐야, 이 미친년은. 어디서 굴러먹던 게 누구 앞에서 이 지랄이야. 꺼져. 너 같은 년들 한두 번 보는 것도 아니고, 보나마나 친구라며 위하는 척하면서 내 관심 끌어 보려고 하는 걸 테니까. 너 같은 거한테는 쥐뿔도 관심 없어."

"하. 뭐가 어쩌고 어째? 이게 다들 아무 말 안 하고 있으니까 진짜 지가 잘난 줄 아나 봐. 미친 거 아니야? 아님, 머리에 들은 게 없는 거야? 아, 머리에 들은 게 없었지, 참? 미안하다. 내가 그걸 잊고 있었네."

두 사람 다 한 치의 양보도 없이 팽팽했다. 그런 두 사람의 기백이 하도 살벌해 주변에 있던 아이들은 슬금슬금 뒤로 빠지기 시작했다. 무슨 불똥이 튈지 몰라 겁을 먹은 모습이 역력했다.

평소였다면 그런 아이들이 눈에 들어왔을 테지만 안타깝게도 현재의 자신도 그런 그들이 눈에 들어오지 않았다. 자신도 화가 날 만큼 난 상태였다. 방금 들은 헛소리는 그렇다 쳐도 내 친구를 욕하는 건 용서할 수가 없었다.

"둘 다 그만!"

서로 물러서지 않고 꼿꼿하게 눈싸움을 하고 있는 두 사람의 중재에 들어가자 두 사람의 시선이 나를 향했다. 그중에서 먼저 입을 연 것은 지유였다.

"왜 정하나? 저런 놈은 한번 주제를 알게 해 줘야!"

"알았으니까 일단 물러나. 내가 해결할 테니까."

얼굴에서 니가 뭘 해결하냐는 기색이 훤히 보였지만 하준이 당장이라도 튀어 나갈 것 같은 지유를 막았기에 지유는 조용히 상황을 지켜볼 수밖에 없었다.

지유가 잠잠해진 것을 확인하고 나서 비로소 녀석을 향해 고개를 돌렸다. 고개를 돌려본 녀석의 얼굴에는 특유의 오만함이 그대로 드러나 있었다. 정말 불쾌한 인상이었다. 두 번 다시 보고 싶지 않은 얼굴이었다. 물론 생각대로 되지 못했지만.

"우선 너의 말 같지도 않은 헛소리부터 정정해 주지. 첫 번째, 나는 그 누구의 것도 아니고. 두 번째, 사귄다는 말은 서로의 동의가 있어야 비로소 성립이 되는 말이다. 모르겠으면 가서 사전이라도 뒤져 봐. 텅텅 빈 머리, 나한테 와서 자랑하지 말고."

"뭐?!"

"그리고 마지막으로 세 번째."

줄줄이 이어지는 폭언에 다들 당황해 어쩔 줄을 몰라 했다. 평소에는 절대 볼 수 없었던 모습이었으니까. 그런 모습을 보는 건 지유도 처음이라 무척이나 당황한 듯했다. 그런 소리를 듣고 있는 당사자는 오죽 당황스러웠을까.

남들보다 프라이드가 높고 그만큼 지가 잘났다고 생각하는 오만함으로 똘똘 뭉친 녀석으로서는 무척이나 충격적이었을 것이다. 하지만 그런 녀석을 두 눈으로 보고 있었음에도 전혀 개의치 않았다. 지유를 욕한 것으로 이 녀석에게 사람으로서의 배려를 해 준다는 전제는 없애버린 지 오래였으니까.

"너 대체 누구야?"

"······하?"

믿을 수 없다는 녀석의 반문과 동시에 여기저기서 말들이 튀어나왔다. 물론 대부분 어처구니없다는 말들이었지만. 이 학교 최고의 유명 인사였으니 당연한 반응이었다.

"······헐."

"······역시 정하나."

"······그럼 그렇지."

지유와 하준조차 어이가 없다는 얼굴로 나를 바라보고 있었다. 하지만 별로 신경 쓰지 않았다. 내가 일일이 알고 있어야 할 만큼 눈앞에 있는 존재가 대단한 인물이라고는 생각지 않았기 때문이었다.

"······나를 모른다고? 감히 나를?"

"······니가 무슨 이 나라 대통령이기라도 하냐? 내가 너를 왜 당연히 알고 있어야 하는 건데? 감히? 니가 뭔데? 미친 거 아니야? 니가 얼마나 잘나서? 내가 보기에는 전혀 아닌데."

지나치게 솔직한 말에 녀석이 할 말을 잃은 듯 아무 말도 하지 못했다. 그런 녀석의 모습을 보며 지유가 환호를 했다.

"잘한다, 정하나!"

"넌 좀 조용히 하자."

"아, 왜! 고소해 죽겠구만! 지가 뭐가 잘났다고. 부모 빽 외에는 볼 거 하나 없는 새끼가."

"좀!"

하준이 지유의 입을 틀어막자 지유가 발악을 하기는 했지만,

그래도 다른 사람이었으면 벌써 손을 물고 욕을 한 사발 들이부어 줬을 텐데 그러지는 않았다.

지유가 조용해지자 그제야 녀석이 정신을 차린 듯 나를 내려다보았다. 이윽고 녀석의 입에서 나온 것은 폭소였다.

"아하하하하!!"

"저거 미친 거 아니야? 왜 저래?"

"내가 아나?"

미친 듯이 웃어 젖히는 녀석의 모습에 발악을 멈춘 지유가 어이가 없다는 얼굴로 녀석을 보며 묻자 하준이 새침하게 대답했다. 하지만 그런 두 사람의 대화가 녀석의 귀에는 전혀 들리지 않는 모양이었다. 한참을 웃어 젖히다 갑자기 웃음을 뚝 멈춘 녀석은 살벌한 기운을 그대로 내뿜으며 선언했다.

"좋아. 니가 그렇게 나온다면. 내 이름은 최강후. 그 잘난 머릿속에 똑똑히 새겨 둬. 잊지 않는 게 좋을 거야. 절대 잊을 수 없게 만들어 줄 테니까."

"……하?"

"기대하라고. 앞으로 아주 재밌어질 테니까."

그때, 녀석의 그 말을 가볍게 치부하는 것이 아니었다. 훗날 얼마나 후회할지도 모른 채 무시했었다. 그저 한낱 헛소리로 치부해 버렸다.

그것이 이 모든 불행의 시작이었다.

◈

그 뒤로는 정말 불행의 연속이었다. 그날 이후 최강후의 여자라는 낙인이 찍혀, 그 누구도 내게 함부로 다가오지 못했다. 어떻게 불똥이 튈지도 모르고, 최강후가 내 주변에 오는 모든 이들을 막아 버렸으니까.

녀석이 무슨 해코지를 할지 몰라 다들 내 곁을 피하기 일쑤였다. 지유와 하준이 유일했다. 그랬기에 더욱더 최강후가 내게서 지유와 하준을 떼어 놓기 위해 필사적이었으나 둘은 전혀 개의치 않았다.

하지만 나는 결코 그 꼴을 그냥 두고 볼 수가 없었다. 자신들의 패거리를 이용해서 왕따를 조성하는 것은 물론이고, 물건들을 엉망으로 만들어 놓거나 교과서를 찢어 놓거나 물에 빠트려 놓는 것으로도 모자라 방과 후에 몰래 협박하기 일쑤였다. 그래도 내가 신경 쓰이기는 했는지 폭력은 휘두르지 않았지만 폭력만 쓰지 않을 뿐 할 수 있는 것은 전부 다 했다.

막으려고 해도 소용없었다. 내가 없는 곳에서 순식간에 벌어진 일에 손쓸 수 있는 방법은 전혀 없으니까. 나 때문에 힘들어지고, 그러면서도 아무런 내색 없이 내게 웃어 보이는 이들을 볼 때마다 죄책감과 고마움에 눈물이 터져 나올 것만 같았다.

그러면서 나는 점점 무너져 가는 것을 느꼈다. 점점 소중한 것들이 멀어져 가고 체념을 하고, 참는 법을 배우게 되었다.

그것이 어른이 되는 과정이라고도 하지만, 자의가 아닌 타의로 그렇게 되는 것을 그 어느 누가 좋아할 수 있겠는가. 적어도 자신은 아니었다. 그럴 수가 없었다. 울 수조차 없었다. 내가 우는 순간 이 녀석들이 어떻게 행동할지 잘 알고 있었기에. 그렇게 슬픔을 전부 끌어안았다. 그렇게밖에 할 수 없었으니까.

몇 달 동안 아이들이 내 곁에서 떠나는 것도 모자라 소꿉친구인 그 둘까지 힘들게 한다는 것이 더는 참을 수가 없어서, 답지 않게 온갖 감정을 쏟아 내며 녀석에게 물은 적이 있었다. 대체 왜 내게서 친구들을 떼어 놓으려고 하냐고. 그리고 그 물음에 돌아온 녀석의 대답은 나로서는 정말 황당하기 그지없는 말이었다.

'그래야 니가 혼자가 될 테니까. 니가 혼자가 되면 너는 결국 내게 기댈 수밖에 없잖아?'

영악했다. 아니, 이쪽으로는 정말 악질이었다. 하지만 현명한 선택이었다. 이렇게 모두가 떠나면, 결국 내 곁에는 이 녀석밖에 남지 않게 될 테니까. 소름 끼치는 대답이었다. 안 듣는 것만 못한 대답이었다. 하지만 보다 더 친구에 대한 소중함을 느낄 수 있는 경험이었다.

그리고 그 마음에 답하듯 그 둘은 결코 내 곁을 떠나지 않았다. 그러자 녀석은 다른 쪽으로 압박을 가하기 시작했다. 바로 엄마에게.

'하나야! 우리 딸!'

'뭐야? 엄마? 왜 이리 신났어?'

'딸! 좋은 소식이 있어!'

그렇게 신이 난 얼굴로 엄마가 들고 온 소식은 내게는 정말 청천벽력 같았다.

'엄마가 한국대 병원 인천 분원에 간호사로 가게 됐어. 직급도 올라갔어! 연봉도 많이 올라가고. 이제 우리 딸, 돈 걱정 하나도 안 해도 돼! 물론 인천 분원으로 가면 그쪽 기숙사로 가야 하기는 하지만, 우리 딸도 이제 다 컸고. 엄마 없이도 잘 할 수 있지?'

물론 엄마가 펄펄 뛸 정도로 좋은 소식이기는 했다. 엄마는 한국대 병원 분원에서 그냥 간호사로 일하고 있었으니까. 간호사인 엄마에게는 직급이 올라간다는 것은 말 그대로 하늘을 나는 것과 같은 기분일 것이다. 하지만 나는 그런 엄마와 함께 마냥 기뻐해 줄 수 없었다.

갑자기 왜 이런 일이 벌어졌는지 눈치채 버렸으니까. 한국대 병원은 녀석의 병원이었다. 한국대 병원 이사장의 차남인 녀석이었기에 이 정도 일은 아주 쉬운 일이었다. 녀석의 속셈은 뻔했다. 엄마를 내 족쇄로 만들 생각이었겠지.

확인하지 않아도 알 수 있었다. 이제 엄마는 완전히 녀석의 손에 있는 것이었다. 녀석의 입김 한 번에 엄마는 직장을 잃을 수도 있었다. 정말 영악했다. 내게서 엄마를 떼어 놓아 나를 혼자로 남겨 놓음과 동시에, 엄마를 자신의 손안에 놓아 내가 함부로 움직일 수 없게 만들어 놓았으니.

하지만 엄마에게 사실을 털어놓을 수도 없었다. 이것이 엄마에게 얼마나 좋은 기회인지 모르지 않았으니까. 무엇보다 이리 기뻐하는 엄마에게 그 기회를 포기하라 말할 수가 없었다. 물론 이 사실을 털어놓으면 엄마는 망설임 없이 그 기회를 포기하겠지만, 그것을 바라지 않았다.

그래서 결국 두 손 놓고 지켜볼 수밖에 없었다. 다 알고 있었으면서도 아무것도 할 수 없는 것이 얼마나 무력한 일인지 그날 처음 실감할 수 있었다. 두 번 다시 맛보고 싶지 않은 기분이었다. 정말 끔찍했다.

이런 기분이었겠구나. 새삼 지유와 하준의 마음을 이해할 수 있었다. 그래도 끌어들이고 싶지 않았지만.

고등학교는 랜덤이었다. 하지만 우리 중학교는 부속 중학교였고, 거의 자연스럽게 부속 고등학교로 가는 시스템이었기에 진드기처럼 녀석은 고등학교까지 따라붙었다.

고등학교 때는 더 심했다. 학생들의 80% 이상이 다 같은 중학교 출신이었기에 그 속에서도 나는 외톨이였고, 알게 모르게 따돌림을 받았다. 정확히 말하자면 불똥이 튈까 무서워 튀는 것이었지만.

엄마가 그렇게 인천으로 가고 나 혼자 이곳에 남게 되자 녀석은 더 거리낌이 없어졌다. 하지만 그래도 공부하는 나를 방해하지는 않았다.

지 딴에는 그래도 그게 나를 위한다고 한 행동이었을 것이다. 그 무렵에는 그마저도 감사했다. 공부마저 못 했으면 미쳐 버렸을 테니까. 녀석과 떨어져 마음 놓고 하는 유일한 것이었기에 독하게 공부만 했다. 어떻게든 녀석과 떨어지기 위해서.

학원 같은 건 다닐 생각도 하지 못했다. 공부하는 것과 돈이 드는 것은 둘째 치고 녀석이 어떠한 방해를 할지 몰랐으니까. 자신이 다니는 학원에 등록이라도 해 따라다니기라도 하면, 정말로 끔찍했다. 때문에 학원은 아예 마음을 접었다. 그것이 편했다.

그렇게 혼자 고립되고, 몇 달에 한 번 마주하는 밝은 표정으로 좋아하는 엄마의 모습을 지켜보며 체념을 배웠고, 나는 점점 말수가 없어져 갔다.

생각해 보면 이렇게 되기 전에 나는 말수가 많지는 않았지만 성격도 밝았고, 하고 싶은 대로 행동하며 말 역시 하고 싶은 말을 거리낌 없이 하는 어느 평범한 여학생이었다. 그렇기에 그 두 사람이 그리 변한 내 모습을 싫어하며 녀석을 증오하는 걸지도 몰랐다.

그렇게 녀석이 바라는 대로 혼자 생활하며 의지할 곳 하나 없이 고립된 채, 모르는 것은 학교 선생님들에게 여쭤 보며, 그렇게 어찌 보면 현 사회에서 가장 바라는 방식으로 공부를 했다.

두 사람과도 그리 많이 붙어 다니지 못했다. 그러면 녀석이 무슨 짓을 할지도 모른다는 강박감이 있었으니까. 이미 녀석이 심어 놓은 수많은 트라우마가 온몸을 잠식하고 있었다. 끔찍했다.

그리고 드디어 수시 시즌이 되어 원서를 넣을 때가 되었을 때, 어떤 대학을 원하냐는 선생님의 대답에 처음으로 자신의 속내를 솔직하게 털어놓았다.

'그 녀석이 못 가는 대학이요. 의대를 가고 싶긴 해요. 그러니까 최소한 녀석이 절대 갈 수 없는 대학으로…… 써 주세요, 선생님.'

그 말에 선생님은 아무런 말도 하시지 못했다. 그럴 만도 했다. 선생님도 다 알면서 모른 척 눈감고 계시던 분이었으니까.

한참을 아무 말도 못 하시던 선생님은 이내 알았다고 하시면서, 다행히 성적도 되고 서울에서 떨어지기도 뭐하니 서울권 상위 대학을 넣자고 하셨다. 녀석의 성적은 눈뜨고도 못 봐 줄 성적은 아니지만, 차마 서울권 상위 대학은 감히 넘보지도 못할 곳이었으니까.

성적은 최상위권이었으니 당연히 줄줄이 상위 대학 1차 원서에 붙었고, 그 사실을 전해 듣자마자 녀석은 펄펄 날뛰었다. 절대 자기는 허락 못 한다며.

자신이 내 엄마 아빠도 아니었고, 그 무엇도 아니었음에도 그런 말을 내뱉는다는 것이 참으로 우스웠다. 내게 달려와 절대 못보낸다는 헛소리를 지껄이는 녀석에게 3년 만에 처음으로 솔직하게 말했다.

'니가 뭔데? 니가 내 보호자야? 니가 뭔데 가라 마라야?'

그때 녀석의 표정을 아직도 잊지 못한다. 하지만 그것은 녀석도 어찌할 수 없는 것이었다. 이미 1차까지 전부 붙은 상태에서 녀석이 할 수 있는 것은 아무것도 없었다.

면접날 녀석이 방해할 수도 있었지만, 그래 봤자 학교에서 녀석이 쫓겨나기밖에 더하겠는가. 수능날 녀석이 무슨 짓을 할지도 모른다는 생각을 하긴 했지만 다행히도 녀석은 아무런 짓도 할 수가 없었다. 본인도 수능은 봐야 했으니 어쩔 수 없는 결과였다.

그렇게 한국대 의대 말고도 국내에서 내로라하는 의대 한 군데에 더 합격을 했다. 이제 고르는 일만 남았었다.

사실 한국대 의대를 갈 생각은 없었다. 녀석의 집안이 운영하는 한국대 의대였으니 무슨 짓을 할지도 모른다는 생각 때문이었다. 하지만 한국대는 의대 중에 톱이었고, 그 어떤 빽으로도 들어

갈 수 없는 곳으로 유명했다. 아무리 녀석이라도 한국대에 입학하지 않는 한 무슨 짓을 하려고 해도 그것은 불가능했다.

녀석이 한국대에 들어간다면 이야기는 달라졌겠지만, 아버지가 대학병원 이사장인 만큼 녀석도 의대를 들어가야 했고, 녀석에게 한국대 의대는 턱도 없었다. 한국대 의대는 국내에서 단연 톱이었으니 될 리가 없었다. 그래도 혹시 몰라 망설이고 있는데 지유와 하준 역시 한국대에 붙었지만 다른 곳은 다 자신과 다른 곳에 붙어 고민하던 중 마침 한국대에서 전액 장학금을 지원해 주겠다는 연락을 해 와 더 이상 고민하지 않고 한국대로 결정을 했다.

그리고, 오히려 그 어떤 대학보다 한국대가 안전할 수 있다는 생각도 있었다. 그래도 자신의 아버지가 운영하는 의대였고, 자신은 꿈도 못 꿔도 자신의 테두리 안에 있다고 생각할 테니 무슨 짓을 하지는 않을 테고 말이다. 그리고 한국대에 존경하는 교수가 있었기에 그것도 한몫했다. 무엇보다 지원해 주기로 한 장학금은 무척 매력적이었다.

한국대 의대로 결정을 했을 때, 녀석은 의외로 조용했다. 그래도 본인의 영향력이 꽤나 적용했다고 착각하는 듯했다. 그것이 꼴 보기 싫기는 했지만 그래도 무슨 짓을 당할지 몰라 가슴 졸이며 사는 것보다는 훨씬 나았다.

한국대에 들어와서도 녀석의 올가미는 없어지지 않았지만, 그래도 고등학교 때보다는 훨씬 나았다. 물론 고등학교 때에 비해 훨씬 자유로워지기는 했지만 그리 달라진 것도 없었다. 그저 학교에 녀석이 없을 뿐, 신입생 환영회를 제외하고 선배들과 어쩔 수 없이 술자리가 있거나 할 때에는 어떻게 알았는지 그곳으로 녀석이 찾아와 훼방을 놓았다.

지긋지긋했지만 말릴 방도도 없었기에 대학생이라면 당연히 있는 교류들을 끊을 수밖에 없었다. 결국 친분이 있는 선배 하나 제대로 없었다. 친구들도 마찬가지였다. 엠티며 뭐며 간 적도 없으니 당연했다. 환영회에서 그 훼방을 놓았으니 다들 가까이 다가오지도 못했고 말이다. 그리고 대놓고 자신의 집안을 밝히며 소문을 뿌렸다. 소문이 퍼지는 것은 순식간이었기에 결국 대학에서 얻은 친구는 태희 하나뿐이었다.

그래서 더 독하게 공부만 했는지도 몰랐다. 남들은 다 노는 의예과 시절, 그때 아님 놀 날도 없다고 신나게 노는 아이들과 다르게 자신은 독하게 공부만 했다. 덕분에 다른 이들이 바라는 혜택을 받았지만, 그래도 가장 놀 시기고 빛날 청춘에 공부만 한 기억만 남아 있다는 것은 썩 좋은 일이 아니었다.

내 청춘은 그렇게 녀석이 다 앗아 가 버렸다. 이제 자신에게는 청춘이라고 할 것도 남아 있지 않았었다. 그저 다른 사람들의 행복해 보이는 모습을 부러워할 뿐.

그런 나를 바꿔 준 게 당신이었다. 제대로 철이 들 나이부터 내 세상은 모두 녀석이 앗아 가 아무것도 남지 않았다. 온 세상이 흑백이었다. 그런 내 세상에 당신은 유일한 빛이었고, 당신이 존재함으로도 온 세상이 컬러풀하게 보였다. 그것이 얼마나 큰 의미일지 당신은 알고 있을까.

당신을 좋아하는 것만으로도 세상이 달라 보였고, 가슴이 따뜻해졌다. 행복했다. 처음으로 행복이라는 단어가 실감이 났다. 이런 게 행복이구나 싶을 만큼 너무나 좋았다.

그래서 더욱 잃고 싶지 않았고, 혹여 잘못될까 두려워 가슴속 깊이 숨겨 놓았던 감정이었다. 혼자만 간직하자 다짐했던 마음이었다.

이렇게 될 줄도 모르고 마냥 행복하게 웃고 있었다. 그것은 자신이 사람이라는 증거기도 했으니까. 자신이 녀석의 인형이 아니라는 것을 증명해 주고 있었기에 더욱 소중히 여겼던 것일지도 몰랐다. 그렇게 본다면 이 감정은 그리 깨끗하지 않아 보일 수도 있다.

하지만 분명 이 감정은 순수하게 자신이 만들어 낸 것이었다. 기적과도 같은 우연으로 인해.

'……감사합니다.'

사랑에 빠지는 건 정말 한순간이었다. 어쩌면 기적 같은 우연히 만들어 낸 환상인지도 몰랐다.

2년 만에 한국에 도착해 처음으로 시선을 준 사람이었다. 한순간에 시선을 빼앗긴 사람이었다. 물론 그것 역시 그의 능력 탓도 있었다. 한순간에 사람에게서 시선을 빼앗는다는 것은 평범한 사람이 할 수 있는 일이 아니었으니까.

타이밍이 좋기도 했다. 2년 동안 미국에 있다 다시 한국에 왔을 때는 모든 것을 새로 시작한다는 느낌을 받기도 했으니까. 하지만 한순간에 시선을 빼앗긴 것은 분명했다.

가방에서 지갑을 찾다가 지갑을 떨어뜨렸을 때, 주워 준 것뿐이었음에도 빛이 났다. 별것 아닌 행동이 그렇지 않게 느껴졌다.

그냥 지나가면 될 것을 왜 주워 줬을까. 의미를 찾게 되었다. 눈앞에 지갑이 떨어졌으니 어쩌면 당연한 일이기도 했지만 그래도 그냥 지나갈 수 있었을 텐데 왜 그랬을까, 하고 의미를 찾고 있었다. 할 일을 마치고 유유히 내 곁을 스쳐 지나가는 당신을 잊을 수가 없었다.

하지만 그래서는 안 되는 것이었다. 그렇게 의미를 찾으며 설레어서는 안 되었던 것이다.

'절대로 한눈팔지 마. 그럼 내가 무슨 짓을 할지 나도 알 수가 없으니까. 뭐 보고 싶으면 그렇게 하든가. 하지만 한 가지는 명심하는 게 좋아.'

'……'

'넌 내 거야. 내가 아니면 그 누구도 가질 수 없어.'

아직도 이렇게 유학을 떠나기 전, 그 녀석이 했던 말이 아직도 이렇게 가슴속에 박혀 있는데.

도착했을 때, 그 녀석이 한국에 없다는 사실에 환희에 떨며 헛된 기대를 품어서는 안 되었던 것이다.

"……하나니?"

"엄마?"

"우리 딸, 얼굴이 왜 그래? 꼭 울 거같이."

"……흑. 엄마."

집에 오자 보이는 엄마의 얼굴에 참았던 마음이 모조리 쏟아져 나왔다. 어리광 부리고 싶었다. 그래서는 안 된다는 것을 알면서도 기대고 싶었다. 엄마 품에 안겨 마음껏 울고 싶었다.

당황하는 엄마의 얼굴을 보면서도 하염없이 엄마를 부르며 어린아이처럼 펑펑 눈물을 쏟아 냈다.

"어? 왜 울어? 하나야, 하나야?"

그래. 그래서는 안 되었던 것이다. 나는 사랑을 말하기에는 지나치게 이성적이었고, 이상을 말하기에는 지나치게 현실적이었다. 그래서 모든 것을 망쳐 버렸다. 나도, 당신도. 전부 잘못되어 버렸다. 그래서는 안 되는데. 이제는 돌이킬 수도 없는데…….

바라던 것은 그리 큰 것이 아니었다. 하지만 그것마저 자신에게는 너무나 과분했던 모양이었다. 그냥 전부 포기하고 아무것도 바라지 말았어야 했나 보다. 사랑하는 사람을 힘들게 할 바에야 그냥 자신이 전부 포기했어야 했나 보다. 바라던 것은 정말 작디작은 평범하고 소박한 것이었음에도 불구하고.

정말 많은 것을 바라는 것이 아니었다. 그리 거창한 것을 원하는 것이 아니었다.

"엄마아아. 엄마아아아."

"대체 왜 그러는 거야. 말을 해 보라니까?"

바라던 것은 단 하나.

"엄마. 엄마아아."

당신을 사랑할 수 있는 시간.

◘

인천공항.

게이트에서 나오는 강후의 모습에 한 여자가 반가운 얼굴로 소리쳤다.

"아들!!"

"뭐야, 왜 엄마가 나와 있어?"

"엄마가 나와 있는 게 싫으니?"

여자, 강후의 어머니는 강후를 낳았다고 보기에는 지나치게 젊어 보였다. 그러나 자세히 보니 군데군데 인조적인 느낌이 났었다. 현대 성형의학의 힘을 빌린 것이 몸 구석구석에서 틈틈이 보이고 있었다.

여느 때와 같이 명품을 휘두르고 치장까지 완벽히 한 어머니의 모습을 보며 강후는 조금 인상을 쓰며 말했다.

"그냥 집에 있지 왜 나왔냔 말이야. 알아서 갔을 텐데."

"아들 빨리 보고 싶어서."

그 말이 그리 싫지는 않은 듯 강후는 피식 웃음을 흘리며 걸음을 옮겼다. 그리고는 어머니가 대동한 경호원에게 짐을 맡기자, 어느새 강후의 옆에 온 그의 어머니가 이것저것 묻고 싶었던 것들을 묻기 시작했다.

"어땠니? 잘하고 왔어?"

"거지 같았어."

"잘하고 왔어야지! 거길 내가 어떻게 보내 준 건데!!"

만족스럽지 못한 강후의 대답에 강후의 어머니가 날카롭게 소리치자 그도 짜증이 밴 목소리로 대답했다.

"아, 별 같잖은 것들을 시키는데 어쩌라고. 내가 그런 것들 거

즈나 갈아 주는 인간이야?"

"다들 거기서부터 시작하는 거라고 아버지가 늘 말씀하시잖
아!"

"아, 같잖은 걸 어쩌라고."

"최강후!"

더 이상 어머니의 목소리는 듣기도 싫은지 강후가 성큼성큼 걸
음을 옮기자 그런 그의 모습을 본 그의 어머니가 길게 한숨을 내
쉬며 그를 뒤따라갔다. 공항을 빠져나와 차에 올라타자 어머니가
다시 강후에게 물었다.

"어쩔 생각이니? 어떻게든 점수 좀 올리려고 보내 놨더니. 점
점 더 차이가 벌어지잖니. 그러다 정말 그 녀석한테 병원을 뺏길
참이냐?"

"어차피 내 건데, 뭐. 고작 첩의 자식이 뭘 어쩌겠어."

"정말 그렇게 생각하니?"

그제야 강후가 다시 어머니를 돌아보았다. 그녀는 답답하기만
했다. 사랑하는 남자의 호적에 오른 것은 분명 자신이었지만, 자
신이 사랑하는 남자가 사랑하는 것은 자신이 아니었다. 그것은 이
제 신물 나도록 잘 알고 있었다.

남은 것이라고는 사랑하는 남자의 피와 자신의 피를 가진 아들
하나뿐이었다. 하지만 아들의 능력은 그리 뛰어나지 못했다. 무얼
해도 변변치 않았다. 솔직히 말하면 아무리 콩깍지가 씌어도 괜찮
다고 말할 정도도 못 되었다.

하지만 그렇다고 해서 남편의 병원을 빼앗길 수는 없었다. 그

것도 그 여자의 아들에게! 남편이 사랑했던 여자의 아들은 자신의 아들보다 몇 배는 아름답고 뛰어났다. 그리고 남편은 그 아이를 사랑했다. 당연했다. 사랑하던 여자가 두고 간 아들인데 오죽할까.

이젠 그런 것에 미련을 두지 않았다. 남편에게 이미 사랑하는 여자가 있다는 것을 알고 있었음에도 자신의 사랑을 위해 억지로 결혼을 성사시켜 두 사람을 떼어 놓은 것은 자신이었으니까.

사실 이미 그 여자와 남편은 결혼을 약속한 사이였다. 그것을 망쳐 놓은 것은 자신이었다. 어쩌면 이건 벌일지도 모른다. 자신이 망쳐 놓은 것에 대한 벌. 그래서 그 여자의 아들이 미웠어도 아무것도 하지 못했다.

그렇게 남편의 사랑을 가득 받고 자란 아이는 어느새 내 아이와는 비교도 안 되는 곳으로 올라가 있었다. 능력 자체가 달랐으니 오죽할까. 원래는 그가 정실의 아이였고, 내 아이가 첩의 아이여야 했다.

그것을 자신이 바꿔 놓은 것뿐이었다. 그리고 집안 모두가 그것을 알고 있었다. 하지만 그것을 자신의 아이만 전혀 모르는 모양이었다. 지금 자신이 무시하고 있는 아이가 사실은 자신보다 훨씬 대단하고 혈통조차 뒤지지 않는다는 것을. 혈통 따위는 아무런 의미도 없다는 것을.

"무슨 말이 하고 싶은 거야."

"인정할 건 인정하란 말이다. 혈통으로 따져도 녀석은 너보다 뒤지지 않아. 호적만 아니었다면 네가 첩의 아들이었을 거다. 혈통은 네가 우월하단 생각을 버리란 말이다."

"엄마!"

"인정하기 싫지만 너보다 몇 배는 대단한 녀석이야. 너도 외국에 다녀왔으니 실감 나지 않던? 그 아이 이름만으로도 어떤 반응이 나오는지 잘 봤지 않니. 그러니 할 수 있는 한 마음껏 발버둥치란 말이다! 뺏기지 않게!"

"엄마!!"

강후의 외침에도 그의 어머니는 물러섬이 없었다. 결국 한참 동안 냉랭한 기운이 차 안에 감돌았다. 두 사람 모두 입을 열 생각을 하지 않았다. 결국 먼저 입을 연 것은 강후의 어머니였다.

"그러고 보니 그 아이에게 여자가 생겼더구나."

"……여자? 그 녀석이?"

그 말에 강후가 반응을 보였다. 믿을 수가 없다는 목소리였다. 그럴 만했다. 자세히는 아니었지만 강후도 어느 정도 그 아이를 잘 알고 있었으니까.

"그래. 내가 늘 그 아이를 주시하고 있잖니. 어떤 여자가 녀석의 오피스텔에 들락날락거린다더라."

"하? 그 녀석이? 자기 오피스텔에 들였다고? 진짜 사랑에 빠지기라도 한 거야?"

"어찌 됐든 그 아이에게 그 여자가 특별한 것은 틀림없지."

"그거 재밌게 됐군. 그 여자 누군지 알아?"

강후의 질문에 그녀는 고개를 절레 저었다. 아는 것이 전혀 없다는 것이었다. 그 대답에 강후가 김이 빠진 듯 짧게 혀를 차자 그런 그를 향해 말했다.

"내가 아는 것은 그 아이와 같은 학교라는 거하고 이름뿐이다. 뭐라더라. 아!"

"뭔데?"

"정하나라고 하더구나."

"……뭐?"

그 대답을 들은 순간 강후가 얼굴을 굳히며 되물었다. 순식간에 기세가 무시무시해지자 그의 어머니가 놀란 눈으로 강후를 바라보았지만, 그런 어머니는 보이지도 않는지 강후는 똑바로 눈을 응시하며 되물었다.

"엄마, 지금 뭐라고 했어?"

◇

"오늘 귀국했다더구나."

"그래요."

"아무렇지 않느냐?"

"관심을 가져야 하나요?"

쌀쌀맞은 강현의 대답에 그의 맞은편에 앉아 있는 나이가 지긋해 보이기는 했지만 훤칠한 외모의 남자가 짧게 혀를 찼다. 그런 남자의 모습을 보며 강현이 특유의 차가운 말투로 말했다.

"밥이나 드세요, 아버지."

"오랜만에 만나는 아버지가 반갑지도 않느냐?"

"그럴 나이는 지났습니다."

그러자 남자가 섭섭함이 가득 밴 목소리로 투정을 부렸다.

"넌 그럴 나이에도 안 그랬지 않느냐."

"저는 어머니한테도 안 그랬습니다."

물론 씨알도 먹히지 않았지만.

그래도 남자는 기분이 그리 썩 나쁘지 않은 듯 입가에 부드럽게 미소를 그렸다. 이러나저러나 강현과 오랜 시간 동안 함께해 온 남자는 지금의 반응조차 나름대로 친근한 표현인 것을 알고 있었기 때문이다. 마음을 주지 않은 이에게는 이런 반응조차 보여 주지 않는다는 것을 남자는 잘 알고 있었다.

"네 어머니가 섭섭해했겠구나."

"별로. 아버지하고 똑같다고 웃으시던데요."

"나, 난 아니다! 내가 너 같은 줄 아느냐!"

태연스런 얼굴로 툭 내뱉은 강현의 대답에 남자가 당황한 듯 소리를 지르며 강현을 매도했다. 나이 먹은 남자가 그런 모습을 하니 좀 불쌍해 보이기도 했다. 물론 그럼에도 강현은 가차 없었다.

"어머니 말로는 그런 싸가지가 없다고 하셨습니다."

"언, 언제 그런 말을 했는데! 그래도 나중에는 얼마나 잘해 줬다고!"

"원래 첫인상은 안 잊혀지는 법입니다."

똑 부러지는 강현의 대답에 결국 남자는 이기지 못하겠는 듯 풀이 죽은 모습을 보이며 강현을 비난했다.

"나쁜 놈. 위로해 주지는 못할망정."

"아버지에게 그런 소리 들을 일 없습니다. 그리고 전 원래 이런 놈입니다."

그렇게 말하며 꾸준히 음식을 입안에 넣고 있는 강현의 모습에 남자는 결국 항복을 하며 고개를 절레 저었다.

"여전한 모양이구나."

"사람은 그리 한순간에 변하지 않습니다."

"그래도 예외는 있지."

"……?"

의미심장한 말에 강현이 처음으로 대꾸를 하지 않고 똑바로 남자를 바라보았다. 그런 강현의 반응에 정곡을 찔렀다는 것을 알아챈 남자가 장난스럽게 웃으며 말했다.

"요즘 네 집에 한 여자가 드나들더구나. 나조차 못 가는 네 집에 말이다."

"제 뒷조사라도 하십니까?"

"뒷조사는 내가 아니라 네 엄마가 하지."

"말은 바로 하시죠. 제 어머니는 돌아가셨습니다."

그렇게 말했지만 남자가 말하는 이가 누군지 강현은 알고 있었다. 강현이 알고 있다는 것을 남자 역시 모르지 않았고 말이다. 때문에 남자는 더 이상 그것에 왈가왈부하지 않고 바로 본론으로 넘어갔다.

"어찌할 생각이냐?"

앞뒤 다 잘라먹은 말이었지만 강현은 그것을 기차게 알아듣고는 시큰둥한 얼굴로 대답했다.

"아무 생각 없습니다. 제가 제 사생활까지 간섭받아야 하나요. 제가 연예인입니까?"

"다들 널 깎아내리려고 안달이니까. 연예인은 아니지만 넌 내 아들이지 않느냐."

"그놈의 아들이란 신분 덕 본 적 없습니다만?"

"원래 아들이란 게 덕 보라고 있는 게 아니잖느냐."

가시 돋친 강현의 말에도 유들유들하게 넘기는 남자의 모습을 보며 강현은 귀찮은 게 걸렸다는 듯 인상을 쓰며 한 손으로 머리를 쓸어 올렸다.

원래 귀찮은 것은 딱 질색인 아들인 만큼 언제든지 호적 파겠다고 할 것이라는 것을 알고 있었지만, 남자는 멈출 수가 없었다. 인생 자체는 쉽지 않았지만 본인의 재량 덕에 모든 일이 쉬웠던 아들인 만큼 아들이 곤혹스러워하는 모습이 생소했고 즐거웠다. 흔히 볼 수없는 아들의 다른 면을 보는 게.

"왜, 일이 잘 안 풀리느냐?"

다 알면서도 뻔히 그런 소리를 내뱉고 있는 모습이 얄밉기 그지없었다. 그리 생각하는 것은 강현도 마찬가지인 듯 남자를 노려보다가 이내 원래 저런 인간이었다고 포기를 하고 와인 잔을 집어 들어 입안으로 와인을 흘려 넣었다.

그리고는 진짜 진절머리 난다는 얼굴로 남자를 향해 말했다.

"아버지는 한 번쯤 자신을 돌아보실 필요가 있습니다."

"이놈아, 갑자기 왜 날 비난하고 난리야?"

"제가 귀찮아져서 하는 말입니다. 그렇지 않았으면 관심도 없었어요."

"……나쁜 놈."

"진짜 나쁜 놈이 누군데 아까부터 자꾸 나쁜 놈 소리를 하십니까."

그것은 남자의 삶을 힐난하는 말이었다. 그것을 알고 있었기에 남자는 차마 자신이 잘못하지 않았다는 말을 하지는 못하고 어떻게 그렇게 정곡을 찌르냐며 강현을 비난한 것이다. 물론 씨알도 먹히지 않았지만.

"본의 아니게 두 집 살림을 하게 된 것은 안타깝다고 생각하지만 거기에 희생될 생각 없습니다. 관심도 없고요. 되도록 알아서 치워 주시면 감사하겠습니다. 애초에 아버지가 시작한 일이니 아버지가 끝내세요. 전 병원이 있든 없든 관심 없습니다."

"……잠, 잠깐. 강현아!"

강현이 자리에서 일어나자 남자가 당황한 듯 서둘러 강현을 불러 세웠다. 하지만 강현은 그런 남자는 안중에도 없었다. 묵묵히 자신이 할 말만 할뿐.

"솔직히 저는 최강후랑 인연이 있다는 것 자체가 신물이 납니다. 엮이는 건 딱 질색이에요. 같은 취급받는 건 더 질색이고요. 그럼 알아서 잘 하시는 걸로 알겠습니다."

"강후도 그렇지만 너도 내 아들이야!"

남자의 외침에 강현의 눈이 차가워졌다. 그 눈에 남자가 주춤거렸음에도 강현은 여전했다.

"그러니까 지금 이렇게 아버지를 보고 있는 거 아닙니까. 꼬박

꼬박 아버지라고 부르고 있고요. 솔직히 말해서……."

"……?"

"아버지라고 부르는 것도 다행으로 아십시오. 그럼 이만 가 보겠습니다."

그렇게 말하며 사라지는 강현을 남자는 더 이상 붙잡을 수 없었다. 제게 늘 관대한 편이었지만 이럴 때는 언제나 그랬듯 인정사정없다는 것을 잘 알고 있었기 때문이다.

강현이 사라지자 남자는 그제야 강현에게 꺼내지 못했던 말을 입 밖으로 꺼내었다.

"보아하니 잘 안 되는 모양이군. 하긴, 그 아이도 쉽게 받아들일 수는 없겠지."

그 녀석이 끈질기게 붙어 있는 한.

모든 것을 다 알고 있는 듯한 말을 꺼낸 남자는 자신도 더 이상 그 자리에 볼일이 없다는 듯 망설임 없이 자리에서 일어났다.

자리에서 일어나 유유히 그곳을 빠져나가는 남자는 한국대 병원 이사장이자 최강현과 최강후, 두 사람의 아버지인 사람이었다.

◈

"야, 최강후 한국 들어왔다던데?"

"벌써?!"

"별 같잖은 꼴값 떨어서 쫓겨났다더라."

"그럼 그렇지. 아니, 이게 아니라 정하나 찾아야지!"

전화를 하고 있던 하준이 전화를 끊고 방금 자신이 들은 소식을 지유에게 들려주자, 지유는 모두가 예상하듯 시니컬한 독설을 날렸다. 하지만 지금 가장 중요한 것은 그게 아니라는 것을 금세 깨닫고는 다시 미친 듯이 하나에게 전화를 걸었다. 여전히 묵묵부답이었지만 말이다.

"아, 이 기집애는 왜 전화를 안 받는 거야?!"

"눈치챈 거 아닐까? 원래 이런 거에는 귀신같잖아."

"젠장! 시간이 없다고, 시간이!"

지유의 발악에 하준은 이러지도 저러지도 못한 채로 가만히 앉아 있다 조심스럽게 그녀에게 물었다.

"집에라도 가 볼까?"

그 물음에 지유가 내뱉은 대답은 뻔했다.

"그걸 왜 지금 말해!!"

거침없는 일갈에 하준이 겁을 먹은 새에 어느새 방에 들어가 외투를 챙겨 입는 지유의 모습에, 하준은 한숨을 내쉬며 말없이 자신의 외투를 입었다. 하나에게 심심찮은 위로를 보내며 말이다.

미안하다, 정하나. 나는 너를 지켜 줄 수 없겠구나. 부디 무사하길. 저런 문지유를 말릴 능력이 없어, 미안.

하지만 그 위로도 오래가지 못했다. 미처 다 하기도 전에 어느새 나갈 준비를 마친 지유가 신발을 신으며 하준에게 소리쳤다.

"빨리 안 와?!"

"간다, 가. 내가 애인이냐, 하인이냐."

"정하준!!"

"가!"

택시를 잡아 부리나케 하나의 집으로 달려가 초인종을 누르자 덜컥- 문이 열렸다. 문이 열리는 걸 확인한 지유는 집에서 나올 사람은 하나밖에 없다는 것을 잘 알고 있었기에 다짜고짜 욕을 하려고 입을 열었으나, 하려고 했던 욕을 간신히 목 안으로 밀어넣었다. 문을 열고 나온 이는 하나가 아니라 하나의 어머니였으니까.

그 순간, 하준이 재빨리 지유의 손을 잡아 내리며 하나의 어머니께 물었다.

"아주머니가 웬일이세요?"

"내일 바로 가야 돼. 휴가 하루 받았거든. 근데 하준이는 안 본 사이에 더 훤칠해졌구나."

"뭘요, 아주머니. 하나 있어요?"

"……있긴 한데……."

하나의 어머니가 애매하게 말을 흐리자 그 기회를 놓치지 않고 지유가 하준을 밀치고 득달같이 달려들었다.

"뭔 일 있는 거죠? 그죠?!"

"아니, 그건 나도 잘 모르겠고. 애가 날 보자마자 울길래. 어렸을 때도 안 울던 앤데."

"울었어요?!"

울었다는 말에 지유와 하준이 똑같이 놀란 얼굴을 하며 보채자 하나의 어머니는 얼떨떨한 얼굴을 하면서도 순순히 그 질문에 답을 해 주었다.

"그래. 무슨 일이 있냐고 물어도 대답도 안 해 주고."

"이 기집애가 진짜."

무슨 일인지는 안 봐도 뻔했다. 정확히 무슨 일이 벌어졌는지는 몰라도 결과는 보나마나 한 가지뿐이었다. 울었다면 더욱더 할 말이 없었다. 본능적으로 욕이 튀어나오려 하자 하준이 그런 지유의 입을 재빨리 막으며 하나의 어머니를 향해 입을 열었다.

"아주머니, 들어가도 돼요?"

"그래, 들어오렴. 언제는 허락받고 들어왔니."

"그것도 그러네요."

두 사람의 대화가 끝나기가 무섭게 지유가 입을 막고 있던 하준의 손을 쳐 내고 집 안으로 달려 들어갔다. 너무나 순식간에 일어난 일에 두 사람 모두 얼이 빠져 있다가 어느새 지유가 멀리 보이게 될 즈음에야 퍼뜩 정신을 차리고는 정말 여전하다며 서로를 향해 피식 웃음을 흘리며 집 안으로 들어갔다.

타다다다—

지유가 달리는 소리가 집 안 전체에 울려 퍼졌다. 하지만 그럼에도 지유가 문을 벌컥 열어 젖히고 고함을 지를 때까지 하나는 미동조차 하지 않았다.

"정하나!!"

지유의 고함 소리에 그제야 천천히 하나가 고개를 돌려 지유를 올려다보았다. 영혼이 없는, 텅텅 비고 메마른 눈동자에 지유는 억장이 무너져 내렸다. 행복하길 바랐다. 꽃처럼 환하게 웃기를 바랐다. 이런 무기력한 모습을 바란 것이 아니었다.

너무나 초라하고 비참한 그 모습에 지유의 눈에 눈물이 고였다. 그 모습을 아무렇지 않게 볼 수가 없었다. 하지만 흐르지는 않았다. 자신이 울 때가 아니라는 것을 자각하고 있었기에 지유는 눈가의 물기를 닦아 내고 성큼성큼 하나에게로 다가가 그녀를 붙잡고 화를 냈다.

"야, 이 기집애야! 왜 말 안 했어!! 미치게 사랑하는 사람이 있다는 말 한마디가 그렇게 어렵냐?! 그 말 한마디 해 주는 게 그렇게 힘드냐고!! 아무리, 아무리 내가 해 줄 수 있는 게 없다지만 어떻게 그걸 다……!!"

결국 눈물을 참지 못하겠는 듯 울먹이는 목소리에 하나가 겨우 입을 열었다. 이윽고 하나의 입에서 나온 목소리는 지유보다 몇 배는 가슴을 아릴 목소리였다. 그 목소리는 울먹이지 않았지만 울고 있다는 것을 여지없이 보여 주는 서글픈 목소리였으니까.

"……다 알아 버렸구나."

"정하나."

"너는 알지 말지. 끝까지 모르고 있지."

걱정시키고 싶지 않았기에, 너만은 힘들지 않길 바랐다는 말이었다. 하나의 눈에서 눈물이 흘러내리자 지유는 말문이 막힌 듯 아무 말도 하지 못했다.

하지만 이미 한 번 말문이 트인 하나는 거침이 없었다. 이제는 제어조차 안 되는 듯 거침없이 감추었던 속내를 한껏 드러내었다. 그곳에 있던 이들이 어떤 심정으로 자신의 말을 듣고 있을지 생각조차 못 한 채.

덤덤하게 대답하는 하나를 보며 울먹이던 지유는 숨을 고르고 물었다.

"……네 그 사람, 최강현이지?"

"……이러려던 건 아니었어. 이런 걸 바란 게 아니었다고…… 그냥, 그냥 혼자 간직하려고 했어."

"……."

"근데…… 자꾸 욕심이 생겨서……. 한 번만…… 한 번만이라도 가까이서 마주 보고 싶어서……. 근데 그게 잘못된 건가 봐……. 아니…… 그냥 모든 게 문제였나 봐."

"하나야."

모든 걸 잃어버린 듯 처절하게 무너져 내린 하나의 모습은 차마 두 눈 뜨고 봐 줄 수가 없었다. 안타깝고, 그런 모습이 또 너무나 예뻐 더 미안했다. 아무것도, 아무것도 해 줄 수가 없어서.

"……사랑하지 말걸. 처음부터 사랑 따윈. 기대조차 하지 말걸. 나한테는 사치스러운 거였는데."

"아니야. 왜 그러겠어. 아니야, 정하나."

"아니, 그게 맞아. 나만, 사랑하지만 않았어도 벌어지지도 않았어. 나 때문에……. 욕심을 부리는 것이 아니었는데 괜히 가질 수 없는 것에 욕심부리고……."

강지욱도 이런 심정이었을까. 그랬기에 아무런 말도 하지 못했던 걸까.

지유는 새삼 강지욱의 심정이 이해가 갔다. 자신도 자신이 없었으니까. 이런 정하나를 누구에게 이야기한다는 건.

누구나 쉽게 말을 꺼낼 수 없었을 것이다. 지금 눈앞에서도 눈물이 차올라 아무 말도 할 수 없었으니까.

"……정하나."

"……사랑한다고…… 사랑한다고 말해 줬는데. 정말 너무너무 기뻤는데…… 미친 듯이 가슴이 뛸 정도로 행복했는데…… 순수하게 기뻐할 수가 없었어……. 당장이라도 받고 싶은 그 마음을…… 받을 수가 없었어. 지금만큼 신이 원망스러운 적이 없었던 것 같아. 그냥 나는, 남들처럼만…… 그렇게……."

할 수 있는 것이라고는, 그저 제대로 울지도 못해 눈물만 뚝뚝 흘리며 무너져 내린 하나를 끌어안고 있는 것밖에 없었다. 할 수 있는 것이 아무것도 없는 무력함은 그 빌어먹을 새끼 때문에 오랫동안 겪어 익숙해졌다고 생각했는데 아니었다. 오늘만큼 스스로가 그렇게 무력하게 느껴졌던 날은 없었던 것 같았다.

옷이 빠르게 젖어 가는 것을 느끼며 지유는 하나의 머리를 쓰다듬으며 계속해서 속삭여 주었다. 아무런 말도, 위로도 건넬 수가 없었기에 그저.

"……하나야, 정하나."

안타까운 마음을 담아 하염없이 이름만 불러 댈 뿐이었다.

일곱 번째.
언제나 그랬듯이

"……아무 말도, 아무 말도 하지 마."

부탁이니까 그 사람에게는 아무 말도 하지 말아 줘.

애원하는 듯한 목소리로 하는 간절한 부탁에 지유와 하준은 결국 고개를 끄덕일 수밖에 없었다. 고개를 끄덕이자 그나마 안심이 된 듯 웃어 보이는 하나를 차마 나무랄 수가 없어서.

하지만 짚고 넘어갈 것은 짚고 넘어가야 했다. 그러나 둘 중 누구도 섣불리 입을 열지 못하고 있는데, 결국 총대를 멘 건 하준이었다.

"근데 정하나, 너 최강현이 누군 줄은 알고 있어?"

"뭐?"

그건 또 무슨 소리냐는 되물음에 하나가 아무것도 모른다는 것을 캐치해 낸 둘이 미치겠다는 듯 탄식을 하며 머리를 짚었다.

하긴, 알았다면 애초에 이런 일을 벌이지도 않았을 아이였다.

원래 그런 것에는 쥐뿔도 관심이 없다는 것을 알고는 있었지만 상황이 상황인 만큼 그것이 무척이나 중요했다. 하지만 선뜻 말할 수가 없는 것도 사실이었다.

하지만 하나도 알아야 했다. 몇 번이나 입을 달싹이던 하준이 차마 지유에게 이 역할을 맡길 수는 없었던 듯 본인이 그 말을 꺼냈다.

"한국대 병원 이사장 아들이야."

"……뭐?"

"최강후 형. 어머니는 다르지만 최강현이 이사장의 장남이야. 호적에도 입적되어 있고."

"……지금 뭐라고 했어?"

믿을 수가 없다는 얼굴이었다. 정말 하나고 모르고 있었던 듯했다. 소문에 관심이 없다는 것을 알고는 있었지만 어쩜 그리 아무것도 모를 수 있는지 신기할 지경이었다.

최강현은 유명 인사였다. 사랑하면 그만큼 소문에 귀 기울였을 텐데, 어쩜 그리 아무것도 모를 수가 있는지. 하긴 워낙 쉬쉬하는 이야기이니 다들 잘 이야기하고 다니지 않았다.

"호적으로 따지면 최강현이 서자인데 그렇지도 않아. 원래 최강현의 어머니가 본처거든. 결혼하려고 했는데 최강후의 어머니가 집안 권력을 써서 억지로 이사장하고 결혼한 케이스야. 최강현의 어머니는 집안이 형편없었다고 하고."

"그거, 진짜야?"

"그럼 지금 이 상황에 내가 거짓말을 하겠냐? 나야말로 묻고 싶다. 소문을 안 들은 건 둘째 치고 당사자랑 같이 있었는데 조금도 눈치 못 챘어?"

하준의 말에 하나는 그동안 의아했던 것들을 하나씩 짜 맞추고 있었다. 하준의 말이 맞다면 모든 것이 정확하게 떨어졌다. 아니, 사실 알고 있었다. 눈치채지 못한 것이 아니었다. 모른 척 눈을 감고 있었을 뿐이다. 그것을 알아채는 순간 모든 것이 산산조각 날 것임을 본능적으로 알고 있었기에.

그래서 전부 잊어버렸다. 모른 척했다. 그 집에서 최강후란 이름을 들었을 때, 그의 귀국 소식에 혼비백산하며 왜 그들이 최강후를 거론하는지 알려고도 하지 않았다. 그 뒤로도 몇 번이나 알아챌 낌새가 있었음에도 전부 무시했다. 그리고 그 후폭풍은 이렇게 다가와 자신을 난도질하고 있었다.

정말 스스로의 어리석음에 신물이 날 지경이었다.

"……하하. 진짜 나 혼자 아무것도 모르고 있었네."

"꼭 나쁘다는 건 아니야. 그냥 알고 있어야 하니까……."

"알아. 그렇게 변명 안 해도 돼."

본인 눈이 아주 까막눈이었다는 것은 쉽게 인정할 수 있었다. 수없이 후회하면서 같은 짓을 반복하고 있는데 그게 뭐 대수인가. 스스로가 어리석은 건 이미 처절하게 깨달은 후였기에 그 정도는 간지럽지도 않았다. 다만 좋아한다고 하면서도 정작 그에 대해 아무것도 모르고 있었다는 것에 조금 자괴감을 느낄 뿐. 일부러 두 귀를 막고 있었던 것이었음에도 그런 마음이 들었다. 더 빠지지 않으려고, 그에 대해 깊숙이 빠져드는 순간 정말 빠져나오지 못할 거 같아 일부러 아무것도 듣지 않았던 것이 이런 후회를 낳고 말았다.

지독한 악순환의 반복이었다.

"……이제 어쩔 거야?"

차마 물을 수가 없는 말이었지만 그래도 묻지 않을 수가 없었기에 지유가 답지 않게 조심스럽게 묻자, 그런 지유를 향해 하나는 애써 미소를 지어 보였다. 그 미소가 더 자신을 슬퍼 보이게 한다는 것을 아는지 모르는지.

"돌아가야지, 원점으로. 별수 있어?"

"……정하나."

"괜찮아. 원래대로 돌아가는 것뿐이잖아."

그래, 괜찮을 것이다. 처음부터 각오했던 일이었으니까. 언제나 그랬듯이 일상으로 돌아가면 되는 일이었다. 그저 늘 그랬던 일상에서 그를 제외하면 될 뿐이었다. 그래, 괜찮을 것이다. 아니, 괜찮아야 했다.

"정말 괜찮겠어?"

그게 네 마음대로 되는 일이었냐고 지유가 날카롭게 정곡을 찔러 왔다. 하지만 하나가 해 줄 수 있는 대답은 하나밖에 존재하지 않았다.

"괜찮아야지. 괜찮지 않으면 어쩌겠어. 어차피 결과는 같은데. 그러니까……."

"……정하나."

"시간을 줘. 미련 없이 돌아갈 수 있게."

추억만으로도 충분히 살아갈 수 있게.

그것이 모든 것을 포기한 하나의 마지막 바람이었다.

◈

"정하나 어딨어?"

"정하나를 왜 나한테서 찾아."

난데없이 강후가 남자의 집에 쳐들어와 남자에게 물었다.

오늘 새벽까지 일을 하고 있던 남자의 상태는 아주 처참했다. 잠이 가장 간절하던 시기에 정말 반갑지 않은 불청객이 쳐들어왔으니 기분이 좋을 리 만무했다. 하지만 그런 남자의 상태는 보이지도 않는 듯 강후는 어김없이 고함을 질러 댔다.

"정하나 어딨냐고!!"

"최강후, 미쳤냐?"

"강지욱!!"

남자, 지욱을 향해 강후가 무섭게 노려보았지만 꿈쩍할 지욱이 아니었다.

애초에 지욱도 강후를 아주 싫어했다. 좋아할 리가 없었다. 거기가 하필 가장 안 좋은 때 찾아왔으니 좋게 봐 줄 수 있을 리가 없었다. 지욱의 무거운 시선을 그제야 눈치챈 듯 강후가 주춤거리자 그때를 놓치지 않고 지욱이 말했다.

"왜, 정하나가 드디어 사고라도 쳤냐? 그럼 정말 만세인데 말이야. 좋아는 해도 빌어먹을 니 녀석 때문에 아무것도 안 할 줄 알았거든."

"다 알고 있으면서 아무 말도 안 한 너를 용서한 거 아니야."

강후가 분한 듯, 씹어 먹을 듯 내뱉었지만 지욱은 코웃음만 칠 뿐이었다.

"하, 너 진짜 돌았냐? 누가 누굴 용서해? 네까짓 게? 지랄한 다. 별 같잖은 쓰레기가 권력 맛만 들어서. 애초에 넌 아니었잖 아. 근데 이제 와서 왜 개지랄이야. 몰랐던 것도 아니고."

"강지욱!"

"왜, 틀려? 애초에 제대로 된 인간이 널 사랑하는 게 이상하지. 니가 정하나한테 어떻게 했는데 정하나가 널 좋아하냐? 정하나가 미치지 않는 한 불가능하지. 아니, 미쳐도 안 되겠다. 정하나가 다른 사람을 좋아하는 게 용납할 수 없어? 니가 무슨 자격으로? 니가 걔 부모야? 보호자야? 애인이야? 미쳐도 작작 미쳐. 주제넘 게 지랄하지 말고."

속사포처럼 쏟아지는 폭언에 강후의 기세는 더욱 사나워졌지만 지욱은 거침이 없었다. 강후 따위는 무섭기는커녕 간지럽지도 않 다는 얼굴이었다. 지욱의 눈에 강후는 그냥 별 같잖은 쓰레기에 불과했다.

바로 지금 같은 모습 덕에.

"정하나는 내 거야."

"진짜 그렇게 말해 줬는데도 모르냐. 하긴, 너 병신이었지. 누 구 마음대로? 설상가상으로 이젠 임자까지 나타났는데? 정하나가 좋아하는 남자가 나타난 이상 이미 게임 끝이지. 미저리같이 굴지 말고 이젠 좀 떨어져라, 제발. 이미 미저리지만."

"강지욱!"

"아직도 모르겠으면 내가 특별히 친절하게, 확실하게 말해 주지."

지욱이 소름 끼치게 웃어 보이며 강후에게 쐐기를 박았다. 강후가 상처받는 것 따위는 개의치 않는 듯했다. 아니, 본인이 먼저 개무시하니 이쪽에서도 개무시하겠다는 것 같았다.

"죽었다 깨어나도 넌 아니야."

◎

"짠!"

"뭐 하는 짓이야?"

"서프라이즈. 며칠 만에 보는 건데 나 안 반가워요?"

난데없이 강현의 집으로 불쑥 찾아온 하나가 강현을 향해 더없이 환하게 웃으며 손을 뻗어 오자, 강현은 갑자기 왜 안 하던 짓을 하는지, 그리고 왜 환하게 웃는 모습이 불안해 보이는지에 관한 문제는 뒤로하고 결국 피식- 웃음을 흘리며 하나를 끌어안았다.

"……그럴 리가 없잖아."

사랑을 한 순간 질 수밖에 없는 게임이었다. 이유야 어찌 됐든 자신을 찾아온 그녀가 반갑지 않을 리 없었다. 그 대답에 얼굴이 붉어지며 그것을 감추기 위해 스스럼없이 품 안에 들어오는 그녀가 사랑스럽지 않을 리 없었다.

이대로 있을 수도 없어 일단은 안으로 끌어당긴 뒤 현관문을 닫자, 하나가 강현을 안은 팔에 힘을 주어 세게 강현을 끌어안았다.

의미심장한 그 행동에 강현이 품 안에 있는 하나를 내려다보았지만 하나는 고개를 들지 않았다. 고개를 들 수 없었기 때문이었는지도 몰랐다. 강현은 알지 모르겠지만.

확연히 이상한 하나의 모습에 결국 강현이 물었다.

"왜 그래?"

하지만 강현이 질문했음에도 하나는 대답을 하지 않았다. 하나가 대답을 하지 않자, 강현이 하나의 얼굴을 마주하려고 하나를 품에서 떨어뜨리려 했지만, 하나가 팔에 힘을 주어 마음대로 되지 않았다. 억지로 떼어 놓을 수도 없어 어찌해야 하나 고민하는데 하나가 드디어 입을 열었다.

"……안아 줘요."

"……뭐?"

하나의 입에서 간신히 나온 말은 강현을 놀라게 하기 충분한 말이었다. 이건 분명 그냥 안아 달라는 이야기가 아니었다. 그랬기에 더더욱 놀랄 수밖에 없었다. 정하나가 먼저 섹스하자는 말을 꺼낸 적은 없었으니까. 단 한 번도.

"진심이야?"

믿을 수 없다는 듯 강현이 다시 한 번 그리 되묻자 하나는 강현을 안은 팔에 더 힘을 주며 대답했다.

"내가 장난으로 이럴 사람으로 보여요?"

대답은 당연히 아니, 였다. 그랬기에 더 믿을 수 없었고, 심정이 복잡했다. 그런 강현을 하나도 모르지 않았지만 지금은 그저 아무 생각이 없었다. 사실 지금 이곳에 찾아온 것도 충동적으로 행한 일이었다. 도망치고 싶어서. 조금이라도 기대고 싶어서. 단 몇 시간만이라도 아무 생각 없이 그저 사랑하고만 싶어서.

자신에게 유일하게 그것이 허락되는 순간은 섹스뿐이었다. 섹스를 할 때라면 서슴없이 사랑을 속삭일 수 있었다. 말로는 하지 못해도 온몸으로 사랑을 속삭일 수 있었기에 더 그와의 섹스에 빠져들었던 것이다.

마음껏 사랑받고, 마음껏 사랑할 수 있기에 다른 이들도 모두 섹스에 황홀해하며 미치는 게 아닐까. 하나는 그리 생각했다. 적어도 자신은 그랬으니까. 현실도피를 한다고 해도, 분명 그 순간은 황홀하고 행복하니까.

하나가 무슨 생각을 하는지는 모르겠지만 강현은 지금 하나가 하는 말이 진심이라는 것과, 섹스로 모든 것을 잊어버리고 싶어 한다는 것은 알 수 있었다. 본능적인 감 같은 거였다. 섹스가 간절해 보였으니까. 욕구불만이 아니라 무언가를 원해서 섹스를 하자는 것 같았으니까.

섹스가 잊게 해 주는 것은 불과 몇 시간뿐이었다. 하지만 그것을 알고 있음에도 필요로 한다면 기꺼이 응해 줄 생각이었다. 애초에 자신으로서는 바라 마지않는 제안이었다. 거리낄 것이 없었다.

"정하나."

"……?"

자신의 부름에 그제야 고개를 들은 그녀의 모습도 사랑스럽기 그지없었다. 왜 중증이라고들 하는지 충분히 이해가 갔다. 그래도 뭐 어쩌겠는가. 이미 내어 줘 버린 마음인 것을. 그리고 무엇보다 그것이 나쁘지 않았으니 아무래도 상관없다는 느낌이었다.

정말 스스로가 생각해도 구제 불능이었다. 하지만 그 느낌이 싫지 않아 기분 좋게 웃어 보이며 키스를 하자, 그녀가 당황해하면서도 입을 열어 자신을 받아들여 주었다.

생각해 보면 언제나 그랬다. 단 한 번도 자신을 거부하지 않았다. 그것에 묘한 만족감을 느끼며 강현은 무척이나 기분 좋게 웃으며 키스를 퍼부었다.

"……하. 읍. 응."

"좀 더, 나한테…… 기대."

"……하지마……ㄴ……."

먼저 사랑을 하고 사랑을 말하는 쪽이 지는 게임이라고들 하지만 굳이 꼭 그렇지도 않다는 생각이 들었다.

그리고 무엇보다 이 여자에게는 한 번도 이겨 본 적이 없었다. 언제나 자신이 이끌고 있다고 생각해도 깨닫고 보면 자신이 끌려가고 있었다. 깨닫고 보며 언제나 자신이 져 주고 있었다. 이 여자는 어떻게 생각할지 모르겠지만.

이 여자에게는 단 한 번도 이긴 적이 없었고, 앞으로도 이길 수도 없다는 예감이 강하게 들었다. 왠지는 모르겠지만 그런 생각이 들었다. 하지만 그럼에도.

"……하아."

이상하게 기분이 좋았다. 정말 이상하게도.

❖

침실까지 가지도 않았다. 침실로 가기에는 침실이 너무나 멀었다. 하지만 두 사람 다 그리 개의치 않았다. 이미 서로의 욕망에 몸을 내던진 채였으니까.

보일러도 틀지 않아 바닥은 차갑기 그지없었지만 둘 다 그런 것 따위는 안중에도 없는 듯했다. 아니, 오히려 그것이 더 자극적인 듯했다. 바닥이 차가운 만큼 서로의 체온이 더 확실하게 느껴졌고, 그만큼 간절했으니까.

"……아……."

하나가 달뜬 목소리로 신음을 흘리며 강현을 끌어안았다. 눈가는 이미 축축이 젖어 있었다. 그런 하나를 보며 강현이 하나의 얼굴에 키스를 했다. 이마, 눈, 귀, 볼, 입으로 내려가는 키스는 다정하기 그지없었다.

하나가 그 키스에 빠져든 사이 순식간에 서로의 옷가지들이 바닥에 널브러졌고, 그 위로 강현이 하나의 몸을 뉘었다. 그리고 하나의 몸 위로 올라타 강현이 하나를 내려다보았다. 욕망이 깃든 그 눈에 하나는 미소를 지었다. 정말 기쁜 듯이. 눈앞에 있는 남자에게 잡아먹히고 있는 상황에서 어찌 그리 웃을 수 있는지 신기할 지경이었다.

어쩌면 자신을 잡아먹고 있는 사람이 눈앞에 있는 이 남자였기 때문인지도 몰랐다.

"……하나야."

"……하아."

나지막이 부르는 그 소름이 끼치도록 다정한 목소리가 귓가에 울려 퍼졌다. 너무나 좋았다, 이 목소리가. 그가 이렇게 자신의 이름을 부르는 것이. 자신의 이름이 이렇게 자신을 설레게 만들 줄은 정말 상상조차 못 했다. 아무런 감응이 없던 이름조차 이 남자가 부르면 세상 그 무엇보다 특별하게 느껴졌다.

"……정하나……."

이런 당신 없이 내가 살 수 있을까.

하나는 자신할 수가 없었다. 지유에게는 그리 말했고, 실제로도 그리 생각했지만 이 남자가 없는 일상은 이제 상상조차 되지 않았다. 이 남자의 곁에 있기 전 일상으로 돌아가는 것뿐이었는데, 이 남자의 곁에 있기 전의 일상이 기억나지 않았다. 어떻게 살았는지 생각이 나지 않았다.

"이제, 와 줘요. 괜찮으니까……."

생각하고 싶지 않았다. 이런 마음을 가지고 싶지 않았다. 한순간이라도 좋았다. 한순간이라도 좋으니 전부 잊고 싶었다.

그런 하나의 마음을 눈치채기라도 한 듯 강현은 더 이상 망설이지 않고 손으로 하나의 다리를 벌린 후 그대로 망설이지 않고 그녀의 안으로 단숨에 파고 들어갔다.

"아!!"

갑작스러운 침입에 하나가 비명을 질렀지만 강현은 물러서지 않았다. 그런 하나의 모습에도 개의치 않고 끝까지 자신을 하나의 안에 넣을 뿐이었다.

"……하아…… 홋……."

난폭한 침입에 하나가 헐떡이며 정신없이 숨을 몰아쉬었다. 마침내 강현이 전부 하나의 안으로 들어갔을 때, 하나는 자신의 몸 안에 있는 거대한 존재감에 몸을 떨었다. 하지만 그와 동시에 그가 자신의 안에 들어왔다는 것에 나른한 만족감을 느꼈다.

하지만 그것도 잠시였다. 하나가 처음 바랐던 대로 아무런 생각도 하지 못하도록 강현이 인정사정 봐주지 않고 허리를 움직였으니까.

"아. 아! 앗! 하. 응. 아!!"

거침없는 움직임에 하나는 정신을 차릴 수가 없었다. 정신을 차릴 수 있을 리가 없었다. 그를 받아들이기도 충분히 버거웠으니까. 그가 이끄는 대로 막연히 끌려가며 신음을 흘리기 바빴다. 난폭하고 자신의 욕망을 채우려는 움직임에 하나가 겁을 먹고 도망가려 했지만 그건 또 어떻게 알았는지 하나가 미처 도망가기도 전에 강현이 하나의 허리를 붙잡았다.

결국 하나는 그대로 견디기 힘든 쾌락에 몸을 떨 수밖에 없었다.

"아! 아!! 앗!! 으, 아!!"

"……하아……."

하나가 바라던 그대로 말이다.

그리고 하나가 정신을 잃을 때까지, 강현의 움직임은 멈출 줄을 몰랐다.

◈

"……진짜야?"

"망했지."

"이게 그냥 망한 거냐? 아주 대박 망한 거지? 대체 정하나는 무슨 생각이래?"

"그걸 내가 아냐?"

"미치겠네."

윤서가 가져온 절망적인 소식에 서진이 미치겠다며 손으로 자신의 머리를 헤집었다. 늘 차분한 윤서도 서진의 심정과 다를 바가 없었다. 답지 않게 한숨만 푹푹 내쉬며 짜증스런 얼굴로 담배를 찾았지만 아무리 찾아도 담배가 손에 잡히지 않자, 결국 포기를 하며 짜증을 부렸다.

"……씨발."

"애꿎은 탁자에 화풀이하지 마라."

"알아."

괜한 화풀이였다는 것을 순순히 인정한 윤서는 소파에 털썩- 주저앉아 몸을 기대며 눈을 감았다. 너무 안일했다. 눈치채고 있었으면서 아무런 조치도 하지 않았다. 그냥 지켜보기만 했었다. 스스로가 얼마나 어리석은지 통감하는 중이었다. 지금 짜증이 나는 것은 다른 이유에서가 아니라 바로 자신 때문이었다.

이미 일은 돌이킬 수 없는 상황까지 와 있었고, 할 수 있는 건 아무것도 없었다. 스스로가 너무나 무기력했다. 정하나의 친구들은 늘 이런 걸 느끼고 있었던 것인가. 새삼 그들이 존경스러워졌다. 정말 거지같은 기분이었다.

"……망할! 그 망할 아줌마가 파파라치 하나 숨겨 놓고 있다는 걸 잊고 있었어."

"입 다물어라. 더 짜증 나니까."

"악!!"

윤서의 말에 짤막한 비명을 내지르며 서진이 손으로 얼굴을 가렸다. 그런 서진의 모습을 보며 결국 담뱃갑을 찾아낸 윤서가 한 개비를 꺼내 입에 물며, 그대로 담뱃값을 서진에게 던져 주었다. 그대로 담뱃값을 받아 한 개비를 꺼내 입에 물고 불을 붙인 서진은 한참 담배를 태우다 입을 열었다.

"최강현은 알고나 있을까."

"전혀. 우리가 알려 주지 않았잖아. 정하나도 이제야 알았을 거다. 그쪽에서 움직였을 테니까."

"진짜 거지 같은 상황이군. 이제라도 알려 주러 가야 하나?"

"그럴 필요 없을걸."

"뭐?"

쉽게 이해하기 힘든 윤서의 대답에 서진이 고개를 돌려 윤서를 바라보자 윤서는 여전히 몸을 뉘어 해탈한 듯 편하게 담배를 피워 대며 대답했다.

"이미 그 여자가 움직이기 시작했을 거야. 그 영리한 여자가 아무것도 안 할 리가 없지. 자신 때문에 누군가 다치는 꼴 보고 싶진 않을 테니까. 적어도 최강현은 걱정 없어. 도리어 정하나가 문제지."

"왜?"

바보 같아 보이는 서진의 되물음에 윤서는 그제야 서진을 돌아보며 인상을 찌푸렸다.

"닭대가리냐? 거기까지 말했는데도 아무런 생각이 안 나냐? 의대는 어떻게 들어갔나 의심스럽다."

"아, 왜 갑자기 디스질이야!"

"알아서 머리 좀 굴리라고. 이 닭대가리야. 말하기 귀찮아서라도 안 말해 줄 테니까."

"야!!"

서진의 비명과 투정을 들으며 윤서는 재떨이에 담배를 비벼 끄고 다시 소파에 몸을 뉘이며 눈을 감았다.

괜찮을 리 없었다. 쉬울 리 없었다. 최강현의 곁을 떠나는 것만큼 그 여자에게 힘든 일은 없으리라. 하지만 그 여자는 그리할 것이다. 최강현을 위해서라면. 그 여자는 그런 여자였으니까. 때문에 가만히 지켜보자는 결론을 내렸던 것이었지만 최강현이 얌전히 그 여자가 떠나게 둘 리도 만무했고, 그것이 정말로 최강현에게 좋을 것인가 확신이 서지 않았다.

하지만 그러든 그러지 않든, 그 여자는 최강현의 곁을 떠날 것이다. 모든 것을 안 상태라면 더더욱 그리할 것이다. 자신이 곁에 있어 봐야 서로만 힘들어질 것을 잘 알고 있을 테니까. 그래서 더 더욱 그 여자가 안쓰러웠다.

그때, 그 여자의 얼굴이 머릿속을 떠나지 않았다. 그런 여자에 게서 가장 간절히 원했던 것을 뺏어 가야 한다는 게 썩 기분이 좋지 않았다.

그래서 더더욱 지금 이리 고민하게 되고, 걱정이 되었다. 정말 괜찮을까? 당신은 그러고도 괜찮을 수 있을까? 자신이 없었다. 그건 아마 그녀의 친구들도 마찬가지리라. 자신과 똑같은 생각을 하고, 그녀에게 물어 아마 같은 대답을 들었을 테니까. 그 여자의 성격을 봤을 때 대답은 뻔했다.

괜찮다라는, 괜찮지 않으면 어쩌겠냐는 대답이었겠지. 굳이 듣지 않아도 알 수 있었다. 그랬기에 더 걱정이 되는 마음을 그 여자는 과연 알고나 있을까. 어떻게 괜찮을 수 있겠는가. 당신이 가진, 아니, 가지지 못한, 너무나 원하는 단 한 가지마저 버려야 하는데.

그래서 윤서는 만약 하나가 강현의 곁을 떠나지 못해도 하나를 원망할 수가 없었다. 힐난하고 질책할 수가 없었다. 이미 정하나라는 사람이 어떻게 망가졌는지 잘 알고 있었으니까. 그럴 수가 없었다. 그만큼 지금 더욱더 그것이 궁금했다.

"……후."

당신은 대체 무슨 생각이지?

◈

236

"······아."

정신을 잃은 모양이었다.

주변을 둘러보니 거실이었다. 결국 침실까지 들어가지도 못한 모양이었다. 소파에 있던 숄만 서로에게 두른 상태였다. 그래도 그대로 잠이 들진 않은 모양이었다. 고개를 들어 보니 그가 자신을 끌어안은 채 만족스런 얼굴로 잠이 들어 있었다. 그 얼굴을 보자 눈가에 눈물이 어리기 시작했다.

당신은 언제나 그랬다. 나를 안고 있는 것이 그 무엇보다 좋다는 얼굴로 잠이 들어 있었다. 그것이 나에게 얼마나 소중하고 행복한 일이었는지 당신은 과연 알고나 있을까. 당신의 잠든 얼굴이 익숙해졌어도 행복한 건 여전했다. 묘한 만족감과 가슴이 설레었다. 사랑하는 이가 자신을 향해 그런 얼굴을 보여 주는데 어떤 여자가 그러지 않을 수 있겠는가.

사랑에 빠진 것은 정말 한순간, 본 것은 고작 얼굴뿐이었다. 어쩌면 이 얼굴에 반했을지도 모른다. 자신이 이렇게 쉬운 여자였나를 따지기도 전에 이미 마음은 전부 그에게 내어 줘 버린 후였다. 그냥 간직할 생각이었지만 한순간의 변덕으로 첫 경험까지 내어 줘 버렸다. 어차피 언젠가는 누군가에게 줘야 하는 것이었고, 그 상대가 녀석일 확률이 99.9%인 만큼 아무에게나 줘 버릴까, 라는 생각도 해 본 적 있었다.

하지만 결국 누군가 내 몸에 손대는 것이 싫어 실행에 옮길 수가 없었다. 그것을 그에게 내줘 버렸다. 훨씬 나았다. 고작 섹스

일 뿐이지만 자신의 첫 남자가 그라는 사실만으로도 날아오를 듯 행복했다. 그 뒤로 일이 이렇게 벌어질지는 몰랐지만 행복의 연속이었다. 살아오면서 이렇게 행복한 날이 있었나 싶을 정도로 행복했다. 당신에게는 넘칠 만큼 많은 것을 받았다. 당신은 모르겠지만.

"……최, 강현."

스쳐 가는 순간 마음을 뺏기고, 그대로 충동적으로 섹스까지 했다. 아마 지유가 안다면 세상이 떠나가라 욕을 할 것이다. 지유가 아니라도 충분히 비난할 수 있는 거였다. 하지만 그래도 상관없었다. 당신이었으니까. 당신의 곁에 있을 수만 있다면 그 어떤 거라도 내줄 수 있었다.

당신이 내게 준 것들만 셈해도 충분히 이득이었다. 무엇과도 바꿀 수 없는 시간을 내게 주었으니까. 이제 당신이 준 시간들을 가지고 원래대로 돌아가 그것들을 끌어안고 살면 된다. 아무것도 없던 내게, 그것만으로도 이미 충분히 값진 것이었다. 언제나 그랬듯이 돌아가면 된다. 당신이 내게 준 것들을 품 안에 안고.

그래, 그러면 되었다. 그런데…….

"……으, 흑……."

자신이 없었다. 당신을 떠날 용기가 나지 않았다. 이미 당신이 없는 삶은 상상조차 할 수가 없었다. 그냥 사랑하고 싶었던 것뿐이다. 그냥, 당신을 사랑하고 싶었던 것뿐이다. 그 작고 조그마한 마음 하나였다. 고작 그 소박한 마음이었다. 근데 그것마저 용납하지 못한다는 듯 내게서 그것마저 빼앗아 가는 신이 너무나 미웠다.

언제나 그랬듯이 돌아가는 것뿐이었는데 자신이 없었다. 돌아
갈 수가 없었다. 이미 행복이라는 것을 맛본 후여서 행복이 없던,
당신이 없던 그 생활로 돌아갈 수가 없었다. 지유에게 말했던 것
처럼 그렇게 할 수가 없었다.

"사랑해."

그럴 수가 없었다.

하나의 집을 나와 지유의 집으로 간 지유와 하준은 일단 씻고
푹 자고 일어나 멀쩡한 정신으로 거실로 나와 소파에 앉았다.

어제는 하나 때문에 제대로 된 생각을 하지 못했었다. 하나의
상태를 살피기 급급했으니까. 하지만 제정신으로 돌아와 생각을
해 봤자 나오는 답은 거지 같은 상황이라는 것뿐이었다.

입 밖으로 새어 나오는 건 당연히 한숨뿐이었고 말이다. 암울
한 상황에 둘 다 머리가 아픈 듯 고개를 숙이고 있는데 지유가 하
준에게 물었다.

"정하나가 될까?"

"안 되지. 불가능이야, 불가능. 말이 되는 소리를 해야지. 그게
어떻게 괜찮을 수 있어?"

"역시 그렇지?"

"당연하지."

지유의 질문에 하준이 당연하다는 듯 자신 있게 대답했다. 사람인 이상 그럴 수가 없었으니까. 어떻게 그럴 수가 있겠는가. 하준만 해도 자신이 없었다. 정하나는 결국 그렇게 행할 인간이었지만, 그렇다고 해서 정하나가 망가지지 않는다는 보장이 없었다. 괜찮을 리가 없었다. 고작 헤어져야 한다는 사실만으로도 그 지경이었는데 어떻게 괜찮을 수가 있겠는가.

말하지 않아도 그런 하준의 생각을 고대로 읽은 지유가 한숨을 푹푹 내쉬며 짜증을 부렸다. 지유가 마음 놓고 짜증을 부리는데 하준은 그런 지유를 말리지 않고 가만히 내버려 두었다. 솔직히 자신도 그렇게 하고 싶은 심정이었으니 말릴 이유가 없었다. 한바탕 신나게 저지른 지유가 머리를 쥐어짜며 소리쳤다.

"이제라도 살인청부라도 해 볼까?"

"돈이 어딨어?"

하준의 냉정한 대답에도 개의치 않고 지유가 반박했다.

"긁어서라도! 대출을 받아서라도 하자고!!"

"그거 들키면 끝장이다. 그냥 돈이 있다면 모를까, 대출하면 금방 들켜. 들키면 정하나는 무사할 거 같냐?"

"아! 짜증 나!!"

차갑다 못해 냉혹하게 현실을 알려 주는 대답에 결국 지유가 패배를 인정하며 소리를 질러 댔다. 냉정하게 말은 했지만 심정은 지유와 별다를 바가 없는 듯 하준의 표정 역시 지유와 만만치 않았다. 그때, 타이밍 좋게 지유와 하준에게 손님이 찾아왔다.

인터폰으로 누군지 확인하자마자 너 나 할 것 없이 달려가 현관문을 열었다. 현관문을 열자 보이는 상대는……

"하이. 문지유, 정하준."

"강지욱?!"

앙증맞게 손까지 흔들며 웃고 있는 지욱이었다. 너무나 앙증맞아 오히려 짜증까지 이는 그 모습에 지유가 인상을 찌푸리며 물었다. 하지만 그럼에도 지욱은 유들유들했다. 아니, 답지 않게 조금은 난감한 듯한 얼굴을 하며 뒷머리를 긁적였다.

"왜 왔어?"

"아니, 그게 내가 사고를 좀 친 거 같아서 말이야."

지욱의 대답에 하준과 지유가 똑같이 그건 또 무슨 소리냐는 얼굴로 되물었다.

"……뭐?"

여덟 번째.
되돌릴 수 없는 관계,
되돌릴 수 없는 마음

　지욱의 이야기가 끝나자 지유는 망설임 없이 무거운 몸을 일
으켰다. 갑자기 지유가 자리에서 일어나자 의아함과 동시에 본능
적으로 불안함을 느낀 지욱과 하준이 지유를 올려다보았다. 지유
는 그런 시선을 느끼면서도 지욱을 향해 싱긋- 미소를 지어 보
인 후, 그대로 자신의 옆에 있던 쿠션을 집어 들어 지욱에게 던
졌다.

　워낙 순식간에 일어난 상황에 하준이 얼이 빠진 듯 입을 벌리
고 지유와 지욱을 바라보는데, 그걸 또 어떻게 피했는지 용케 그
것을 피한 지욱이 식은땀을 흘리며 지유를 올려다보았다. 그러자
아까 웃던 얼굴은 다 어디로 갔는지 악귀나 다름없는 얼굴로 지
유가 소리쳤다.

　"이 등신 같은 놈이! 생각이 있어, 없어?! 뭐가 어쩌고 어째?!
물론 틀린 말은 아니지만 때와 장소를 가리라는 말은 니놈 머리 필

터엔 안 들었냐?! 지금 상황이 어느 땐데 불난 집에 기름을 부어!!"

"그래서 여기로 온 거잖아!"

"이미 일은 저질러 놓고 여길 오면 뭐해!! 그 잘난 머리통은 국 끓여 먹을래?!"

리모컨, 쿠션, 휴대폰, 아주 인정사정없이 보이는 대로 집어 던지며 지유가 악을 써 댔다. 그 모습을 보며 말려야겠다는 생각은 했지만, 고래 등에 새우등 터진다고 분별력 없이 지유가 던져 대는 물건 중 자신을 향해 날아오는 것들을 피하기 급급했다.

자신의 집이었음에도 집 안이 난장판이 되어 가는 것은 전혀 개의치 않는 듯했다. 저렇게 인정사정없이 물건을 집어 던져 대니 말이다. 물론 나중에 저것들을 치우는 건 하준의 몫이겠지만. 하준으로서는 정말 한숨이 나오는 상황이었다.

"악! 말로, 말로 하자! 문지유!"

특유의 축복받은 운동신경 덕에 지유가 던지는 물건을 용케 요리조리 피하며 지욱이 발악을 했다. 하지만 지유는 일말의 자비심도 없었다.

"시끄러! 닥치고 죽어!!"

"야!!"

"왜!!"

지유의 사나운 일갈에 다시 그대로 입을 다문 지욱은 이곳에 온 것을 후회하며 지유가 던지는 물건을 피해 다녔다. 하도 많이 집어 던져 이제는 집어 던질 것도 남아 있지 않자, 지욱과 하준이 고개를 들며 한숨을 내쉬었다.

하지만 지유는 아직 끝이 아니었다. 이리저리 주변을 둘러보다 눈에 보이는 것을 그대로 집어 드는 지유의 모습에 지욱과 하준이 얼굴이 새파래져 지유에게 달려왔다.

저건 정도가 심했다.

"문지유, 스탑! 그건 던지면 안 돼. 그거 화분이야. 잘못하면 정말 죽는다고!!"

"죽으라고 던지는 거야. 비켜!"

"난 내 여친이 살인자 되는 건 바라지 않거든? 그건 내려놓자, 지유야."

"그럼 헤어지면 되겠네. 비키라니까?"

하준이 지유의 앞을 막아서 어떻게든 말려 보려고 했지만 지유는 미동조차 하지 않았다. 오히려 헤어지자는 말을 꺼낼 정도로 꼭지가 돌아 있는 상태였다. 연이은 폭탄에 지유도 많이 스트레스가 쌓인 모양이었다. 반쯤 제정신이 아니라는 것을 알고는 있었지만 그래도 헤어지자는 소리를 들으니 기분이 좋을 리 없었다.

하준도 남자였고, 애인이 쉽게 헤어지자는 소리를 내뱉는 것이 좋을 리 없었다. 하지만 이 상황에서 어떻게 헤어지자는 소리를 할 수 있냐고 말하며 화를 낼 만큼 하준은 눈치가 없지 않았다. 일단은 지유를 진정시키는 게 먼저였다. 하지만 하준이 나서서 진정될 정도였으면 애초에 화분을 집어 들지도 않았다.

"지유야, 제발. 진정 좀 하고, 일단……."

"됐고, 비켜."

"문지유! 이런다고 정하나가 좋아할 것 같아?"

하나의 이름이 나오자 그제야 지유가 반응을 보였다. 그 모습에 하준과 지욱이 남몰래 한숨을 내쉬고 있는데, 지유가 그대로 화분을 바닥에 떨어뜨렸다. 그때를 놓치지 않고 하준이 재빨리 화분을 회수해 갔다. 언제라도 지유가 다시 화분을 들지 몰랐기 때문이었다. 다른 건 몰라도 이건 안 되었다.

하지만 하준의 예상과 다르게 지유는 그대로 눈물을 흘리며 실소를 흘렸다.

"……문지유?"

"지유야?"

지유가 우는 모습은 하준으로서도 쉽게 보기 힘든 것이었기에 놀란 얼굴로 지유를 돌아보았지만, 지유는 지욱과 하준의 부름에 대답하는 대신 실소를 흘리며 중얼거렸다. 그것은 두 사람에게 하는 말이 아니었다.

"……그래. 정하나. 그 바보 같은 년. 그 병신 같은 년이 날 위한답시고 아무 말도 안 하고 혼자 다 떠안고 끙끙대고 있었지."

"……문지유."

"그 녀석은 언제나 그랬어. 어렸을 때부터 쭉. 사고는 내가 쳐도 지가 다 수습하고 나한테는 한마디도 안 했어. 힘든 건 자기면서 늘 생글생글 웃으면서 아무렇지도 않다고……."

언제나 그랬었다. 유치원 때도, 초등학교 때도, 중학교 때도. 그리고 지금도 녀석은 한결같이 늘 모든 걸 혼자 떠안고 갔다. 잘못은 자신이 해도, 그 잘못의 후폭풍까지도 본인이 떠안고 가는 바보였다. 그러면서도 늘 환하게 웃어 주었다.

자신이 그 사실을 알았을 때, 화를 냈어도 생글생글 웃으며 괜찮다고 말하는 멍청이였다. 그런 녀석이었기에 모든 해 줄 수 있었고, 사랑했다. 누구보다 소중히 여기는 보석 같은 아이였다.

"……지유야."

"지금도 그렇겠지. 걱정시키고 싶지 않아서 또 그렇게 생글생글 웃으며 괜찮다는 헛소리나 지껄이겠지. 그게 너무너무 화가 나 미칠 것만 같아."

"문지유, 일단 진정 좀 하고……."

뭔가 터져도 단단히 터질 것 같은 느낌에 지욱이 서둘러 지유를 진정시키려 했지만 아무런 소용이 없었다.

"당장이라도 최강현한테 달려가서 멱살이라도 잡고 소리치고 싶어. 당신 그 잘난 능력으로……!"

"……"

"빌어먹을 내 친구 좀 구해 달라고. 내 친구 좀 어떻게 해 달라고. 그렇게 빌기라도 하고 싶어."

나는 할 수 없으니 잘난 당신이 해 달라고, 정말 사랑한다면 내 친구 좀 구해 달라고.

지유의 절절한 마음에 다들 입에 지퍼라도 달은 듯 아무런 말도 할 수 없었다. 자신들도 마찬가지였으니까.

"……후."

아무것도 하지 못하는 것은 그들도 다를 바 없었으니까.

◈

"⋯⋯나. 정하나."

"⋯⋯응?"

"아침이야. 일어나. 오늘 오전에 수업 있잖아."

"⋯⋯아, 맞다."

그제야 수업이 있다는 것을 상기해 낸 듯 하나가 침대에서 몸을 일으키며 아직도 졸음을 이기지 못하겠는 듯 눈을 껌뻑였다. 그 모습을 보며 강현의 입가에 옅은 미소가 감돌았다. 마음 같아서는 느긋하게 그 모습을 지켜보고 싶었지만 시간이 시간인 만큼 그것은 나중으로 미뤄야만 했다.

"얼른 일어나. 아침 준비해 놨어."

"⋯⋯응."

강현이 하나를 일으키자, 하나가 강현이 일으키는 대로 쉽사리 일어나 눈을 비비며 터벅터벅 화장실로 들어가자 강현도 부엌으로 가 커피를 내렸다. 식탁에는 간단하게 빵과 계란프라이, 베이컨, 샐러드 정도가 가지런히 놓여 있었다. 물론 샐러드는 하나가 해 놓은 것이었고, 강현은 그것을 담아 놓은 것뿐이었지만. 그래도 커피까지 내려놓으니 제법 보기 좋은 모양새가 되었다.

어느새 옷까지 말끔히 갈아입은 하나가 아직도 졸린 듯 반쯤 눈을 감은 채 식탁에 앉자, 강현도 맞은편에 앉아 식사를 시작했다.

"제대로 밥 먹어. 아직도 그렇게 졸려?"

"안 재운 사람이 할 소리는 아닌 것 같습니다."

"나도 똑같이 안 잤거든?"

"당신하고 체력을 비교하는 것 자체가 미친 짓이죠."

당신하고 나하고 같냐고 하나가 쏘아보자, 그것에 관해서는 강현도 할 말이 없는 듯 시치미를 뚝 떼며 커피를 마셨다. 그 모습에 하나는 진짜 얄밉다고 생각하면서도 피식- 웃음을 흘리며 눈길을 거두었다. 소소하고 다정한 식사였다. 너무나 평범하지만, 너무나 간절히 바라는 것이었다.

이제 이런 식사도 할 수 없게 될 거라 생각하니 가슴 한구석이 턱 막혀 왔다. 물론 바로 앞에 강현이 있었기에 하나는 아무런 티도 내지 않도록 노력했다. 제법 잘 감췄지만 완전히 감추지는 못했다. 컵을 쥔 손이 살짝 떨리고 있었으니까. 하지만 다행히도 강현은 그것을 보지 못했다. 하나로서는 정말 다행스런 일이었다.

그 덕에 졸음은 확 깼지만 하나는 전혀 좋지 않았다.

"만약, 만약에요……."

"응?"

"내가 없으면 어떻게 할래요? 그니까, 만약에요. 내가 당신 곁에 없다면 말이에요."

"왜 그런 질문을 하는 거지?"

마치 떠나갈 사람처럼 그런 질문을 하는 하나의 모습에 강현이 인상을 쓰며 그리 되묻자, 하나는 애써 밝게 웃으며 말했다.

"그냥, 만약에 말이에요. 내가 언제까지 있을 거란 보장도 없잖아요."

불쾌했지만 일리가 있는 말이었다. 평생, 언제까지고 곁에 있을 거란 보장은 세상 그 어디에도 없었으니까. 의심쩍기는 했다. 마치 곧 자신의 곁을 떠나갈 것이라고 말하는 것 같았다. 하지만 강현은 그것을 입 밖으로 꺼내지 않았다. 대신 솔직하게 질문에 답을 했다.

"붙잡아 놔야지. 무슨 수를 써서라도."

"……네?"

생각지도 못한 대답이었다는 듯 하나가 놀란 얼굴로 되물었지만, 강현은 계속해서 말을 이어 나갔다.

"절대로 내 곁을 떠날 수 없게. 방해물이 있다면 전부 쳐 내서라도 그렇게 만들어 줄 거야."

"……!"

"사랑한다고 했잖아."

너무나 바라던 일상, 너무나 소원했던 시간, 그 시간 속에서 담담하게 커피를 마시며 당연하다는 듯 내게 사랑한다 말해 오는 남자. 그것이 내게 어떤 의미인지 당신은 과연 알고나 하는 말일까.

"아하하하하!!"

"……?"

눈물이 터져 나올 것만 같았다. 너무 기뻐서. 너무나 행복해서. 정말 이렇게 행복한 순간이 있어도 되나 싶을 정도로. 하지만 차마 눈물을 보일 수가 없어 눈물을 보이는 대신 환하게 웃어 보였다. 정말 기쁘다는 마음을 그대로 담아서.

내가 사랑하는 당신에게. 그 시간, 그 순간만큼은 아무것도 개의치 않고, 오로지 사랑하는 당신에게 솔직하게 내 마음을 이야기했다.

"그래요. 그렇게 해 줘요. 그렇게 만들어 주면 정말로 떠나지 않을게요. 떠나라고 해도 안 떠날 거예요."

그것이 그리 기분 좋은 말인지 강현으로서는 이해할 수 없었다. 하지만 진심으로 기쁜 듯 환하게 웃어 보이는 하나의 모습에 강현은 당황해하면서도 결국 하나를 따라 웃어 보일 수밖에 없었다. 이유야 어쨌든 환하게 웃는 그녀의 모습을 무척이나 좋아했으니까.

하나가 그토록 바랐던, 꿈같은 일상이었다. 비록 곧 사라질 풍경이라도. 지켜지지 못할 말이었어도. 하나는 그것만으로도 충분히 행복했다.

진심이었다. 비록 누군가를 화나게 하고, 누군가를 가슴 아프게 할 진심이었어도, 그건 분명한 하나의 마음이었다.

◉.

"……망했어, 마스터."

"문지유, 취했다."

"안 취했어. 취하고 싶어도 취하지가 않네."

지유가 위스키를 잔에 가득 담아 그대로 입안에 털어 넣자, 마스터는 어쩔 줄을 몰라 하면서도 차마 지유를 말리지 못했다. 말릴 수가 없었다. 말렸다가는 그대로 무너져 내릴 것만 같아서.

마치 그때의 하나의 모습 같았다. 괴롭고, 괴로워서 술을 마시면서도 울지도 못해, 웃고 있는 게. 누가 친구 아니랄까 봐 아주 판박이였다.

"……마스터."

"왜 불러."

"내가 문제인 걸까?"

"뭐?"

그건 또 뭔 헛소리냐며 마스터가 불쾌감을 가득 담아 되물었지만 지유는 그런 마스터는 보이지도 않는 듯 술을 입안에 털어 넣으며 말을 이었다.

"나만 없었다면, 그랬다면…… 정하나는 그렇게 힘들지 않았을까?"

"……무슨 소리야. 니가 뭘 잘못을 해서."

"그냥 그런 생각이 드네. 녀석에게는 나 역시 짐일 테니까."

"짐이라니. 그럴 리가 없잖아."

어떻게 그런 생각을 하냐고 마스터가 지유를 힐난했지만 지유는 피식 웃기만 할 뿐이었다.

"짐이지. 녀석을 힘들게 하는, 그 빌어먹을 새끼가 잡고 있는 인질."

"……아니야, 문지유."

"그냥 하는 소리야. 새겨듣지 마."

"……야."

그걸 어떻게 그냥 흘려들을 수 있을까. 하지만 그렇다고 해 봤자 할 수 있는 건 아무것도 없었다. 그걸 잘 아는 마스터는 조용히 입을 다무는 쪽을 택했다. 현명한 마스터의 판단에 역시 당신답다며 지유가 피식— 웃음을 흘리며 어김없이 술잔에 술을 가득 담아 그대로 입안에 털어 넣었다.

그 뒤로 얼마나 지났을까. 그 큰 양주병이 반 이상 동이 나고 지유가 취해 잠이 들 즈음이 되었을 때, 마스터가 입을 열었다. 아까 차마 해 주지 못한 말을 꺼내기 위해.

"문지유. 옛날에 정하나가 불렀던 노래, 기억나?"

"노래?"

"그래. 너는 세상에서 가장 소중한 존재라고 했던 그 노래."

"……아."

그제야 마스터가 말하는 것이 무엇인지 떠오른 지유가 기분 좋게 미소를 지어 보이자 마스터 역시 그런 지유를 따라 웃어 보이며 지유의 머리를 부드럽게 쓸어 주었다.

"확실히 너 때문에 정하나의 짐이 늘어났을지도 모르지만, 정하나에게 너는 짐이 늘어나더라도 포기할 수 없는 소중한 존재야."

"……응."

지유가 부드럽게 웃으며 눈을 감았다. 입에서는 하나가 불러 주었던 그 노래가 흘러나오고 있었다.

술에 취한 데다 잠이 들기 직전이라 그냥 흥얼거리는 노래는 그리 훌륭하지 못했지만 두 사람에게는 그 어떤 노래보다 소중하고 좋은 노래였다.

세상 모두를 등진다 해도 나는 너를 포기할 수 없어.

너는 세상에서 가장 소중한 존재인걸.

그 무엇을 내어 준다고 해도 너를 잃을 수 없어.

hope you did.

내가 행복하길 바란다고.

그렇다면 곁에 있어 줘.

그것만으로도 나는 충분하니까.

니가 있으면 되니까.

"⋯⋯바보."

너는 내게도 정말 소중해. 비록 말로 하지는 못하지만.

그것이 지유의 마지막 기억이었다. 심연이 지유를 집어삼켰다.

◈

"잘한다."

"시끄러. 우욱—"

"자, 꿀물."

새벽에 때아닌 마스터의 부름에 결국 지유를 업고 와야 했던 하준은 오늘따라 유독 까칠했다. 지유도 미안하기는 한지, 꼬리를 내리고 한층 수그러진 태도로 하준을 대했다. 신나게 오바이트를 해 위를 비워 내고 하준이 건네준 꿀물을 마시자 좀 살 거 같은 듯, 지유의 얼굴이 한결 편안해졌다.

그 모습에 화를 내던 하준도 결국 어쩔 수 없다는 듯 고개를 절레 젓고 말았다. 지유가 왜 술을 마셨는지 모르지도 않았고, 더 이상 화를 내는 건 자신이 너무 바보 같다는 생각이 들었기 때문이다. 결국 사랑한 쪽이 지는 게임이었다.

표현은 잘 하지 않지만 하준은 지유를 정말 많이 사랑했으니까. 십여 년을 질리지 않고 계속. 스스로가 봐도 참 어리석고 바보 같기는 했지만 어쩔 수 있는 것이 아니었다. 하나가 그랬듯이.

"해장국 끓였어."

"역시 내 애인. 센스 하난 끝내준다니까."

"내가 너랑 몇 년을 사귀었는데. 얼른 일어나."

"yes, sir!"

지유가 활기차게 대답하자 하준이 피식- 웃으며 먼저 부엌으로 들어가 상을 차렸다. 그 뒤를 졸졸 따라 들어온 지유가 자신의 앞에 놓이는 따끈따끈한 해장국에 환하게 웃으며 숟가락을 들었다.

"완전 맛있어! 최고야!"

"어련하실까."

이미 익숙한 것을 넘어 아예 정착이 된 그들의 일상이었다. 하나가 늘상 소망하는 그런 소소한 일상이 이들에게는 너무나 당연히 이루어지고 있었다.

하나가 그것을 얼마나 부러워하는지 그들은 아마 알지도 못할 것이다. 한 번도 그런 태도를 보이지 않았으니까. 만약 그것을 알려준다면 서로 같이 있는 것에 미안해하고 죄책감을 느낄 것이 뻔했으니까.

둘 다 그런 사람들이었다. 그랬기에 하나가 그런 두 사람을 소중히 여기는 것이고 말이다.

"아, 그러고 보니까 강지욱이 들어 보라면서 파일을 하나 보냈어."

"뭔데?"

"아직 안 들어 봤어. 근데 우리한테 들어 보라고 보내 준 걸 보니 하나가 작사한 걸 거야."

"그렇겠지. 그렇지 않으면 그 녀석이 우리한테 뭐하러 파일을 보내."

지유의 말에 하준이 쉽사리 동조를 하며 고개를 끄덕였다. 그리고는 휴대폰을 찾아 자리에서 일어나자 지유도 자리에서 일어나 설거지거리를 싱크대에 가져다 놓은 후, 거실로 와 소파에 앉아 하준이 음악을 틀기를 기다렸다.

그러는 사이, 하준이 오디오에 휴대폰을 연결시키고 지욱이 보낸 파일을 틀었다. 그리고는 음악이 시작함과 동시에 재빨리 지유의 옆으로 가 앉았다. 노래가 시작되고, 노래가 끝날 때까지 두 사람은 아무 말도 하지 않았다. 그저 중간중간 슬픈 표정을 내비칠 뿐이었다.

이윽고, 노래가 끝나자 두 사람은 너 나 할 것 없이 실소를 흘렸다. 그리고 지유가 먼저 입을 열었다. 지유답게 무척이나 힘이 없는, 자조적인 목소리였다.

"……괜찮긴 뭐가 괜찮아. 이 멍청이가."

◎

"괜히 보냈나?"

괜히 지유의 심정만 복잡하게 만든 게 아닐까 싶어 지욱은 파일을 보내 놓고 살짝 후회를 했다. 하지만 들어야 하는 것이기도 했다. 하나에 관한 것을 모르는 것을 용납하지 못하는 문지유였으니까. 후회를 떨쳐 버리며 지욱은 빈 잔에 커피를 채우고는 작업실 의자에 앉아 아까까지 자신이 녹음했던 곡을 틀었다.

그 곡은 하준에게 보냈던 곡이었다.

두 눈을 감으면 니가 보이는데.
넌 웃고 있는데.
왜 난 웃을 수가 없는지. 왜 이렇게 가슴이 아픈지.

자신이 생각해도 참 잘 만들었다고 자화자찬을 하며 지욱은 두 눈을 감았다. 사실 앞부분의 영어는 지욱이 채워 넣은 것이었지만, 그것은 기억조차 나지 않는 듯했다. 지욱의 얼굴에는 일말의 우월감과 아련함이 절묘하게 교차해 있었다.

새벽에 눈을 떠 너를 보다

너는 듣지 못하게 사랑을 속삭이고

오늘도 어제와 똑같은데

하나도 변한 게 없는데

왜 난.

문득 집엘 가다가

나도 모르게 눈물이 흘러내리고

너는 왜 또 이렇게 아무렇지 않게

내 맘을 또 흔들어 놔

사실은 곁에 있고 싶어.

네 곁에 있고 싶어.

네 어깨에게 기대 울고 싶어.

참아 보려 애써 웃잖아

아직도 흔들리고 있잖아.

제발 웃어 주지 마.

더는 내게 잘해 주지 마.

    문지유도 이런 기분일까. 지금쯤이면 이 노래를 듣고 있을 지유와 하준을 생각하며 지욱은 생각했다. 아마 자신과 별반 다르지 않을 것이라 자신할 수 있었다. 결국 자신도 그들과 같이 정하나를 알고, 정하나를 좋아하는 인종이었으니까.

잘해 주지 마. 가슴이 아프잖아.

웃어 주지 마.

자꾸 맴돌잖아.

난 강하지 않아.

그래서 너밖에 보이지 않아.

아무리 지우려고 해도 다시 너를 봐.

너무 좋아서.

그래서 미치게 해.

넌 나를 아프게

그래서 더욱 미치게 해.

제발 나를 향해 웃지 마.

이렇게 내 가슴에서

널 지우려 하지만

그게 마음처럼 안 되는걸.

"……이렇게 좋아하면서 무슨 말도 안 되는 소릴 하는 거야."

지욱으로서는 이해할 수 없는 소리였다. 이렇게 좋아한다면 헤어진다는 것은, 잊는다는 것은 불가능할 테니까. 적어도 지욱으로서는 상상조차 할 수 없었다.

하지만 정하나는 다르겠지. 지욱은 하나를 잘 알고 있었다. 정하나의 속마음을 누구보다 많이 이해하고 있는 사람 중 하나였으니까. 때문에 이런 말을 할 수 있는 것이었다.

오늘도 어제와 똑같은데

하나도 변한 게 없는데

……왜 난.

"너도 정말 어지간하다."

하지만 그럼에도 그런 너이기에, 사랑을 해.

더럽게 모순적인 마음이었다. 그리 생각하며 지욱은 실소를 흘
렸다. 무척이나 기분 좋은 듯이 말이다.

사실은 곁에 있고 싶어.

네 곁에 있고 싶어.

네 어깨에게 기대 울고 싶어.

"……미쳤나 봐. 내가."

자신이 쓴 노래를 부르며 하나가 중얼거렸다. 미친 거라고밖에
생각되지 않았다. 이 가사를 보면 자신의 진심임을 모르는 사람이
없을 테니까. 자신이 쓴 것이라는 걸 아는 사람이라면.

"진짜 갈 데까지 갔구나, 나. 사실은 곁에 있고 싶어, 라니."

자신도 자신의 본심이 이걸 줄은 몰랐다. 울고 싶다니. 그게 할
소리인가. 어쩌면 그의 앞에서 차마 울 수가 없었기에 이런 마음

이 생긴 것일지도 몰랐다. 차라리 속 편하게 울어 버린다면 모든 것이 편해질지도 모른다는 기대를 하고 있었으니까.

이 가사를 쓴 덕에 자신도 모르던 자신의 마음을 속 시원히 알 수 있었다. 이상하게 마음 한구석이 후련했다.

아직도 흔들리고 있잖아.
제발 웃어 주지 마.
더는 내게 잘해 주지 마.

아직도 흔들리고 있었다. 부정할 수가 없었다. 헤어져야 하는 것은 기정사실임에도 불구하고 자꾸 흔들리고 있었다. 그 미소를 보면, 그 품에 안기면, 마음껏 사랑받으면, 흔들렸다. 흔들릴 수밖에 없었다. 어떻게 흔들리지 않을 수 있겠는가. 자신은 로봇이 아니었다.

당신의 사소한 행동 하나하나가 계속해서 나를 흔들고 있었다. 흔들리고 있었다. 할 수만 있다면 흔드는 대로 그대로 흔들려 당신의 곁에 싶었다. 그럴 수 없다는 걸 잘 알고 있었으면서 자꾸 그런 생각을 한다. 그가 내가 떠날 수 없게 만들어 주길 바라게 된다. 그가 나를 붙잡는 걸 꿈꾸게 된다.

그럴 리도, 그래서도 안 된다는 것을 알면서도 자꾸 바라고, 소망하고 있었다. 참으로 어리석고 치졸한 마음이었다. 결국은 욕심이었다. 헤어지고 싶지 않다는, 사랑하고 사랑받고 싶다는 욕심이었다. 그 욕심이······.

"……하."

지금 자신을 미치게 하고 있었다. 그리고 아주 처절하게 깨닫
게 해 주었다.

이미 되돌릴 수도 없고, 돌이킬 수도 없다는 것을. 되돌리기에
는 이미 너무 늦어 버린 관계였고, 돌이키기에는 너무 늦어 버린
마음이었다.

"……어?"

"어!!"

"그쪽은!!"

지유와 하준, 윤서와 서진이 기차게 서로를 알아보고 자리에서
벌떡 일어나 삿대질을 하며 비명을 질러 댔다. 그 소리에 마스터
가 두 손으로 귀를 막으며 짜증을 부렸다.

"영업 방해로 쫓아낸다! 그만하고 앉아!"

"아, 진짜 그 정도 가지고 쪼잔하게."

"니가 소리 지른 사운드로 니 귀에 질러 줄까?"

"미안."

지유가 사과를 하며 조용히 자리에 앉자, 윤서와 서진이 어느
새 지유와 하준이 있는 곳에 와 자리를 잡았다. 그리고 간단하게
마티니를 주문하자, 지유가 득달같이 달려들어 궁금한 것을 캐물
었다.

"최강현한테 말했어요? 정하나에 관한 거?!"

"그쪽은 이미 다 말했죠?"

윤서의 물음에 지유가 뭘 그런 걸 묻냐며 당당하게 대답했다.

"당연하죠. 그쪽은 아직 말 안 했죠?"

"말할 필요가 없을 거 같아서요. 그리고 그 녀석도 눈치가 귀신이라 아마 조만간 알게 될 겁니다."

"아, 하긴. 그것도 그러네요. 그래도 다행이다 싶네요. 정하나는 혼자 다 떠안길 바라니까."

진짜 빌어먹게도 말이죠.

뒷말을 생략했지만 주변에 있는 사람들은 모두 그 소리를 아주 잘 들을 수 있었다. 처음 보는 사람에게도 정말 한결같은 태도에 하준과 마스터는 고개를 절레 저었고, 윤서와 서진은 멋쩍게 웃어 보이기만 했다. 하지만 지유는 익숙한 듯 그런 것 따위는 신경조차 쓰지 않았다.

"최강후는요? 우리보다 그쪽이 잘 알 테니까."

하준의 질문에 서진이 쉽게 고개를 끄덕이며 대답을 해 주었다.

"일단은 얌전한 편입니다. 후계자 문제도 난리고, 상황이 상황인 만큼 섣불리 움직일 수가 없거든요."

"그래서 강지욱한테 가서 지랄했구만."

이제야 이해가 간 듯 그리 중얼거리며 지유가 고개를 끄덕이자, 윤서와 서진은 설명이 필요하단 얼굴로 지유를 바라보았지만 굳이 물어보지는 않았다. 지금 같은 상황에서 그것은 그리 중요하지 않았기 때문이었다.

"그래서 걔가……."

"그 자식은 진짜 가끔…… 입니다."

"맞아. 진짜…… 라구요."

"하하! 어지간한가 보네요."

거기서 조금 더 심각한 이야기를 나누다 어느새 그들은 서로의 친구 자랑도 하고, 흉도 보며 화기애애하게 웃고 있었다. 뜻밖에 불청객이 나타기 전까지 말이다.

"이건 무슨 조합이냐?"

◈

"최, 최강후!"

"……뭐?!"

"……!!"

그 소리에 너 나 할 것 없이 자리에서 벌떡 일어나 강후를 돌아보았다. 마스터도 컵을 닦다, 그 소리에 놀라 반사적으로 고개를 돌렸다. 흡사 귀신이라도 본 얼굴이었다. 그런 그들의 얼굴을 둘러보며 강후가 지유와 하준에게 인사를 했다.

"오랜만이다. 문지유, 정하준."

"너 이 개새끼! 여기가 어디라고 와!!"

"문지유, 잠깐 진정 좀!"

그 소리에 정신을 차린 지유가 당장이라도 달려들 것처럼 으르

렁거렸다. 하지만 그런 지유의 모습이 익숙한 강후는 태연스럽기만 했다. 오히려 시선을 돌려 윤서와 서진을 바라보며 소름 끼치게 웃어 보였다.

"니들은 왜 쟤들이랑 있을까. 인연이 없을 텐데. 아, 최강현과 정하나랑 인연이 있어서 엮인 건가?"

"……!!"

설마설마했지만 진짜 다 알고 있는 줄을 몰랐기에 그 소리를 들은 모두가 숨을 들이마셨다. 하지만 그것도 잠시였다. 금세 정신을 차린 지유는 지지 않고 강후의 말을 받아쳤다.

"그래서! 뭐! 그게 뭐 어때서! 니가 뭐 어쩔 건데!!"

그제야 다들 정신을 차리고는 강후와 지유를 바라보았다. 지유의 말에 강후에게서 싸늘한 기운이 흘러나왔지만 지유는 굴하지 않았다. 아니, 강후보다 더하면 더했지, 결코 덜하지 않았다. 그동안 쌓인 걸로 따지면 강후보다 몇 배나 많았으니까. 수그러들기는커녕 더 활활 타오른 지유의 모습에 강후가 목소리를 낮게 깔았다.

"문지유. 할 말이 있고, 못 할 말이 있는 거다."

"그건 내가 너한테 할 말이지. 주제도 모르고 있는 소리, 없는 소리 내뱉는 게 누군데."

강후의 위협에도 간단히 코웃음을 치며 지유가 강현을 노려보자 순식간에 가게는 살얼음판이 되었다. 그것을 느끼며 마스터가 절망적으로 중얼거렸다.

"……아, 내 줄리안이 더럽혀졌어."

"마스터, 가게 이름을 무슨 애인 부르듯 부르지 좀 마."

그 소리에 하준이 인상을 찌푸리며 말하자, 마스터가 눈으로 내게 줄리안이 얼마나 소중한 존재인지 아냐며 반박을 해 왔다. 그러는 사이, 강후가 마치 때릴 듯 지유를 향해 손을 올렸다. 자신을 향해 내려오는 손을 지유가 피하지 않고 그대로 바라보고 있자, 하준이 지유의 얼굴에 닿기도 전에 그 손을 잡아챘다.

그 행동에 강후가 험악한 얼굴로 하준을 돌아보자, 하준은 특유의 차가운 얼굴로 강현을 바라보았다.

"자기 여자친구가 위험에 처해 있는데 그냥 있는 남자친구가 어딨냐. 그런 놈이 있으면 그놈은 쓰레기고."

"아, 맞아. 대단하신 기사님이 계셨지."

"뭐, 대단할 거까지야."

강후의 비꼼에도 어깨를 으쓱이며 능숙하게 받아치는 하준을 강후가 이를 갈며 노려보았다. 물론 씨알도 먹히지 않았지만. 늘 지유보다는 하준이 상대하기 힘들었던 강후였던 만큼, 여유가 없는 지금 같은 상태에서는 언제 주먹이 나갈지 알 수 없었다.

그때였다. 지금 이 사건에 주인공이라고 할 수 있는 이가 등장한 것은.

"뭐야? 이건 무슨 조합이야? 왜 두 사람이 여기 있어요?"

"……정하나?"

"정하나가 왜 여기에……!"

"아, 맞다. 너랑 만나기로 했었지."

윤서와 서진이 놀라 제대로 말조차 꺼내지 못하는데 그제야 하나랑 만나기로 했다는 것을 떠올린 지유가 손가락을 튕기며 말하자, 윤서와 서진이 획- 고개를 돌려 어떻게 그걸 잊어버릴 수 있냐는 얼굴로 지유를 바라보았다. 그 시선에 자신도 잘못한 걸 아는지 멋쩍게 웃어 보이며 머리를 긁적였다.

그런 그들의 모습을 뒤로하고, 지유의 근처에 자리를 잡은 하나는 핸드백을 내려놓으며 놀란 얼굴로 자신을 내려다보는 마스터에게 태연하게 주문을 했다.

"마스터, 나 스콜피온."

"아, 그래."

평소라면 한 소리 했을 주문이었는데도 놀라 얼이 빠진 마스터는 어벙벙한 얼굴로 고개를 끄덕이며 재빨리 손을 움직였다. 마스터가 칵테일 제조에 들어가자 하나는 고개를 돌려 윤서와 서진을 향해 물었다.

"두 사람은 왜 여기 있어요?"

"아, 술 한잔하려다 우연히 마주쳤어요."

윤서의 차분한 대답에 하나가 고개를 끄덕이고는, 지유와 하준을 턱짓하며 물었다.

"둘하고는 아는 사이예요?"

"이런저런 인연으로 아는 사이죠."

얼굴은 처음 보는 것이었지만.

그 말은 굳이 할 필요가 없다는 생각에 윤서는 눈치 좋게 뒷말을 생략했다. 하지만 워낙 눈치가 좋은 하나였기에 말은 하지 않아도 대강 그것을 눈치챌 수 있었다. 그러나 하나 역시 아무 말도 하지 않았다. 그저 웃어 보일 뿐이었다. 그사이에 하준이 재빨리 끼어들었다.

"늦게 왔다?"

"차가 막혀서."

"야! 넌 알고 있었으면서 왜 나한테 말 안 했어!"

"니가 잊어버린 거잖아. 누굴 탓해. 그리고 어차피 정하나 오면 다 기억날 거 아니야."

"아, 씨."

지유의 외침에도 태연하게 맞받아친 하준이 하나의 옆에 앉아 마스터에게 데킬라를 주문했다. 그러자 쪼르르 하준의 옆에 앉은 지유가 마스터에게 칵테일을 주문하려 하자 하준이 그 말을 막았다.

"마스터, 얜 무알콜."

"오케이."

"왜!!"

"너 엊그저께 꽐라 된 건 기억에 없냐?"

엊그저께 위스키 한 병을 거의 다 마셨다는 것을 상기해 내고는 지유는 차마 할 말은 없고, 선택의 자유를 빼앗긴 건 분해 하준의 옆에서 툴툴거렸다. 물론 하준과 하나는 익숙한 듯 신경조차 쓰지 않았지만.

어느새 마스터가 완성된 칵테일을 서로의 앞에 놓아주는데, 완전히 무시당한 강후가 그제야 정신을 차리고는 소리쳤다.

"지금 뭐 하자는 거야! 정하나!!"

적반하장도 정도껏이었다. 자기가 뭐가 잘났다고 언성을 높이는가. 다들 어이가 없다는 얼굴로 강후를 바라보았지만 강후는 그런 그들은 신경조차 쓰지 않았다. 자신이 그렇게 소리쳤음에도 불구하고 여전히 자신은 보지도 않은 채, 제대로 없는 사람 취급하는 하나를 노려볼 뿐이었다.

하지만 그렇게까지 집요하게 노려보면 불편해서라도 한번 돌아볼 법하건만, 하나는 지독하게도 시선조차 주지 않고 덤덤하게 칵테일을 마셨다.

차라리 화를 내는 편이 훨씬 나았건만, 그런 강후의 마음을 알아챈 듯 하나는 독하게 강후의 존재를 무시했다. 정하나가 저리독한 인간이었나, 하나와 가까이 지내던 사람들도 회의감을 느낄정도였다.

그러면서도 한편으로는 신이 났다. 환호성을 지르고 싶은 심정이었다. 정하나가 이렇게 최강후를 엿 먹인 적이 한 번도 없었으니까. 때문에 그만큼 강후는 미쳐 갔다. 완전히 제정신이 아니었다.

"하, 왜? 진짜 사랑이라도 했어? 고작 그딴 자식을? 더러운 사생아가 어디가 그리 좋아서?"

"저게 진짜! 더러운 게 누군데!"

"참아, 일단."

생각 없이 내뱉는 폭언들에도 하나는 미동조차 하지 않았다. 아예 강후의 목소리가 들리지 않는 듯이 굴었다. 아예 없는 인간취급이었다. 하나를 열받게 하려고 하는 말이었지만 정작 열이 받은 건 주변에 있는 사람들이었다. 강현의 친구인 윤서와 서진은 특히 더 심했다.

듣다 못한 서진이 벌떡 일어나자 윤서가 그런 서진을 달랬다. 윤서의 얼굴은 서진보다 훨씬 무서웠지만 지금은 상황을 지켜봐야 한다는 것을 알고 있었기 때문이다.

그런 윤서의 얼굴에 서진은 짜증을 참으며 다시 자리에 앉았다. 두 사람이 그러는 와중에도 강후는 여전히 거침이 없었다.

"왜 아무 말도 없어? 역시 사랑하는 건 아닌가 보지? 하긴 니가 그럴 리가 없지. 안 그래? 사랑 따윈 아예 모르는 여자잖아? 가지고 노는 것도 그쯤 해. 슬슬 화가 나려 하니까. 다른 놈은 몰라도 왜 하필 그 녀석이야? 일부러 내 화라도 돋우려고 그러는 거야?"

"……아, 진짜 저 개새가. 말이면 단 줄 아나."

주제를 모르는 것을 넘어 그쯤이면 병이었다. 모든 것을 자기 마음대로 생각하는 것은 지 맘이었지만 그것을 남한테도 관철시키는 태도는 정말 최악이었다. 원래 최악이었지만, 지 혼자 소설을 쓰고 있는 꼴을 보니 정말 배알이 뒤틀렸다.

하지만 하나가 어떤 마음일지 장담할 수가 없어 지유도 당장이라도 뛰어나가 멱살이라도 잡고 싶은 마음을 꾹 참고 의자에 앉아 있었다.

그럴 때, 강후가 쐐기를 박았다.

"솔직하게 말해 봐. 잘하잖아? 그 잘난 입으로 말해 보라고. 어떻게 생각하는지."

그 말에 드디어 하나가 고개를 돌려 강후를 돌아보았다. 그 모습에 작은 희열을 느끼며 강후는 기대에 찬 얼굴로 하나를 바라보았다. 당연히 자신이 예상한 대로 대답이 나올 줄 알았다. 설령 그것이 거짓이라고 해도, 그렇게 말하지 않으면 자신이 무슨 일을 벌일지 그녀는 잘 알고 있을 테니까. 수없이 해 오고, 그녀에게 해 준 만큼 그것이 트라우마로까지 남아 있는 그녀였기에 강후는 자신만만했다.

"……솔직하게 말해 보라고?"

저런 정하나는 몰랐다. 적어도 자신이 아는 정하나는 저런 모습을 보인 적이 없었다.

저렇게 차갑게 웃으며, 시리도록 차가운 눈으로 자신을 내려다보는 냉정한 인간이 아니었다. 당황하고 있었음에도 강후는 지기가 싫었다는 듯 애써 당당하게 대답했다.

"그래. 속 시원하게 털어놔 봐. 니 심정이 어떤지. 아주 궁금하니까."

말하자면 허세였다. 하지만 그것은 강후의 진심이기도 했다. 아주 기대가 되기도 했다. 저 입에서 녀석을 사랑하지 않는다는 말이 나오는 것이 말이다. 지금으로서는 그것만으로도 충분히 기분이 좋을 것이다. 자신할 수 있었다.

하지만 하나가 취한 태도는 정말 의외였다. 강후의 말이 끝나자마자 하나가 몸을 벌떡 일으켜 그대로 들고 있던 칵테일 잔을 강후에게로 집어 던졌다. 너무나 한순간에 일어난 일이라 다들 아무 말도 못 하고 굳어 강후와 하나를 바라보고 있었다.

그 상황에서 강후는 특유의 반사 신경으로 재빨리 잔을 피했다. 그 덕에 아슬아슬하게 잔이 얼굴 옆으로 스쳐 지나갔다. 정말 아찔한 순간이었다. 그것에는 강후도 놀라 눈을 크게 뜨며 당황한 얼굴로 하나를 바라보았다.

하지만 하나는 그런 강후는 보이지도 않는 듯했다. 그대로 백을 집어 들고 강후에게 다가가 백으로 강후를 후려쳤다. 그리고 처음으로 강후에게 속내를 전부 털어놓았다. 가면이 벗겨진 하나는 연약하고, 금방이라도 무너질 것 같은 상태에서 울고 있는 가련한 여자아이였다.

"다 너 때문이야!! 너만 아니었어도! 너만 아니었어도 내가 이렇게 될 일도 없었어!!"

"정하나!"

"하나야!"

지유와 하준, 윤서와 서진이 갑작스러운 상황에 정신을 차리지 못하는 강후는 본체만체하며 서둘러 하나에게 달려갔다. 하지만 이미 이성을 잃은 하나를 말릴 수 있는 사람은 아무도 없었다. 적어도 그 안에서는.

"진짜 사랑이라도 했냐고? 그래! 사랑해! 어떻게 사랑하지 않을 수가 있어! 어떻게 사랑하지 않을 수 있었겠어!"

그 발악이 울음소리로 들리는 건 어째서일까.

그건 아마 그것이 감추어 왔던 하나의 진실 된 마음이기 때문이었을 것이다. 사랑하고 또 사랑해, 모든 것이 밉고, 울고 싶은 하나의 진심은 모두의 말을 앗아 가기 충분했다. 각자의 자리에 굳어 그들은 아무것도 할 수가 없었다. 그러기에는 그들은 자격이 없었다.

"너만 아니었어도 나는 꿈을 이룰 수 있었어! 단 하나 바란 꿈이 이루어졌는데도 너 때문에 아무것도 할 수 없다고! 니가 뭔데! 니가 대체 뭔데 나를 이렇게 방해하는데! 왜 내가 간절히 바라던 하나까지도 니가 망쳐 놓는데! 니가 뭔데!!"

그 외침을 끝으로 하나가 백으로 강후를 후려치던 것을 멈추었다. 그리고 그대로 자리에 스르르 주저앉자, 다들 그제야 저주가 풀린 듯 득달같이 하나에게 달려갔다.

"대체…… 대체 니가 뭔데…… 니가 뭔데. 내 사랑까지 망쳐 놓는 건데……."

자조적인 목소리가 울음소리로 들렸다. 분명히 울고 있지 않았는데 울고 있는 것처럼 보였다. 안쓰럽고 가슴이 아픈 그 모습에 일단은 다들 하나를 일으켜야겠다는 생각에 천천히 하나에게로 손을 뻗었다.

바로 옆에서 정신이 나간 듯한 얼굴로 하나를 내려다보고 있는 강후는 다들 안중에도 없었다.

그때였다. 이 순간 절대 나타나서는 안 될 이가 그곳에 나타난 것은.

"이건 또 무슨 상황이지?"

"……!!"

어쩌면 우리는 모두 이미 깨닫고 있었는지도 몰랐다. 돌이킬 수 있는 관계는 세상에 존재하지 않는다는 것을, 그런 말이 존재하는 것은 그저 사람들의 한순간의 위안으로 만들어 낸 것일 뿐이라는 것을.

그러면서도 우리는 착각을 하고 있었다. 가장 뜻대로 되지 않는 것이 사람의 마음이라는 것을 알고 있었지만 결국 뜻대로 될 것이라 믿으며, 그렇게 어리석게도 우리는 한순간의 환상에 기대며 그리 바랐던 것이었다.

"최강현!!"

이미 돌이킬 수 없는 마음이었음에도.

아홉 번째.
바뀔 수 없는 결과

"왜 최강현이 여기 있는 거야?!"

지유의 경악에 다들 간신히 정신을 차리고는 강현을 바라보았다. 기분이 나쁜 것이 역력히 보이는 그 얼굴에 다들 제대로 말조차 못 꺼내고 있는데, 윤서가 서둘러 강현에게 물었다. 다들 묻고 싶었으나 차마 묻지 못했던 질문이었다.

"여긴 어떻게 온 거야?"

"벌써 치매냐? 니들이 불렀잖아, 문자로. 오고 싶음 오라고."

"……아."

그제야 윤서는 이곳에 도착하기 전 강현에게 문자를 보냈던 것이 떠올랐다. 장소를 알려 주며 오고 싶으면 오라고 했지만 설마 진짜 올 줄은 몰랐기에 크게 신경 쓰지 않아 잊고 있었던 것이다. 그 말에 날카롭게 자신을 노려보는 지유가 부담스러워 죽을 지경이었다. 왜 자신이 문자를 보냈는지 후회스러웠다. 애초에 문자를 보낸 건 서진이었지만 동의한 건 자신이었으니 빼도 박도 못 했다.

완벽한 실책에 머리를 쥐어짜 대는데 그런 윤서를 보며 강현은 짧게 한숨을 내쉬고는 주변을 둘러보았다. 아주 가관인 광경에 강현은 머리가 아파 오는 것 같았다.

하지만 가장 신경 쓰이는 것은 그런 게 아니었다. 자신이 화가 난 이유 또한 그따위 시시한 것이 아니었다. 애초에 자신은 그런 거에 기분이 나빠질 사람이 아니었다.

"다른 건 다 둘째 치고, 정하나는 왜 울고 있는 건데."

"……!"

그 말에 다들 너 나 할 것 없이 놀란 얼굴로 하나를 돌아보았다. 하나는 울고 있지 않았다. 물론 상황을 보았을 때는 울기 직전이었지만 이제 방금 이곳에 온 강현이 그것을 알 리 없었다. 귀신이라도 씌었나, 어떻게 그걸 알 수 있는지 신기할 지경이었다. 하지만 지금은 강현의 신기한 재주나 논할 때가 아니었다.

그것을 깨달은 그들이 재빨리 다시 강현을 향해 고개를 돌리는데 정말 빌어먹게도 쥐똥만큼도 도움이 안 되는 놈이 강현에게 시비를 걸었다.

"헛소리 말고 꺼져. 니가 낄 상황 아니니까."

그 말에 처음으로 강현이 강후를 돌아보았다. 그 모습에 강후가 언제 그랬냐는 듯 의기양양하게 웃으며 강현을 바라보는데, 강현은 그런 강후를 보다 금세 흥미를 거뒀는지 무심히 고개를 돌렸다. 그 모습에 화가 난 강후가 강현에게 뭐라 소리치려 했지만 그 말을 꺼내기도 전에 강현이 먼저 입을 열었다.

"상황은 나중에 듣지. 정하나."

"……!"

자신을 부르는 목소리에 하나가 천천히 고개를 들었다. 그전까지 하나는 강현이 왔음에도 한 번도 고개를 들지 않았었다. 고개를 들 수가 없었다. 자신의 추한 모습을 보여 줄 수가 없어서. 상황을 보고 결국 그도 모든 것을 눈치챘을 텐데 어떻게 고개를 들 수 있었겠는가. 무슨 염치로.

"이리 와."

자신을 부르는 목소리에도 차마 고개를 들 수가 없었다. 하지만 그가 부르는데도 무시할 수가 없었다. 화를 내도, 미움을 받아도, 어떻게 그의 부름을 모른 척할 수 있겠는가. 그렇게 몇 번의 망설임 끝에 천천히 고개를 들자, 그가 더없이 다정한 얼굴로 자신을 향해 말했다. 언제나 그랬듯, 손을 내밀어 주며.

눈치가 좋은 사람이니만큼 현재의 상황을 보고 대강 모든 것을 꿰뚫어 봤을 텐데 그는 한결같았다.

그 순간 내가 얼마나 기뻤는지 당신은 과연 알고나 있을까. 눈물이 터져 나올 것만 같았다. 너무 좋아서, 당신이 너무 좋아서.

입술을 꾹 깨물며 힘겹게 바닥에서 일어나 그대로 이끌리듯 당신의 품 안으로 뛰어 들어가 얼굴을 묻었다. 차마 우는 얼굴을 보여 줄 수가 없어서. 그는 아무것도 묻지 않고 그런 자신을 끌어안아 주었다. 언제나 그랬듯 다정하게. 그것에 더 눈물이 났다. 울음소리가 터져 나오지 않도록 필사적으로 입술을 깨물었다.

그런 자신을 눈치챈 듯 그가 머리에 가볍게 입을 맞추며 자신을 달랬다. 하지만 그 행동에 더 울음이 터져 나올 것 같아 필사적으로 그를 세게 끌어안았다. 불편하기도 할 법하건만 그는 아무런 말도 하지 않았다.

"……지금 내가 헛걸 보고 있는 거냐."

"나도 같은 걸 보고 있으니 그건 아닐 거다."

모두들 말 그대로 입이 떡 벌어진 채로 그 광경을 지켜보고 있었다. 도무지 믿을 수가 없다는 얼굴이었다. 하지만 아무리 세차게 눈을 비벼 대도 눈앞에 펼쳐진 광경은 현실이었다.

"……믿기지가 않는다, 진짜."

"그건 다 똑같을걸."

지유와 하준의 말을 증명해 주듯 바로 옆에서 윤서와 서진이 두 사람과 똑같은 표정으로 하나와 강현을 바라보고 있었다. 물론 그것은 강후도 마찬가지였다. 이러나저러나 두 사람을 잘 알고 있는 강후는 그들만큼 믿을 수 없다는 얼굴로 두 사람을 바라보고 있었다.

그런 그들은 보이지도 않는 듯 강현은 하나의 머리에 입을 맞추고는 하나를 더욱 세게 품 안에 안으며 강후를 바라보았다.

그 행동에 정신을 차린 강후는 당장이라도 찢어 죽일 것 같은 얼굴로 강현을 노려보았지만 강현은 태연스럽기만 했다.

"잘 모르겠지만 정하나를 울린 건 너 같은데, 다음에 다시 이런 일이 생긴다면……."

"……!"

"더 이상 봐주지 않는다. 지금은 정하나가 있어서 그냥 넘어가는 줄 알아. 간다. 니들은 나중에 보자. 아, 정하나 가방."

다들 얼어붙은 상황에서 태연스럽게 자기 할 말만 내뱉은 강현은 그대로 하나를 데리고 그곳을 빠져나가려다 그제야 하나의 소지품이 떠오른 듯 걸음을 멈추고 고개를 돌리자, 정신을 차린 지유가 재빨리 하나의 핸드백을 들고 강현에게로 달려갔다.

"……여, 여기요."

"아, 고맙군."

처음 보는 사람에게조차 한결같이 독설을 내뱉으며 반말을 서슴지 않는 지유가 조신하게 존댓말을 하며 가방을 건네자 다들 당황해 지유를 바라보는데, 강현은 아무렇지 않은 얼굴로 지유가 건네는 핸드백을 받아 들었다.

강현이 핸드백을 받아 들자, 강현이 돌아서기 전에 지유가 절박한 얼굴로 강현을 향해 말했다.

"하나를, 잘 부탁해요."

한마디뿐이었지만 지유의 진심이 절절히 묻어났다. 그 말에 강현이 처음으로 제대로 지유의 얼굴을 바라보며 자신감 넘치는 미소로 대답했다.

"그래."

그 별 볼 일 없는 한마디에 왜 이렇게 안심이 되는지. 지유는 스스로도 모를 일이라도 생각하며 고개를 저었다. 말 하나 허투루 하는 이가 아니었기 때문이었을까.

어쩌면 그래서 하나가 이 사람을 좋아하는지도 모른다는 우스운 생각을 하며 지유는 하나를 데리고 사라지는 강현을 바라보았다. 그 정하나가 저리 힘없이 끌려가다니, 대단하긴 하다고 생각하며 말이다.

이윽고 강현이 사라지자, 그제야 정신을 차린 강후가 분한 듯 소리를 질러 댔다.

"뭐, 봐줘? 지 까짓 게 봐주긴 누굴 봐줘?!!"

웃기는 소리였다. 상대방이 할 얘기를 본인이 내뱉고 있으니 얼마나 우스운 상황인가. 저렇게까지 당했는데도 주제 파악을 못 하다니, 진짜 어지간하다며 다들 질린 표정으로 강후를 바라보았다. 그러나 그런 거에 신경 쓰면 최강후가 아니었다. 그대로 그런 그들은 없는 인간 취급하며 그곳을 빠져나가는 모습에 다들 코웃음을 쳐 댔다.

순식간에 완화된 분위기에 그제야 마스터가 숨을 몰아쉬며 한탄을 했다.

"아, 오늘 장사 망했어."

"이런 날도 저런 날도 있는 거지."

"넌 나 화병 나게 하려고 왔냐? 가라, 그냥."

그 뒤로는 언제나 그랬듯 평화롭고 화기애애한 분위기였다. 하지만 다들 알고 있었다.

아무것도 바뀌지 않았다는 걸.

◈

"……젠장!"

줄리안을 나온 강후는 그대로 자신의 차로 가 발로 자신의 차를 후려쳤다. 분함을 못 이겨 취한 행동이었다.

그 녀석은 언제나 그랬다. 서자 주제에 늘 자신을 무시하고, 경멸했다. 경멸할 사람이 누구였는데 녀석은 아예 자신을 없는 사람 취급했다.

그것이 화가 나 괴롭히려고 해도, 마음대로 괴롭힘을 당해 주는 녀석도 아니었다. 녀석은 늘 태연스럽게 고작 그 정도냐는 얼굴로 저 위에서 자신을 내려다보았다.

그것이 참을 수 없을 만큼 분했다. 네까짓 게 뭔데. 감히 네까짓 게 나를 무시하냐고. 하지만 그럼에도 녀석은 늘 한결같았다. 자신이 집안의 권력으로 아이들을 누르며 희희낙락하고 다닐 때에도 녀석은 집안의 권력 따윈 조금도 사용하지 않았다. 그런 게 있지도 않는다는 듯 굴었다. 하지만 그럼에도 녀석은 학교에서도 언제나 잘났고, 녀석의 주위에는 사람들이 바글거렸다.

12살 때부터 늘 그런 날의 연속이었다. 한 번도 이긴 적이 없었다. 성적도, 싸움도, 애정도, 그 무엇도 말이다. 아무리 시비를 걸어도 제대로 받아 주지조차 않았다. 늘 한심하단 얼굴로 나를 내려다볼 뿐. 그것이 내게 얼마나 굴욕적이었는지 과연 너는 알기나 할까.

하다못해 어머니에게 투정을 부려도 어머니는 아무 말도 하지 않았다. 평소였다면 무슨 짓을 해도 백번을 했을 어머니가 굳은 얼굴로 한마디만 건넬 뿐이었다.

'그 아이는 신경 쓰지 말거라.'

어머니더러 그건 무슨 소리냐고 녀석을 쫓아내 달라고 졸라도 어머니는 묵묵부답이었다.

아버지는 녀석이 집에 온 후로 대놓고 녀석의 방에 들어가 잠을 잤다. 녀석이 귀찮다고 짜증을 부리는데도 아버지는 여전했다. 녀석이 귀찮다고 밀어내고, 하다못해 발로 차고 욕을 해도 아버지는 언제나 웃으며 떨어지라는 녀석을 끌어안았다.

자신에게는 한 번도 그런 적이 없었으면서. 아버지는 자신의 앞에서 녀석을 끌어안았다. 애정을 가득 담은 얼굴로.

'아들!'

'아, 씨.'

늘 보니 이제는 익숙해질 지경이었다. 늘 근엄하고 사람 같지 않았던 아버지 역시 자식을 사랑하는 한 아이의 아버지였다는 것을. 자신에게는 한 번도 그런 적이 없어 깨닫지 못하고 있었을 뿐이다. 하지만 정작 녀석은 그것이 귀찮다고 짜증을 부리기 일쑤였다.

늘 그런 식이었다. 모든 것을 가지고 있었으면서, 당연하게 내 모든 것을 빼앗아 가면서 녀석은 늘 그런 것 따위는 있어도 그만, 없어도 그만이라는 듯 굴었다.

그것이 참을 수 없이 분했지만 인정할 것은 인정해야 했다. 자신이 인정하지 않는다고 결과가 바뀌는 것도 아니었으니까. 그래서 자신은 다르게 생각하기로 했다. 그래, 니가 필요 없다면 나는 그것을 확실하게 이용해 먹겠다고. 아버지의 아들이라는 빽을 철저하게 이용해 먹었다. 한국대 병원 이사장의 아들이라는 것만으로도 혜택은 걷잡을 수 없이 많아졌으니까.

그 힘을 사용하면 누구를 해고시키는 건 일도 아니었다. 또한 누구를 채용하는 것 역시 간단했다. 학교에서는 아버지의 아들이라는 것으로 다른 아이들을 짓밟고, 사회에서는 아버지의 권력으로 사람들을 주물렀다. 자신에게 주어진 혜택을 사용하는 건 쉬운 일이었다.

다행히 아버지는 큰일이 일어나지 않는 한, 자잘한 일에는 터치를 하지 않는 편이었고 덕분에 자신은 누리고 싶은 대로 마음껏 누리고 살 수 있었다.

남모를 우월감도 존재했다. 너는 이렇게 못하지만 나는 할 수 있다고. 너는 하지 않는 것을 나는 한다고. 녀석은 관심조차 없었지만 그만큼 자신의 영향력은 커져만 갔다. 녀석이 뒤늦게 나선다고 해서 자신의 영향력이 사라질 일은 없었다. 물론 줄어들 수는 있겠지만 거기까지였다.

그러니 녀석은 결국 아무것도 못 할 것이다. 알고 있었다. 하지만 화가 나는 것은 어쩔 수 없었다. 능력, 애정, 사람들의 관심과 존경, 심지어 자신의 사랑까지 녀석이 가져가 버렸으니까. 물론 결국 자신의 사랑은 자신의 것이 되겠지만 화가 나는 것을 막을 방도는 없었다.

"그래. 어디 한번 그렇게 평소처럼 잘난 듯 내려 보고 있으라고."

결국 웃는 것은 내가 될 테니까.

지금은 그녀의 마음이 니 것이 되어 있지만, 결국 그녀는 내게 올 것이라고. 그리고 그렇게 된다면 결국 그녀의 마음 역시 내 것이 될 거라고.

그렇게 자신했다. 어떻게든 결국 자신의 마음대로 되던 세상이었으니까.

강후는 그렇게 앞으로의 일을 생각하며 기분 좋게 웃음을 터뜨렸다. 자신감과 오만이 가득 밴, 그런 웃음소리였다. 듣는 이가 기분이 나빠질 정도로.

"엄마, 난데."

[무슨 일이냐.]

그리고는 몇 년 동안 자신이 계획해 왔던 것을 실행에 옮기기 위해 어머니에게 전화를 걸었다.

"엄마가 해 줘야 할 게 있어."

최강현도, 정하나도 어쩔 수 없는 최고의, 자신의 마지막 계획을 말이다.

◈

집에 도착하자 강현은 그대로 하나의 손을 붙잡고 침실로 들어갔다. 자신을 끌고 들어가는데도 하나의 얼굴에는 그 어떤 것도 나타나 있지 않았다. 완전히 표정 자체가 없었다. 그저 힘없이 강현이 이끄는 대로 걸음을 옮길 뿐.

침실 문을 열고 강현이 하나를 침대 위로 던졌다. 그 순간, 순식간에 균형을 잃어 침대 위로 쓰러진 하나는 그제야 조금 당황한 얼굴로 강현을 올려다보았다. 그 모습을 보며 강현이 특유의 매력적인 미소를 지으며 손으로 하나의 얼굴을 쓸었다.

"이제 좀 진정됐어?"

"……아."

그 말에 거짓말처럼 하나의 눈에 다시 눈물이 차올랐다. 마치 어린아이가 울음을 참는 듯한 그 얼굴에 강현이 답지 않게 난감한 얼굴을 해 보이며 얼굴을 긁적이자, 하나가 그런 강현을 향해 손을 뻗었다. 정말 간절하게.

천천히, 떨리는 손이 자신을 향해 다가오는 것을 강현은 거부할 수가 없었다. 금방이라도 울 것 같은, 어린아이 같은 그녀의 얼굴을 보면서 어찌 그럴 수 있었겠는가. 굳이 그것이 아니라도 자신에겐 그녀의 손을 거절할 이유가 없었다.

하나가 천천히 강현의 얼굴을 만지며 눈을 감았다. 눈을 감음과 동시에 눈에 고여 있던 눈물이 떨어져 내렸다.

그 순간 강현은 직감할 수 있었다. 하나가 어떤 말을 꺼낼지. 말할 수가 없는 것이다. 지금 이 상황에서 도망치고 싶어 하는 것이 이제는 눈에 훤히 보였다. 그 원인 중 하나가 자신이기도 했으니 못 알아챌 리가 없었다.

정말 어쩔 수 없는 여자라 생각하며 강현은 피식- 웃음을 흘렸다. 그 웃음소리에 하나가 천천히 눈을 떠 강현을 올려다보자, 강현은 그런 하나를 향해 웃어 보이며 자신의 얼굴에 있는 하나의 손을 잡았다. 그리고 하나가 망설이고 있다는 것을 알고 있다는 듯 말했다.

"괜찮아. 말해도."

"……."

"사랑한다고 했잖아. 니가 원한다면 몇 번이라도 말해 줄게."

"……!"

"사랑해, 정하나."

그 말에 하나가 더없이 환하게 웃어 보였다. 아침햇살보다 더 화사하게, 세상에서 가장 행복하다는 듯. 눈에서는 눈물이 흐르고 있었지만 그래서 더욱 예뻤다. 너무나 행복해하는 것이 눈에 훤히 보였다.

더없이 환하게 웃으며 하나는 두 팔을 뻗어 강현의 목을 끌어안은 다음, 망설임 없이 강현에게 키스를 했다. 하나다운, 서툴고 다정한 키스였다. 그리고 그 키스가 끝난 후, 하나의 입에서 강현이 바라던 말이 흘러나왔다.

"……안아 줘요."

그 말에 강현은 더없이 매력적이게 웃어 보이며 대답했다.

"말하지 않아도 그럴 생각이야."

그 대답에 웃을 수 있는 상황이 아니었음에도 웃어 보이는 하나를 향해 강현은 상의를 벗으며 망설임 없이 키스를 했다. 강현다운 정열적이고, 난폭한 그러면서도 더없이 상냥한 키스였다. 그 키스를 받으며 하나는 눈을 감았다.

이 순간만은 모든 것을 잊고, 그와 사랑을 하고 싶었다.

"……하아. 아!"

웃기지도 않는 소리였지만 그가 내 안에 들어온 순간에 내가 가장 살아 있는 것을 느꼈다. 그 순간이 내가 살아가고 있다는 것을 분명하게 알려 주고 있었다. 진짜 말도 안 되는 개소리였다. 하지만 어쩌면 그 순간, 내가 사랑받고 있다는 것을 가장 직접적으로 느낄 수 있어서인지도 몰랐다.

나를 감싸는 팔이, 나를 애무하는 손길이, 능숙하면서 난폭하게 내 안으로 들어오는 그의 것이 분명하게 나를 원한다고 말해 오고 있었으니까. 섹스 때는 모든 것을 숨기지 않았다. 숨기는 것이 더 이상했다. 애초에 모든 것을 다 보여 주고 짐승처럼 정열적이게 서로를 탐하는 것이 섹스였으니까.

그래서 더욱 섹스에 집착했는지도 몰랐다. 그 순간에 나는 아무것도 숨기지 않아도 되었으니까. 그저 있는 그대로의 나로 그와 마주 볼 수 있었으니까. 말 따위는 필요치 않았다. 오히려 그래서 더 좋았는지도 몰랐다. 나는 입을 열면 거짓말을 하고 왜곡을 할 수 밖에 없는 여자였기에 몸으로 말하는 편이 훨씬 솔직해질 수 있었으니까.

나는 그런 바보 같은 여자였다.

"아. 앗! 읏. 아!"

모든 것을 솔직하게 털어놓고 그와 대면하기에는 나는 강하지 못했고, 그럼에도 불구하고 그가 나를 사랑해 줄 거라고 착각하기에는 지나치게 현실적이고 비관적이었다. 그래서, 모든 게 거짓투성이인 나는 섹스로밖에 표현할 수가 없었다. 내 안으로 들어오는 순간, 그가 모든 것을 이해하기 바라는 마음으로. 이런 나를, 이런 나라도 좋다고 말해 주길 소원하는 마음으로.

자신의 섹스는 기도와도 같았다. 간절히 바라는 소망 같은 것이었다.

"……하아."

"……정하나."

당신의 눈이, 당신의 목소리가 여전히 나를 설레게 하니까. 더이상 빠지지 않겠다고 수없이 결심해도 당신의 말 한마디에 모든게 무너져 버리니까. 나는 당신을 보면 결국 몇 번이고 사랑에 빠져 버리니까. 스스로가 봐도 그렇게 스스로가 우습고 바보 같을수가 없었다. 안 된다는 것을 알면서, 계속 꿈꾸고 바라는 꼴이얼마나 우스운가.

그래도…….

"……사랑해."

그래도 상관없지 않을까. 그렇다 해도 괜찮지 않을까.

당신의 얼굴을 보면 자꾸 그런 착각을 하게 된다. 그런 착각을하고 싶어진다. 그래서 나는 늘 눈을 감는다. 그런 착각을 해서는안 되니까. 자신이 진짜로 그런 착각을 하는 순간 힘들어지는 것은 바로 나와 당신이었으니까. 결국, 우리는 안 되는 거였으니까.아무리 바라고 애원해도 우리는 이루어질 수 없는 사람들이었으니까.

당신이 최강현이고 내가 정하나였기에 그런 것도 있었지만, 무엇보다 우리는 시작부터가 잘못되었다. 우리가 이렇게 시작하지 않았다면 우리에겐 좀 더 다른 길이 있었을까. 그런 생각을 해 본 적도 있었다. 만약 다른 길이 있다면 그 길이 아무리 험난하고 힘들어도 이어질 수만 있다면 얼마든지 걸을 용의가 있었다.

하지만 그렇다고 해서 바뀔 관계였다면 우리는 좀 더 일찍 이 길에서도 다른 길을 찾았을 것이다. 우리는 그런 사람들이었으니까. 지나치게 현명하고 머리가 좋은 만큼, 바라면 바라는 만큼 필사적으로 찾아냈을 테니까.

"아. 앗! 아! 응. 웃. 아아!!"

하지만 그런 우리가 찾아내지 못했다면 결국 우리는 어쩔 수 없는 것이었다. 인정할 수밖에 없었다. 정말 욕이 나오는 빌어먹을 현실이라도, 받아들일 수밖에 없었다. 욕이 나와도 어쩌겠는가. 그것이 현실이었는데. 바뀌지도, 바꿀 수도 없는 현실이었는데. 그래서 나는……

"……하아."

"아. 앗! 아아!! 아!!"

흐르는 눈물을 모두 섹스에 의한 쾌락의 눈물로 속여 당신의 품에서 마음 놓고 울었다. 적어도 섹스를 하는 그 순간은, 나는 한 점의 거짓도 없는, 그저 당신을 사랑하는 정하나였다.

"……아아."

"하."

당신이 그것을 알지는 모르겠지만.

"……읏."

"움직일 수 있겠어?"

"어떻게든요."

새벽까지 이어진 섹스가 안고 온 것은 당연히 엄청난 근육통과 바닥난 체력이었다. 다리가 부들거려 제대로 걸을 수 없었다. 하지만 씻기는 해야 했고, 그의 도움을 받기는 싫어 억지로 발걸음을 떼어 간신히 욕실 안으로 들어갔다.

"아, 좀 살겠다."

그가 그래도 신경은 쓰였는지 미리 욕조에 물을 받아 줘서 그나마 좀 살 것 같았다. 근육이 풀리는 것을 느끼며 기분 좋게 눈을 감고 있는데, 욕실 문이 열리는 소리가 귓가에 들렸다. 그 소리에 놀라 눈을 뜨자 어느새 자신의 앞까지 다가온 그가 자신을 향해 손을 뻗고 있었다.

"그래도 좀 괜찮아진 것 같군."

"……그렇게 걱정하는 사람이 나를 이렇게 만들어 놔요?"

일부러 장난스럽게 툴툴거리며 대꾸를 하자, 그가 기분 좋게 웃음을 흘리며 얼굴에 붙은 자신의 머리카락을 정돈해 주며 대답했다.

"아까 니 모습을 보니 조금 후회가 되기는 하더군."

"조금만?"

왠지 뭔가 더 있을 거 같은 그의 대답에 꺼림칙한 부분만 콕 집어 되묻자, 그가 의미심장하게 웃어 보였다. 뭔가 불안한 느낌에 조금 불안한 얼굴로 그를 올려다보는데, 그가 그런 자신을 보며 너무나 태연스럽게 말했다. 내용은 전혀 그럴 만한 것이 아니었음에도.

"나는 니가 움직이지도 못하고 가만히 내 침대에 누워 있는 것도 좋거든."

"……악취미."

"부정하진 않겠어."

그의 대답에 붉어지는 얼굴을 숨기려 노력하며 애써 퉁명스럽게 대답했건만, 그는 그런 나를 다 알고 있다는 듯 웃으며 장난스럽게 대답했다. 그 미소마저 너무나 매력적이라 붉어지는 얼굴을 감추려 물속에 반쯤 얼굴을 담고 그에게서 고개를 돌렸다. 그러자 그가 이미 그런 나를 눈치챈 듯 웃으며 내 얼굴을 들어 키스를 해 왔다.

가볍고, 다정한, 그러나 서서히 의미가 드러나는 키스에 평소였다면 기분 좋게 받아들일 수 있었던 키스를 마냥 기분 좋게 받아들일 수만 없었다. 입술이 떨어지자, 조용히 나를 내려다보는 그의 시선을 살짝 피하며 천천히 입을 열었다.

"……나, 더는 못 해요. 수업도 있다구요."

"아쉽군. 수업만 아니었다면 여기서 한 번 더 안았을 텐데."

"날 죽일 셈이에요?"

"그럴 리가."

말은 잘한다며 툴툴거렸지만 그는 마냥 웃기만 했다. 그럴 리가 없을 텐데도 언제나와 같이 평화롭고 따스한 일상이었다. 분명 어제부로 확연히 달라졌어야 했음에도 그는 변함이 없었다.

그 뒤로 몇 번 더 키스를 하고, 옷을 입고, 언제나 그랬듯 자연스럽게 아침을 먹었다. 아무 대화도 없고, 늘 그랬듯 자연스러운 모습이었다. 어색할 법할 텐데도 그는 정말 평소와 같았다.

그렇게 시간이 되어 현관으로 나가 신발을 신자 나를 배웅하는 것 역시 평소와 똑같았다.

"그럼 가 볼게요."

"그래."

집을 나서기 전 가볍게 키스를 해 오는 것 역시 너무나 평소와 같았다. 그리고 자신이 집을 나갈 때까지 그는 아무것도 묻지 않았다.

정말 아무것도.

◑

하나가 집을 나가자 그제야 본 모습을 드러내듯 아까와는 다르게 무척이나 차가운 얼굴로 돌아선 강현은 그대로 휴대폰을 들어 누군가에게 전화를 걸었다.

"어, 나야."

[늦었네. 가자마자 전화할 줄 알았더니.]

"별로 그럴 이유가 없어서."

강현의 태연스러운 대답에서 서늘한 기운을 느낀 윤서가 가볍게 몸을 떨었다. 진짜 화가 나면 되레 차분해지는 강현을 알고 있었기 때문이다.

하지만 전화로도 느껴질 정도라니. 이렇게까지 화가 난 강현은 지금까지 본 적이 없었다. 때문에 사뭇 긴장된 어조로 강현에게 물었다.

[어제는⋯⋯.]

"됐어. 대강 눈치챘으니까."

[역시.]

당연스레 나오는 강현의 대답에 그럼 그렇지, 라는 얼굴로 윤서가 더는 말하지 않고 쉽게 수긍을 하자, 강현은 그래도 확신이 필요한 듯 윤서에게 확인 사살을 했다.

"그래서, 내가 알고 있는 게 정확한 거야?"

[니가 알고 있는 게 정하나가 최강후가 목매는 여자고, 덕분에 정하나는 인생 제대로 조졌고, 그 덕에 니 둘은 아주 엿 됐다는 거면 정확해.]

"상황 한번 거지 같군."

[부정하진 않겠어. 그래서, 이젠 어쩔 거야?]

윤서로서는 당연한 질문이었지만 강현으로서는 실소가 나올 수밖에 없는 질문이었다. 그 상황을 본 순간, 강현은 왜 자신이 고백한 순간 하나가 그런 얼굴일 수밖에 없었는지 처절하게 깨달을 수밖에 없었다. 왜 그렇게 늘 절박하고, 언젠가 떠나갈 사람처럼 굴었는지 깨닫는 순간, 욕지거리가 튀어나올 뻔한 걸 간신히 참았다. 일단은 울고 있는 정하나가 먼저였으니까.

정하나를 데리고 나오는데 정하나의 친구로 보이는 여자의 얼굴을 보는 순간, 순식간에 모든 상황 파악을 할 수 있었다. 그 새끼가 할 짓은 뻔했으니 못 알아채는 것이 이상했다. 머리는 왜 달고 다니나 싶을 정도로 머리가 텅텅 빈 주제에 정말 쓸데없는 것만 가득 찬 녀석이었다.

그 여자도 인질로 잡고 있었을 테지. 친구가 무엇보다 소중한 정하나였기에 약점을 찾기는 아주 쉬웠을 테고, 그 약점을 쥐고 흔드는 것 역시 그리 어렵지 않았을 것이다. 진짜 쓸데없는 쪽으로는 더없이 행동력이 좋은 녀석이었다. 덕분에 정하나는 친구라는 것이 더 소중해졌고 말이다.

그래서 김태희라는 여자를 얘기할 때, 왜 그런 얼굴이었는지 쉽게 이해할 수 있었다. 있는 녀석들도 다 떼어 놓는 마당에 없던 애들이 생길 수가 있나. 그런 하나에게 새로 생긴 친구는 더없이 소중한 존재였을 것이다.

정하나라는 여자는 한결같이 어렵고 힘든 존재였다. 자신의 이야기가 아니라, 늘 힘들고 어려워 보였다. 뭐가 그렇게 힘이 든 듯 항상 지쳐 보였고, 슬퍼 보였다. 웃고 있어도 어딘가 아련했다. 평소였다면 신경조차 쓰지 않았을 것들이 이 여자였기에 전부 눈에 보였다. 왜 그런지 몰랐을 때는 대체 왜 그런지 머리만 갸웃거리고 있었는데 그 이유가 눈앞에 있는데 어찌 화가 나지 않을 수 있겠는가.

이렇게 화가 나 본 적도 참 오랜만인 것 같았다. 아니, 한 번도 없었던 것 같았다. 이렇게 피곤하고 본 적 없었던 자신의 모습을 끄집어내 주는데도 우습게도 자신의 생각은 한결같았다. 아마 그녀도 그러지 않았을까, 지금의 자신처럼. 우습고 어리석다는 것을 알아도 그 길을 걷고 싶어지는 것이.

"어쩌긴 뭘 어째, 나한테 선택지가 하나밖에 더 있냐."

[……정리하게?]

그 말에 윤서는 당연히 하나를 정리하겠다는 대답이 나올 줄 알았다. 최강현은 그런 녀석이었고, 귀찮을 것을 세상에서 가장 질색하는 녀석이었으니까. 정하나를 사랑한다고 해도 아직은 그리 깊은 감정이 아닐 것이라 생각했다. 깊게 감정이 쌓이기에는 시간이 너무 짧았으니까.

언제 사라질지 모르는 적당한 감정 때문에 귀찮음을 무릅쓰고 힘든 길을 선택할 최강현이 아니었다. 어차피 이루어지기 힘든 사이였다. 그런데 굳이 그런 길을 최강현이 갈 리 없다 여겼다.

하지만 강현이 내놓은 답은 그런 윤서의 생각을 송두리째 흔들기 충분한 답이었다.

"그래, 정리해야지. 너무 질질 끌었어. 진작 치워 버렸어야 하는데."

[……응?]

자신이 예상했던 대답이긴 했는데 뭔가 의미가 다른 느낌에 혹시나 해서 되묻자, 강현이 시니컬하게 말했다.

"준비해. 앞으로 바빠질 테니까. 그래도 꼴에 저 잘났다고 나대는 쓰레기 수거하려면 힘들 테니까."

정하나가 아닌, 최강후를 치우겠다는 말에 윤서는 그 순간 절절히 통감할 수 있었다.

정말 사랑이라는 것은 알다가도 모르겠다는 것을.

◘

"선생님!"

"오랜만이죠, 은지 씨."

"엄청 오랜만이에요."

전보다 훨씬 활기차고 밝아 보이는 은지의 모습에 하나가 애써 미소를 지으며 은지를 향해 다가갔다.

"밥도 잘 먹고, 치료도 잘 받고 있네요?"

"네. 얼른 좋아져야죠."

"좋은 마음가짐이에요. 얼른 나아서 퇴원해야죠."

"그래야죠. 근데, 선생님."

"네?"

"……무슨 일 있으셨어요?"

정곡을 찌르는 은지의 질문에 한순간 하나의 표정이 변했다. 하지만 금세 다시 웃는 얼굴로 돌아와 은지에게 되물었다.

"왜, 무슨 일 있어 보여요?"

"아니, 분명히 웃는 얼굴인데 어딘가 슬퍼 보여서요."

"……!"

그 대답에 하나는 무척이나 놀랐지만 겉으로 애써 내색하지 않으며 웃어 보였다. 올라가지 않는 입꼬리를 억지로 올리느라 죽을 지경이었지만 그래도 다른 사람도 아니고, 자신의 환자를 걱정시키고 싶지 않았다.

"그래 보여요? 이거 조심해야겠네."

"무슨 일 있으시죠? 왜 그러시는데요?"

진심으로 자신을 걱정해 오는 은지를 보며 하나는 웃었다. 더없이 차분했으나, 그래서 더 슬퍼 보이는 그런 미소를. 그리고 조심히 입을 열었다. 마치 조심스럽게 자신의 속내를 밝히듯.

"……은지 씨, 나는요. 거짓말쟁이인 사람이에요."

"네?"

순진하디순진한 자신의 환자는 자신을 착하다고 믿고 있지만 자신은 전혀 그런 사람이 아니었다. 이 사람의 믿음에 계속 보답하기가 어려웠다.

"소중한 이들에게 폐를 끼치고 싶지 않아서 늘 웃는 가면을 쓰고, 사랑하는 이 앞에서도 미움받고 싶지 않아 숨기고 거짓말을 하는, 그런 사람이에요. 세상에는 나 같은 사람도 있어요, 은지 씨. 은지 씨는 그런 세상에서도 살아갈 자신이 있나요? 나 같은 사람이 널리고 널렸는데?"

그 말에 은지는 웃었다. 너무나 따스한 미소였다. 그럴 리가 없는데, 그럴 수가 없는데도 말이다. 그 미소에 하나는 처음으로 당황스런 마음을 그대로 내비치며 은지를 바라보았다. 그 모습을 보며 은지는 더없이 다정한 목소리로 하나에게 말했다.

"선생님은 좋은 사람이에요."

"네?"

"스스로는 그렇지 않다 생각할지 모르겠지만 선생님은 착한 사람이에요. 그리고 미움받고 싶지 않은 마음은 사람으로서 당연한 마음이라 생각해요."

"⋯⋯은지 씨."

차분한 은지의 대답에 하나가 제대로 말을 잇지 못하고 있는데, 그런 하나를 보며 은지가 말을 이었다.

"물론 선생님보다 나쁜 사람이 세상에는 널렸죠. 하지만 그럼에도 상처받고, 이겨 내고, 또 살아가는 게 사람이라고 생각해요. 그만큼 또 행복하고, 사랑받고, 사랑하고. 사람은 그렇게 살아가는 생물이 아닌가요?"

"⋯⋯."

"그러니까 선생님."

"⋯⋯."

하나는 아무런 말도 할 수 없었다. 한 마디라도 하려고 입을 여는 순간 자신의 환자 앞에서 울음이 터져 나올 것 같아서. 다른 사람도 아니고 자신의 환자 앞에서 눈물을 보일 것만 같아서.

"그렇게 스스로를 비난하지 말아요. 선생님은 좋은 사람이에요. 그러니까 모두들 선생님을 좋아하는 거구요."

은지의 말이 끝나고도 하나는 한참 동안 아무 말도 할 수가 없었다. 그런 하나의 모습에도 은지는 말없이 하나를 기다려 주었다. 그 모습에 하나는 결국 그만 가 보겠다는 말을 남기고 은지에게서 도망쳐 나올 수밖에 없었다.

더 있다가는 애써 눌러놓았던 감정이 터져 나올 것만 같았다.

◑

"은지 씨는 슬슬 퇴원을 고려해 봐야 할 듯싶어요."

"왜, 슬슬 힘에 부치냐?"

"아니요. 계속해서 상태가 좋아지고, 이제는 거의 완치 상태에 다다랐습니다. 한동안 약은 복용해야겠지만 퇴원해도 문제가 없는 상태입니다."

"……음."

정 교수가 고민하는 듯 눈을 감으며 앓는 소리를 내다 이내 시원스럽게 대답을 해 주었다.

"고려해 보마. 그럼 이제 너는 다시 의대생으로 돌아가는구나. 솔직히 니가 있어서 참 편했는데 말이야."

"고작 환자 하나 맡긴 건데 뭘 그러세요. 그 환자 빠지면 전 있으나 없으나 같잖아요."

"모르는 소리 마라. 니가 그 환자만 봤냐? 그리고 니가 맡은 환자는 이곳에서 가장 골머리를 앓던 환자다."

정 교수의 말에 하나는 자신이 맡고 있는 환자가 그 정도로 심각한 환자라고 생각지 않았기에 이해할 수 없다는 얼굴로 중얼거렸다.

"……음. 은지 씨 괜찮은데."

"너한테만이지. 너 오기 전에는 하도 심각해서 다른 의사들이

꺼릴 정도였다."

"그랬나요. 제겐 늘 잘해 줘서. 잘⋯⋯."

그렇게 말하며 하나가 고개를 갸웃거리자, 정 교수가 인자하게 웃으며 하나를 바라보았다. 마치 아버지가 자식을 보는 듯한 그런 눈빛이었다. 그 눈빛에 하나가 고개를 갸웃거리다 정 교수를 바라보자 정 교수가 물었다.

"헌데, 무슨 일 있는 게냐? 어째 얼굴이 그리 죽을상이야?"

"무슨 소리세요. 제가 뭘 어쨌다고."

뜨끔했지만 눈치가 귀신같은 정 교수인 만큼 아예 티조차 내지 않고 능청스럽게 대꾸를 하자 정 교수가 혀를 끌끌 차며 타박을 했다.

"이 녀석이 나를 물로 보는구나. 내가 정신과 의사질만 30년을 넘게 했어. 그런 내가 지금 니 상태 하나 못 알아볼 것 같으냐? 조금만 있으면 딱 내 환자가 될 것 같구만. 무슨 일인데?"

대한민국 최고 권위의 정신과 의사답게 단번에 상태를 집어내는 정 교수의 신랄한 말에 드디어 간신히 쓰고 있었던 하나의 가면이 산산 조각났다. 가면이 부서져 내린 뒷면의 얼굴은 수많은 얼굴을 봐 온 정 교수조차 순간 가슴 한 켠이 아릴 정도로 애처롭고 금방이라도 무너질 것 같은 얼굴이었다.

"⋯⋯교수님, 저는요."

"그래."

"저는 단 한 번도⋯⋯ 제가 이렇게 될 줄은 상상조차 못 했어요. 제가 이렇게 어처구니없는 실수를 하게 될 줄은 몰랐어요. 제가, 제가 다 망쳐 버린 것만 같아요. 그냥, 그냥 좋아했던 것뿐이었는데. 정말 그것뿐이었는데……."

"아가……."

오랜만에 정 교수가 하나를 그리 불렀다. 처음 하나를 보았을 때, 다정하게 대해 줬던 그때 그 모습으로. 하나가 제자가 되자, 자제했던 호칭이었던 만큼 하나에게는 더욱 큰 파괴력을 가지고 있었다.

애가 타는 듯 정 교수가 그리 부르자 하나의 눈에서 눈물이 쏟아져 내렸다. 수없이 쏟아져 내리는 눈물을 닦을 생각조차 하지 못한 채 하나가 계속해서 말을 이어 나갔다.

"얻을 건 이미 충분히 얻었다고 생각했는데, 이미 넘칠 만큼 받았는데 자꾸 욕심이 생겨요. 그러면 안 되는데, 그래 봤자 달라질 건 없다는 것을 알고 있는데 자꾸 욕심이 나요. 우리는 이미 우리가 얻을 수 있는 것들을 전부 얻었는데 자꾸 더 바라게 돼요. 세상에 모든 엔딩이 해피 엔딩일 수는 없지만 왜 나는 그러면 안 되는 건데요? 대체 왜 내겐 그것이 허락되지 않는 걸까요. 미칠 것만 같아요. 제발 누가……."

"……하나야."

"제발 누가 제게 내가 사랑하는 사람을 거절하는 법을 알려 줬으면 싶어요. 대체 어떻게 해야 그 사람을 거절할 수 있죠? 그래야 하는데, 그래야 하는 걸 아는데 그 사람의 앞에만 서면 입이 떨어지지가 않아요. 차마 눈앞에 있는 그 사람을 거절할 수가 없어요."

"……."

"저는 어떻게 해야 하죠? 네? 제발 누가 알려줬으면 좋겠어요."

솔직하게 털어놓은 하나의 진심이 너무나 무겁고, 간절해 정교수는 아무 말도 할 수가 없었다. 정신과 의사인 만큼 수많은 환자들에게 수십 번, 수백 번 들려줬던 말들은 지금 눈앞에 있는 이 아이에게 하기에는 너무나 가볍고 초라해 들려줄 수가 없었다.

그저 울고 있는 이 아이를 끌어안아 줄 수밖에, 자신이 할 수 있는 것은 아무것도 없었다.

◘

"다녀왔어요."

"집에 안 갔어?"

반갑게 나를 맞아 줬지만, 걱정스러운 것은 어쩔 수가 없는 듯 그가 그리 묻자, 어떻게 대답할까 하다 결국 웃으며 솔직하게 대답하기로 했다.

"당신이 더 보고 싶어서요."

그 말에 부드럽게 미소 짓는 당신의 얼굴이 너무 좋았으니까. 당신의 미소가 좋은 만큼 이따금 서글퍼졌다. 당신의 미소를 보지 못하게 되는 날이 온다는 것이. 이제 곧 있으면 당신이 곁에 없어질 날이 온다는 것이. 고작 3개월쯤 되는 짧은 시간이었지만 내게는 그 어떤 시간보다 값진 시간이었다.

엄마에게는 미안한 얘기였지만 지금까지 살아온 세월보다 그 짧은 시간이 가장 행복했다. 몇 년, 몇 십 년의 시간과 바꾸자고 해도 얼마든지 바꿀 용의가 있을 만큼.

이제 당신이 없는 나날은 상상조차 할 수 없었으니까. 당신이 없다면 어떻게 살아가야 할지 짐작조차 되지 않았으니까. 당신이 있는 나날보다, 당신이 없는 나날이 수백 배는 많았음에도 어떻게 남은 나날들을 지내야 할지 알 수가 없었다.

하지만 웃어 보였다. 슬픈 만큼 더욱 환하게. 그가 의심조차 하지 않을 만큼 밝게. 눈치가 귀신같은 남자이니만큼 이런 나를 모를 리는 없었지만 최소한 모른 척은 할 수 있게. 해 줄 수 있는 것이라고는 고작 이런 것뿐이었으니까. 자신이 벌여 놓은 일에 대가치고는 참 저렴했지만 그래도 내가 할 수 있는 것은 고작 이런 것뿐이었다.

무엇보다 얼마 남지 않은 시간을 울며 보내고 싶지는 않았다. 내 마지막이 울기나 하는 추잡한 모습이긴 싫었다.

"케이크 사 왔어요. 이 집이 맛있다길래 줄 서서 사온 거예요."

"그래, 기대되는군."

그런 나를 알아챈 듯 그가 맞장구를 쳐 줬다. 그 역시 그렇게 웃을 상태는 되지 못했을 텐데도.

케이크는 맛있었다. 정말 맛있었다. 유명한 만큼 값어치를 했다. 하지만 그런 만큼 선뜻 목으로 잘 넘어가지 않았다. 잘 넘어가는 것이 이상했다. 하지만 둘 다 티를 내지 않고, 웃으며 케이크를 먹다 그대로 입을 맞추며 몸을 겹쳤다. 남은 케이크가 굳어

간다는 것을 알고 있었지만 우리 두 사람 다 그런 것은 신경도 쓰지 않았다.

굳어 버린 케이크가 앞으로 남은 우리 두 사람의 미래를 보여 주는 것만 같았다. 그대로 굳어 버려 그대로 결국 부서져 버릴 수밖에 없는.

◆

"그 최강현이 드디어 마음을 먹은 건 좋은데, 피곤해. 피곤하다고!"

"너만 피곤하냐. 입 좀 다물어. 괜히 더 실감 나잖아."

"아, 씨."

윤서가 여전히 컴퓨터를 들여다보며 말하자, 서진이 차마 일하는 윤서를 더 이상 방해할 수는 없다는 듯 낮게 욕을 읊조리며 다시 서류를 집어 들었다.

지금 두 사람이 하는 일은 한국대 병원 주주들과 과장들의 인사 정보와 기본 사항들을 확인하는 일이었다. 워낙 방대한 양이었지만 한 번씩 확인하지 않을 수 없었기에 두 사람 다 눈이 빠지도록 그것들을 확인하는 중이었다.

강현이 사전 포섭에 들어가기 전까지는 자신들이 어떻게든 다이 정보들을 확인해야 했기에 그들은 쉴 틈 없이 일을 하고 있었다. 그래도 일할 맛은 났다. 어찌 됐든 최강현이 드디어 할 마음이 생겼다는 것이었으니까. 두 사람은 강현 쪽의 사람이었으니 그런 강현의 결심이 반가울 수밖에 없었다.

"갑자기 결심이 선 건 역시 그 때문이겠지?"

"그럼 뭐가 더 있겠냐. 본인한테 확인 사살도 했으니 확실하지."

"아, 진짜 아버지만 더 신나게 일할 텐데."

"어쩔 수 없지. 원래 그런 인간이니까."

강현이 그렇게 마음을 먹은 순간부터 정해진 일이었다. 어찌됐든 한국대 파벌에 속해 있다 보니 속물적으로 아버지들은 강현을 이용해 자신에게 떨어질 콩고물을 기대할 수밖에 없는 것이었다. 이해하지 못하는 것은 아니었지만, 그렇다고 해서 썩 받아들이기 좋은 것도 아니었다. 어쨌든 자신들의 아버지가 더럽다는 소리였으니까.

"근데 하윤서."

"왜. 아, 진짜 바쁜데 말 좀 시키지 마. 입 놀리지 말고 손을 놀리라고."

"넌 이게 될 거 같냐?"

그전까지 인상을 찌푸리며 있는 대로 타박을 하던 윤서가 키보드에서 놀리던 손까지 멈추고 서진을 돌아보았다. 하지만 이번에는 서진이 윤서를 보지 않았다. 소파에 누운 채로 서류를 보고 있었지만 신경은 자신을 향해 있다는 것을 확인한 윤서는 나지막이 한숨을 쉬며 다시 고개를 돌려 컴퓨터를 바라보았다.

"일단 헤어질 건 확실하지."

"뭐?!"

"뭘 그렇게 놀라. 당연한 건데. 어찌 됐든 그 두 사람은 헤어질 사이야. 그건 어떻게 해도 바뀌지 않아. 시작부터가 잘못이었으니까. 첫 단추를 잘못 꿰었는데 그게 마지막에 잘 맞춰질 거 같아?"

"그럼 이 짓은 왜 하는 건데?"

이해할 수가 없다고 서진이 말하자 윤서는 그걸 내가 어떻게 아냐는 얼굴로 서진을 돌아보다 다시 시선을 컴퓨터로 돌렸다.

"한 가지 확실한 건 언젠가는 해야 할 일이고, 결과는 바뀌지 않는다는 거야."

"진짜 개소리네."

서진의 비난에 윤서는 시니컬하게 웃음을 흘리며 시원스럽게 대답했다.

"그게 바로 현실이지."

누구에게나 뼈아프게 다가올 수밖에 없는 대답이었다.

◈

"……아."

눈을 뜨자 어김없이 보이는 그의 얼굴. 언제, 어느 때라도 눈이 부실 정도로 아름다운 그의 얼굴에 절로 미소가 번졌다. 진정한 섹스의 후의는 바로 이것이었다. 잠이 든 당신의 얼굴을 보며 홀로 행복에 젖는 이 순간이.

이제는 사라질, 이제는 더 이상 없을 순간이기에 더욱 이 순간이 소중했다. 하지만 마음은 되레 차분했다. 많은 것을 받았다.

정말 넘칠 정도로 많은 것을 받았다. 자신이 소원했던 것보다 훨씬 많은 것을 선물 받았다. 우리는 우리의 관계에서 더 이상 없을 최고의 결과를 낳았고, 더 이상 받을 것이 없을 만큼 많은 것을 받았다.

어차피 이루어질 수 없는 사이였지만 우리는 분명히 그런 비관적인 결과와 다르게 소중했던 시간이 많았고, 행복했던 나날의 연속이었다. 어쩌면 신이 그런 우리에게 베풀어 준 유일한 배려였는지도 몰랐다. 우리가 만약 이루어질 사이였더라도 그 관계가 영원하다는 보장은 없었다. 지금처럼 좋았던 기억과 추억이 많을 것이라는 보장도 없었다.

그렇게 따진다면 우리의 선택은 그리 나쁘지 않을 것이다. 그렇게 믿고 싶었다. 적어도 우리의 선택은 나쁘지 않았다고, 우리의 선택은 그래도 후회되지 않는다고.

"……당신도 그랬으면 좋겠다."

첫 만남은 섹스. 단지 그뿐인 관계에서의 시작이었다. 단 한 번이라도 그의 품에 안겨 보고 싶어 충동적으로 한 행동이었다. 여자에게 소중한 첫 경험이었음에도 망설임이 없었다. 그저 단 하룻밤이라도 충분했다. 그 마음이, 그때의 그 변덕이 지금에 이르게 되었다. 생각해 보면 어이없을 만큼 많은 기적이 일어났다.

단지 거기에서 끝났을 관계였다. 거기서 여기까지 이르게 될 줄 누가 상상이라도 했겠는가. 아마 누구도 예상치 못했을 것이다.

지금의 이 관계는 기적과도 같은 것이었다. 그것만으로도 충분했다. 애초에 우리는 우리가 얻을 수 있는 것보다 많은 것을 얻어 냈다. 그러면 되었지 않았을까. 충분히 성공했다 볼 수 있지 않았을까.

욕심은 끝도 없었지만, 끝도 없이 욕심을 부린다면 남는 것은 결국 파멸이었다. 당신과 나는 그것을 잘 알고 있었다. 때문에 우리는 더 이상 앞날이 없었다. 이대로 함께한다면 남는 것은 결국 파멸뿐이었다. 어차피 어떻게 해도 바뀌지 않는 결과였다.

그렇다면 우리가 할 수 있는 건, 우리가 누릴 수 있는 최고의 순간에 우리답게 이 관계에 종지부를 찍는 것뿐이었다. 그것이 우리답게, 우리의 방식대로, 세상을 살아가는 방법이었다.

비록 해피 엔딩은 아니었지만 세상에 모든 엔딩이 해피 엔딩일 수는 없지 않은가. 이 정도면 충분했다. 비록 해피 엔딩은 아니었지만 이런 엔딩도 나쁘지 않았다. 적어도 우리는 얻고 갈 것은 얻고 갈 수 있었으니까.

열 번째.
우리들이 이별을 고하는 방법

"아, 빡 쳐."

"그럼 왜 왔어?"

"너 저 양반 개지랄 몰라서 하는 소리냐? 자기 결혼한다고 동네방네 떠들고 다니다가 안 오면 죽여 버리겠다잖아. 빌어먹게 머리는 좋아 가지고 안 온 인간들 얼굴 절대 안 잊어버려. 아, 이제 인턴 뗐으면서 무슨 결혼이야! 결혼이!!"

"하하. 하긴."

우리들보다 네 살 많고, 2년 전에 졸업해 이제 레지던트 1년 차에 접어드는 선배의 결혼식이었다.

타이밍도 참 엿 같다고 다들 미쳐서 시험을 준비할 이 시기에 결혼을 하는 선배 덕에 다들 원한이 많은 듯 인상을 쓰며 결혼식장에 와 있었다. 안 오기에는 워낙 뒤끝이 많은 선배였기에 다들 어쩔 수가 없었다.

이 바쁜 시기를 다 알면서 이때 결혼이라니, 장난하냐며 투덜거리는 소리는 귀에 딱지가 앉을 지경이었지만 자신으로서는 오히려 반가웠다. 지금은 마음껏 바쁘고 싶었으니까. 쓰러질 정도로 정신없이 바쁘고 싶었다. 아무 생각이 나지 않게. 일이 많은 날을 이렇게 그리워할 줄 누가 알았겠는가.

멀리 갈 것도 없이 바로 옆에서 투덜거리는 태희부터 정색을 하며 욕을 날릴 것이다. 자신할 수 있었다. 지유와 하준은 아직도 레포트에서 헤어 나오지 못했기에 불참이었다. 후환이 두렵지 않냐며 태희가 물었지만 내가 그딴 거에 신경 쓸 인간이냐고 태연스럽게 대답하며 지유는 레포트 작성에 여념이 없었다. 나는 선배 결혼보다 내 학점이 중요하다는 말까지 잊지 않고 덧붙여 준 채로 말이다.

그 모습에 우리 둘은 결국 어쩔 수 없다는 듯 어깨를 으쓱이며 둘만 결혼식에 올 수밖에 없었다.

"근데 신부가 누구랬지?"

"그 양반이 3년 내내 주구장창 달라붙어서 쟁취해 낸 여자. 뭐라더라. 한눈에 반했다던데? 얼굴도 예쁜 편이고, 성격도 좋은 편이래. 거기다 집안도 괜찮아서 여기서 결혼식 하는 거란다. 어디랬더라, 아. 강남에서 좀 알아주는 회계사 사무소 알지? W&T. 거기 딸이래."

"아, 그 정도면 여기 정도는 해야겠지."

"여기 호텔, 웬만한 신입 사원 연봉을 초과할걸."

"뭐, R호텔이잖아."

결혼식을 하는 호텔은 최고급은 아니어도, 나름 이름값이 높은 고급 호텔이었다. 때문에 외관은 물론 서비스 역시 훌륭했다.

다들 투덜거리면서도 얼굴만 비치고 이곳을 뜨지 않는 이유는 결국 이만한 호텔에서의 결혼이기 때문이었다. 이만한 호텔 결혼식은 쉽게 올 수 있는 것이 아니었으니까. 일단 상대가 졸부 정도가 되지 않는 이상 고급 호텔 결혼식은 꿈도 못 꾸는 일이었다.

"근데 너 그 소문 진짜냐?"

문득 생각난 듯 물었지만 며칠을 물을 타이밍을 재고 있었다는 것이 눈에 훤히 보였다. 행동하는 것만큼 김태희는 생각이 없는 녀석이 아니었으니까. 머리가 좋은 만큼 머리가 기가 막히게 잘 돌아가는 녀석이었다. 물론 평소의 모습이 거짓이라고도 할 수 없었지만 그런 성격에 걸맞게 잘난 녀석이기도 했다.

"그 소문이라는 게 뭔지는 모르겠지만 대충 감은 잡힌다. 맞을 수도 있고, 아닐 수도 있지."

"뭐라는 거야. 진짜라는 거야? 아니라는 거야?"

"아직은 아무것도 모른다는 소리야."

두루뭉술한 소리였지만 그것에서 이미 충분히 원하던 대답을 들은 듯 태희는 더 이상 아무것도 묻지 않았다. 뭐, 되었다는 얼굴이었다. 그 이상 자세히 대답을 해 주지 않을 자신을 알고 있었기에 현명하게 그것은 포기한 듯했다.

시원스런 태희의 행동에 며칠 만에 제대로 웃어 보였다. 뭐, 환하게 웃는 것은 아니었지만 웃기는 웃는 것이었으니까.

그때, 오늘 이 결혼식의 주인공이 우리들에게 다가왔다.

"여, 왔냐?"

"오라며! 안 오면 가만 안 둔다며!!"

태희의 발악에도 그는 익숙한 듯 태연스럽게 그것을 받아넘겼다.

"당연하지. 내가 누군데. 그리고 정하나는 꼭 와야지. 우리 결혼식 히든카드네."

"뭐? 아, 너 축가 부르기로 했냐?"

처음에는 이건 또 무슨 소리인가 하다가 금세 왜 저런 말을 하는지 생각이 난 듯 태희가 고개를 돌려 자신에게 물었다. 하지만 자신으로서는 금시초문인 말이었다.

"처음 듣는 소린데?"

"뭐야? 그럼?"

자신의 부정에 그럼 그게 무슨 소리냐고 태희가 인상을 쓰자, 잠자코 우리 둘을 지켜보던 그가 시원스럽게 웃으며 궁금증을 해결해 주었다. 정말 반갑지 않았지만 말이다.

"무슨 그런 섭섭한 소리를 하시나. 당연히 니가 불러야지."

"선배, 그런 걸 결혼식 당일 이야기하는 인간이 어딨어?"

"아이, 뭘 그러시나. 노래 한두 번 해 보는 것도 아니고 대강 골라 불러. 서울에서 가장 유명한 라이브 가수가."

"본인 결혼식에서 그런 말이 나와?"

"걱정 마. 너라면 뭘 불러도 최고일 테니까."

엄지까지 치켜 올리는 그 모습에 주먹이 운다는 말이 참으로 실감이 났다. 하지만 정말 주먹을 날리지 못하는 게 참으로 아쉬

왔다. 누가 뭐래도 오늘 결혼식의 주인공이었기에 얼굴에 훈장을 남겨 줄 수는 없었다. 그런 자신을 뻔히 알면서도 뻔뻔스럽게 웃으며 잘 부탁한다는 말을 남기고 홀연히 친구들 사이로 도망을 갔다.

그 모습을 지켜보던 태희가 그가 친구들 사이로 사라지자, 어처구니없다는 얼굴로 입을 열었다.

"뭐냐, 저 인간."

"내가 할 소리다. 아, 진짜. 어쩜 그리 하나도 안 변하냐. 인턴 끝내면 사람이 변한다는 얘기, 헛소리였나 봐."

"아니, 아니. 내가 보기에는 저 인간이라서 그런 거야. 저 인간이 어디 쉽게 변할 인간이냐."

강산이 변할 때에도 절대 변하지 않을 인간이라며 태희가 신랄하게 그를 비꼬았다. 하지만 동감이었기에 가볍게 고개를 끄덕일 뿐 아무 말도 하지 않았다.

"그나저나, 행복해 보이네."

"너도 그럴 거야."

"……글쎄."

자신의 상황을 모르지도 않으면서 그런 말을 하는 것이 어떤 의미임을 잘 알고 있었기에 나른하게 미소를 지으며 애매하게 대답을 흐렸다. 그럴 리가 없다는 대답을 해 줄 수는 없었다. 다 알고 있었지만 그래도 어떤 마음으로 그 말을 하는지 알고 있었기에 그런 대답을 들려줄 수가 없었다.

그리고, 차마 입 밖으로 꺼내지 못한 것이기도 했다. 자신은 어리석게도, 아직도 마음속 한 켠에서 소망하고 있었으니까. 안 될 것이라는 것을 알면서도.

"행복해 보이는 게 부러우면 후딱 좋아하는 남자 잡아서 결혼 해. 그러면 되겠네."

"하하. 말이 되는 소리를 해라."

"왜 말이 안 돼? 애초에 결혼이라는 건 좋아하는 사람이랑 하 는 거야. 어쩔 수 없이 하는 게 아니라."

당연한 말이었지만, 폐부를 찔러 오는 말이었다. 모든 사람들 에게 해당되는 당연한 소리였지만 자신에게는 해당되지 못하는 말이라고 생각했으니까. 그런 자신의 마음을 알아챈 듯 태희는 명 백하게 그것을 부정하고 있는 것이었다. 허튼 생각하지 말라고.

정말 너무나 김태희다워서 할 말이 없었다. 언제나 강하고, 철 두철미한, 그러면서 끝까지 자신의 생각을 관철하는 김태희다웠 다. 그래서 태희가 부러웠다. 너무나 강해서. 강한 만큼 자신의 신념을 끝까지 밀고 나갈 수 있어서. 그래서 언제나 빛이 나는 김 태희가 너무나 부러웠다.

웃었다. 이런 상황에서 웃음이 나오다니 스스로가 생각해도 참 거지 같은 일이었지만 그래도 다행스러웠다. 아무도 이런 자신의 나약한 모습을 보지 못하니까. 이런 상황에서도 이렇게 자연스럽 게 웃음이 나오다니 자신도 나이를 먹기는 한 모양이다. 하긴, 이 런 혜택이라도 없으면 나이를 먹는 보람이 없었다.

하지만 그렇다고 해서 전부 감출 수 있는 것은 아니었다.

"내가 뭘 그렇게 잘못한 걸까? 전생에 나라라도 팔아먹었나.

어떻게 한 번도 내 편이 되어 주질 않냐."

"누가 그러더라. 항상 신이 내 편이 되어 주지 않는다고 원망하고 욕을 하지만 그만큼 노력하고 발악해 본 적이 있기는 하냐고. 말만 노력했다고 하지 정말 노력이란 것을 해 보긴 했냐고. 벗어나려고 발악을 제대로 해 본 적이 있긴 하냐고."

"……."

그 말에 굳어 아무런 말도 할 수가 없었다. 하지만 다행히도 그것이 얼굴에 그대로 나타나지는 않았다. 하지만 그런 자신을 아는지 모르는지, 태희는 의미심장한 얼굴로 자신을 돌아보며 물었다.

"너는 한 번이라도 제대로 발버둥 쳐 본 적이 있긴 하니?"

◐

"……망할, 김태희."

아무 말도 하지 못했다. 그 대답에 자신 있게 그런 적 있다는 대답을 할 이가 몇이나 될지는 모르겠지만 적어도 자신은 아니었다. 불행하게도 말이다.

태희에게서 도망쳐 화장실로 직행해 죄 없는 태희를 욕하며 재빨리 자신의 마음을 추슬렀다. 이미 너덜너덜해진 심장이었기에 쉽지는 않았지만 쉽지 않아도 해야만 했다. 그렇지 않으면 앞으로 이어질 새로운 신혼부부를 축복해 줄 수가 없었다.

이런 상황에 당신이라도 있었으면 차라리 나았을까. 당신이라도 있었으면 그런 당신을 보며 조금이라도 힘을 내 웃는 얼굴로 식장에 들어갈 수 있었을까. 그런 부질없는 생각을 하며 힘없이 웃음을 흘렸다. 정말 바보 같은 소리였지만 그만큼 간절하기도 하단 뜻이었다. 당신은 언제나 내게 힘이 되어 주니까. 당신이 곁에 있으면 아무리 힘이 들어도 쓰러질 수가 없었으니까. 당신에게 짐이 되지 않게.

거울을 보며 지워진 립스틱을 다시 발랐다. 결혼식에 오다 보니 평소처럼은 올 수가 없어 나름대로 치장을 하고 있었다. 하지만 거울에 비친 자신의 모습은 분명 화장으로 평소보다 훨씬 아름다웠는데 왜 울고 있는 것 같은지, 금방이라도 무너질 거 같은지 알 수가 없었다. 새로 입술까지 발라 윤이 나는 붉은 입술에 왜 그리도 초라해지는지 알 수가 없었다.

울고 싶었지만, 그대로 무너져 울고 싶었지만 그럴 수는 없었다. 그 순간 자신은 정말로 초라해질 것을 알고 있었기에. 무엇보다 좀 있으면 모든 사람들의 축복을 받을 부부를 축하해 주는데, 정작 축하를 해 주는 본인이 우는 얼굴로 축하를 해 줄 수는 없었다. 차마 들어지지 않는 고개를 억지로 들며 애써 미소를 가장하고 화장실을 나섰다. 그리고 식장에 들어가자 답지 않게 태희가 우왕좌왕하며 내게 달려왔다.

"야, 야! 정하나."

"뭐야, 귀신이라도 봤어? 왜 그래?"

"나, 나도 처음 보는 거긴 한데, 여기…… 그 자식이 왔어."

"그 자식?"

김태희가 말하는 그 자식이 한두 명이 아니었기에 늘 타이밍 좋게 알아챘지만 이번에는 이곳에 전혀 있지 않았다 보니 누구를 이야기하는지 전혀 알 수가 없었다. 하지만 그것도 그리 오래가지는 못했다. 그 주인공이 금세 몸소 나서 주셨으니까.

"여, 정하나."

"……최강후? 니가 왜 여기 있어?"

놀라기는 했지만 눈이 튀어나올 정도로 놀란 것은 아니었다. 이제 이 정도는 그리 놀랍지도 않았다. 이미 놀란 것을 넘어 두려운 것들을 모두 클리어한 후였기에 이 정도는 간에 기별도 가지 않았다. 뭐, 그리 반갑지는 않았지만.

의외로 태연스런 자신의 모습에 태희가 놀란 것이 보였지만 일단은 이쪽이 먼저였다. 생각 외로 태연스럽고 차가운 얼굴로 묻자 당황한 듯했지만, 그 정도에 넘어갈 정도로 무르지 않다는 것을 증명하듯 녀석은 곧 평소의 오만한 모습으로 돌아와 자신의 질문에 답을 했다.

"신부 측하고 조금 아는 사이라서."

그러고 보니 신부 측이 W&T랬지.

그제야 녀석이 왜 여기 있는지 쉽사리 이해가 갔다. 하지만 그것이 다였다. 물론 귀찮기는 했지만 자신이 신경 쓸 일이 아니었다. 결혼식에 왔으니 얌전히 결혼식 구경밖에 더하겠는가. 기분이 좋지는 않았지만 그렇다고 일일이 그런 것에 신경 쓸 정도로 현재 자신의 상태는 그리 좋지 못했다.

"그래."

쌈빡한 자신의 대답에 놀란 듯했지만 관심 밖이었다. 그보다는 다른 것이 더 문제였다. 녀석이 뭐라 말하려 입을 여는데 때마침 자신을 부르는 소리가 들렸다.

"정하나! 여기! 좀 있으면 니 차례야!"

"아, 네!"

일단은 이것부터 처리해야만 했다. 무엇보다 결혼식에 왔으면 결혼하는 신랑 신부를 축복하는 일이 가장 중요했으니까. 물론 그렇다고 해서, 녀석을 엿 먹인 게 고소하지 않은 것은 아니었다.

이따 보자라는 말을 남기고 관계자를 따라 홀연히 자리를 뜬 하나를 멍하니 바라보던 태희는 하나가 점이 되어 가자 그제야 평소, 아니, 하나에게는 보여 주지 않았던 평소의 차갑고 오만한 얼굴로 강후를 돌아보았다. 그리고 여전히 하나가 사라지는 모습을 바라보고 있는 강후에게 말을 걸었다.

"최강후."

"......?"

그 부름에 강후가 처음으로 태희를 돌아봤다. 그러자 태희는 벽에 몸을 기대며 가소롭다는 얼굴로 강후를 바라보았다. 순간적으로 강후의 얼굴에서 모든 것을 읽어 낸 듯 말이다.

그 모습에 순식간에 강후의 얼굴이 무섭게 바뀌었다. 하지만 그 정도에 굴하면 김태희가 아니었다.

"꽤나 볼만한데? 어지간하군, 너도. 실제로 보는 건 처음이지만 문지유가 더럽게 싫어할 만하군."

"……너 누구야."

"니가 괴롭혔던 년인데 기억도 못 하나 봐? 하긴, 한두 번 했어야지. 뭐, 간에 기별도 안 가던 공격이었지만 다른 사람들한테는 다르겠지. 결국 대학 때 친구라고 사귄 녀석은 나 하나였고."

그 말에 강후는 그제야 태희가 누군지 기억해 냈다. 슬슬 떨어졌을 것을 기대하며 소식을 기다렸지만 아무리 기다려도 그런 소식은 들려오지 않았다. 무슨 짓을 해도 마찬가지였다. 더 이상 하면 정하나에게 크게 들키는 건 일도 아니었고, 물론 그렇다고 해서 굴할 자신이 아니었지만 그래도 미움받는 것은 그다지 바라지 않았다. 어차피 여자겠다 이미 정하준과 문지유가 껌딱지같이 붙어 떨어뜨리는 것은 포기했으니 한 놈 더 늘었다고 달라질 것도 없다는 생각에 그냥 내버려 뒀었다.

그래, 그랬었다. 문지유와, 문지유랑 똑같이 자신이 선택한 건 그대로 끝까지 밀고 나가는 골치 아픈 파였다. 이제 기억이 났다. 강후가 차갑게 웃으며 태희를 바라보았지만 태희는 위기감 따위는 조금도 느끼지 못한 듯 굴었다. 그런 점도 참 지유와 닮아 있었다. 아니, 지유보다는 조금 더 능숙하고 더 위인 거 같았다.

"그래서, 나한테 무슨 볼일이지?"

"좀 충고를 해 줄까 생각했는데 그 얼굴 꼬라지 보니 소용없겠다, 싶군. 남의 말은 귓등으로도 안 듣는 개새끼 같으니."

제법 날카로운 지적에 강후는 머릿속에서 경고음이 울려 퍼지는 것 같았다. 왠지는 모르겠지만 이 여자와는 오래 있으면 안 된다는 예감이 강하게 들었다. 본능이었다, 그건. 하지만 이대로 물러서는 것도 성격에 맞지 않았다.

"정하나는 정말 지킨다고 난리 치는 기사가 많아. 덕분에 고생이 이만저만이 아니고."

"정하나가 그런 사람이니까. 사랑스럽고, 예쁘니까. 너 따위 개새끼에게는 머리카락 한 올도 넘기기 싫을 정도로."

너무 태연하게 내뱉는 폭언들은 강후의 화를 돋우기 충분했다. 하지만 장소가 장소인 만큼 강후도 쉽사리 날뛰지 못했다. 물론 강후는 T. O. P 같은 걸 신경 쓰는 인간이 아니었지만 이곳에서 날뛰면 자신에게만 손해라는 것을 모를 정도로 멍청하진 않았다. 정확히는 이럴 때만 멍청하지 않았다.

"······할 말은, 그게 단가?"

화를 꾹꾹 눌러 담으며 강후가 보란 듯 한마디를 끊어서 묻자, 태희가 씨익- 웃으며 대답했다.

"그럴 리가. 자신있나 봐?"

"뭘?"

"비참하지 않을 자신."

"······!"

강후는 뭘 알고 반응하는 것인지 강후의 눈동자가 불안하게 흔들렸다. 그걸 보며 태희는 다른 곳으로 시선을 돌리며 태연스럽게 말을 이어 나갔다.

"바로 옆에서 평생 이루어지지 않을 짝사랑을 하는 것만큼 비참한 건 없지. 넌 그럴 자신이 있냐고 물어본 거야."

"……무슨 소리지?"

"니가 하는 대로 정하나가 너랑 결혼한다 쳐. 그럼? 그런다고 해서 정하나가 거짓말처럼 널 사랑할 거 같아? 결혼해서 밤마다 정하나를 마주 볼 때마다 정하나가 던질 차가운 눈을 늘 마주 볼 용기가, 너에게는 있냐고."

태희는 자신의 질문에 대한 정답을 이미 알고 있었다. 그건 누구든지 불가능했다. 세상에 어떤 사람이 하루 이틀이면 몰라도 평생을 자신을 돌아봐 주지 않을 차가운 눈동자를 마주 보며 바로 곁에서 살을 맞대며 살 수 있겠는가. 하지만 태희는 강후가 어떠한 대답을 할지 대강 알고 있었다. 예상하는 것은 무척이나 쉬웠다. 간단했다. 어차피 정답과 먼 대답일 테니.

역시나 강후가 내놓은 대답은 태희의 예상을 그리 비껴 나가지 않았다.

"그딴 소리로 날 포기시킬 거라면 관두는 게 좋아. 내가 겨우 그딴 말로 포기할 것 같아?"

"설마. 내가 겨우 너 따위 포기시키려고 이딴 말을 꺼내는 줄 알아? 착각도 유분수지. 순순히 내가 궁금해서 물어보는 거야."

시니컬한 태희의 대답에 강후가 코웃음을 치며 태희가 물은 말에 답을 했다.

"그럼 가르쳐 주지. 웃기지 마. 정하나가 그럴 수 있을 거 같아?"

"왜, 너랑 결혼하면 정하나가 드디어 포기를 하고 널 바라보며, 널 사랑하게 될 거 같아? 꿈이 너무 야무지네."

너무 야무져서 안타까울 지경이라고 태희가 고개를 저었다. 그 모습에 화가 나기는 했지만 여전히 화를 꾹꾹 눌러 담으며 강후가 말했다.

"적어도 정하나는 완전히 내 것이 되겠지. 몸이 내 것이 되면 그때는 마음도 내 것으로 만들면 될 뿐이야."

"……이건 자신감이라고 해야 하나, 아니면 불안감에서 나오는 반작용이라고 해야 하나."

"뭐?"

"웃기는 소리 말라고. 지금 이쯤 되니 니가 불쌍해지기는 하네. 하지만 분명히 알 건 알아야지. 착각하지 마. 너는 지금 너에게 선택권이 있다고 생각하는데 결국 마지막에 선택하는 것은 정하나야."

"……!"

이쯤 되니 태희는 강후가 조금 안쓰러워졌다. 저 미친 자신감은 결국 저 녀석의 허상일 뿐이라는 것을 알고 있었으니까. 하지만 그렇다고 해서 그동안 강후가 한 짓이 잘했다는 것도, 강후가 나쁘지 않다는 것도 아니었다. 다만 저 허상이 모두 무너지는 순간, 망가지는 것은 순식간이라는 것이 조금 불쌍할 뿐.

때문에 태희는 일말의 자비심으로 이런 말을 해 주는 것이었다. 뭐, 티끌만큼도 새겨듣지 않겠지만, 순수한 자기만족이었다. 조금이라도 무너지지 않게 도와주기는 했다는 자기 위로가 필요했다.

"니가 정하나를 사랑하는 사람이랑 찢어 놓을 수는 있겠지. 억지로 결혼할 수도 있겠지. 하지만 그 결혼도 정하나가 홧김에 싹 다 털어놓고 엎으면 그만이야. 몸을 니 걸로 만들면 다음에는 마음도 니 걸로 만든다고? 너는 그게 될 거 같냐? 이제 나랑 결혼했으니, 넌 날 사랑해야 돼. 그러니까 니 마음을 내놔. 이러면 정하나가 네, 하고 순순히 줄 거 같냐? 그런 생각을 하고 있는 거라면 미친 거에 가까워. 다 집어치우고 정신병원에나 가 봐."

"······말이면······!"

"널 위해 해 주는 충고니까. 새겨들어."

"······!"

강후가 화를 내려 했지만 태희는 가차 없이 강후가 하는 말을 끊으며 일말의 망설임도 없이 자신 있게 선언했다.

"결국 넌 아무것도 얻을 수 없을 거야. 새겨들으라고. 기껏 해 주는 충고니까."

◉

"어이, 정하나."

"어? 강지욱. 니가 왜 여기 있어?"

"나 신부 측에서 세무 관리 맡겨 놨거든. 우연히 갔다가 같이 가겠냐길래 할 일도 없겠다. 따라왔지. 따라오길 잘했네. 안 그래도 너 한번 만나러 갈려고 했는데. 넌 신랑 측이냐?"

"그렇지, 뭐. 우리 선배거든."

"그럴 거 같았어. 한국대 레지던트 1년 차라고 들었거든. 한국대는 거의 루트잖아. 한국대 의대에서 한국대로."

"꼭 그렇지도 않지만 그런 편이긴 하지."

아무래도 한국대학교 병원이었기에 그런 경향이 높았다. 실력 있는 이들은 진작 졸업 전에 스카웃을 당하는 편이었으니까. 한국 대학교 교수가 그대로 한국대 병원 과장이나 높은 직급에 있었기 에 당연한 일이다.

"근데 나 보려면 일찍 올 것이지, 왜 지금 왔어?"

"너 축가 부른다며. 자."

"응?"

"이거 부르라고."

아, 어쩐지.

왜 지금 나타났는지, 타이밍이 이상하다 해서 물어봤더니 역시 나였다. 이러려고 기다리다 지금 딱 마주친 것이었다. 하여간 약 삭빠른 것으로는 따라올 자가 없었다. 하지만 뭐, 상관없었다. 어 차피 부를 노래를 정한 것도 아니었으니까. 오히려 이렇게 손수 MR까지 건네주니 이쪽에서는 환영이었다.

"왜 이거야?"

하지만 노래를 보니 조금 의아했다. 물론 당연히 녀석이 만든 노래일 것이라고 생각은 했지만 어째 어딘가 의구심이 들었다. 분 명 노래는 딱히 흠잡을 데 없는, 결혼식 축가로는 손색이 없는 밝 고 사랑스러운 노래였는데 말이다. 역시나 그런 자신의 질문에 녀 석이 의미심장하게 웃으며 대답했다.

"불러 보면 알아. 니가 쓴 가사니까 부르는 데 지장도 없고 좋잖아. 결혼식 노래답게 훈훈하고."

"뭔가 찜찜한데."

"어차피 시간 없잖아. 후딱 가."

"뭐, 어쨌든 축가 부르고 보자."

"어."

찜찜하긴 했지만 썩어도 준치라고 작곡가답게 훌륭한 선곡이었다. 어차피 부를 곡도 안 골랐겠다, 딱 좋았다. 녀석이 건네준 MR을 관계자에게 전해 준 후, 때가 되자 무대로 올라섰다. 이렇게 많은 사람들 앞에서 노래를 부르는 것은 오랜만이라 사뭇 긴장이 되긴 했다.

하지만 그것도 한순간이었다. 우습잖은 소리기는 했지만 그런 시선들에 겁먹을 정도로 자신은 그리 많은 감정을 가진 사람이 아니었다. 뭐, 한두 번 당하는 것도 아니라 익숙한 것도 있었지만.

내 삶은 이런 시선들의 연속이었다. 녀석이 나타난 후부터는 이런 시선들과 동시에 두려움과 회피감까지 느껴져 질색이었으니까. 그랬기에 무대에 섰던 것이었다.

그러면 그냥 순수하게 자신에게 시선이 집중되었으니까. 애초에 자신에게 시선이 집중되는 것 자체가 싫었지만 그 부분은 이미 포기한 지 오래였다. 그렇다면 차라리 순수하고 깨끗한, 호기심의 시선이 훨씬 나았다. 어차피 시선이 모이는 것을 피할 수 없다면 차라리 그 시선을 선택하고 싶던 욕심이었다.

무대에 올라서자 금세 음악이 흘러나왔다. 음악이 흘러나오는 순간 되레 마음은 차분해져 갔다. 기분이 좋은 것 같기도 했다. 녀석의 음악을 듣는 것을 좋아했으니까.

고개를 들자 녀석이 의미심장한 얼굴로 자신을 바라보는 것이 보였지만 왜 저러나 싶을 뿐 신경을 쓰지 않았다. 그때는, 일단 노래를 부르는 것이 먼저였으니까. 묻는 것은 나중이었다.

처음 본 순간, 사랑에 빠졌지.
너를 보는 것이 쉽지 않았어.
욕심이 나니까. 자꾸 욕심이 생기니까.
너와 함께하고 싶어지잖아.
너의 곁에 있고 싶어지잖아.

이 가사를 쓴 건 처음 사랑에 빠지고, 사랑에 빠졌다는 것을 자각한 지 얼마 되지 않았을 때였다. 그때는 그 마음이 반갑고 기쁘면서 무섭고 두려웠다. 안 된다는 것을 알고 있었으니까. 처음 맛본 감정은 자신을 서툴게 만듦과 동시에 너무나 달콤했다. 그 이질적인 마음에 갈등하면서도 너무나 좋은 당신을 생각하며 쓴 것이었다. 힘든 부분은 전부 빼고 달콤한 부분만 담아서.

너와 함께하는 날이 오면 어떨까.
아마 나는 세상에서 가장 행복할 거야.

실제로도 그런 생각을 했다. 그런 날이 오지 않을 것이라는 것

을 알면서도 그런 상상을 하며 행복에 젖었었다. 바보 같고 우스
워도 좋았다.

마냥 좋은 날만 있지는 않을 거야.
분명 너와의 시간이 익숙해져 질리는 날이 올지도 모르지.
하지만 그렇다고 해도 언제까지고 소소한 행복들이 계속된다면.
그걸로 충분해.

충분한 것을 넘어 바라 마지않는 소망이었다. 사람인 이상 평
생을 가까이에서 붙어 사는데 마냥 행복할 리는 없었다. 당연했
다. 사랑한다고 하지만 싸우는 날이 없을 리 없었고, 같이 지내는
시간과 공유하는 것이 많아질수록 맞지 않은 것이 분명 있을 테
니까.

너도 그런 사람이었으면 좋겠어.
그럼 나는 아마 평생 네 곁에 있을 수 있지 않을까.
그렇다면 너와 함께하는 하루하루는,
그 어떤 시간보다 좋을 거야.

하지만 그것 역시 함께 있다는 기적이 이루어졌기 때문에 생기
는 것이 아닐까. 싸우는 일도 있고, 화도 내고, 또 화해하고, 웃으
며 밥을 먹고 잠을 자고 그렇게 하루하루를 살아간다. 그것이 살
아간다는 것이 아닐까, 라는 생각을 한다. 그런 것이 일상에서 느

끼는 소소한 행복이겠지. 자신은 평생 느껴 보지 못할.

사랑해.

사랑하고 있어.

이 노래를 처음 쓸 때, 그런 생각을 했다. 지금 이 노래가 당신에게 닿을 수 있으면 좋으련만. 그리고 그 생각을 떠올린 순간 그제야 왜 강지욱이 내게 이 노래를 부르라고 했는지 알 수 있었다. 이래서 그런 거구나. 진짜 어지간히 고약한 녀석이었다.

하지만 그런 녀석 덕분에 중요한 것을 깨달을 수 있었다. 언제나 그랬듯이 더럽게 고약한 방식이었지만 녀석은 늘 결국 중요한 순간, 중요한 것을 깨닫게 해 주었다.

나는 평생 너를 사랑해 보고 싶어.

그래, 그 마음에서부터였다. 그것이 모든 것에 시작이었다. 이루어지지 않을 것이라는 것을 알고 있었지만 그래도 당신을 사랑하고, 나는 결국 평생은 아니었지만 그토록 바라던 시간을 얻었다. 비록 서로 통해서 이루어지지는 못했지만 당신의 곁에서 당신을 사랑해 볼 수 있었다.

그럼에도 눈물이 나는 것은 더 많은 시간을 당신과 함께할 수 있었기에, 그 조그만 욕심에서 시작되어 버린 어처구니없는 변덕 덕에 나는 그토록 바라던 것을 얻을 수 있었기에. 그것을 포기하는 것이 어렵고, 자꾸만 욕심이 생겼기에. 우리들 때문이 아닌, 다른 누군가의 개입 때문에 포기할 수밖에 없었기에.

물론 우리들 때문도 있었다. 분명 그 녀석 때문에 우리는 이루어질 수 없었고, 가장 바라던 것을 포기해야 했지만 꼭 그 녀석 때문만은 아니었다. 우리의 상황이 상황인 만큼 그 녀석이 낀 순간, 모든 것이 한순간에 날아가 버렸으니까. 그건 우리들이 만든 상황이기도 했다.

그러니 마냥 그 녀석을 원망할 수도 없었다. 물론 그렇다고 해서 그 녀석이 잘못하지 않은 것은 아니었지만 그래도 분명 우리들의 잘못도 있었다. 한 순간, 한 순간의 선택이 지금의 우리를 만든 것이었으니까. 더 나은 선택이 있었지만 그 선택을 하지 않은 것은 분명 우리였으니까.

무대에서 내려오자마자 도망치듯 그대로 식장을 빠져나왔다. 이런 얼굴을 결혼식장에서 보여 줄 수는 없었으니까. 식장을 빠져나오자 그대로 눈에서 눈물이 흘러내렸다.

그 순간, 뒤에서 자신을 부르는 소리가 들렸다.

"정하나."

"……입 다물어. 아무 말도 하지 마."

최강후였다. 정말 이 순간 가장 보고 싶지 않은.

무슨 말을 할지는 뻔했기에 얼른 그 입을 틀어막았다. 지금은 녀석의 말 같지도 않은 억지를 들어 줄 여유가 없었다. 지금 그걸 듣는다면 아마 그대로 폭발해 버릴 것만 같았으니까.

"정하나."

"닥치라고! 알아서 할 거니까. 넌 간섭하지 마."

"……!"

"끝은 우리가 낼 거야. 결국은 니 바람대로 될 거니까 닥치고 있으라고. 그러니까 넌 상관하지 마."

마지막을 결정짓는 것은 우리였다. 녀석이 아니라.

녀석 때문이 아니라 우리가 알아서 우리의 관계의 종지부를 찍을 것이다. 그것에 그 누구의 간섭도 용납지 않았다. 분명하게 의사를 밝히는 내 목소리는 울고 있는 얼굴과 맞지 않게 지독하게도 차갑고 단호했다. 그런 자신의 모습을 가만히 바라보던 녀석은 결국 등을 돌렸다. 진짜 빌어먹게도 이 더러운 현실을 각인시켜 주며 말이다.

"좋아. 상견례 직전까지 끝내라고. 그전까지는 아무런 간섭도 하지 않을 테니까."

진짜 신물이 났다. 하지만 저런 녀석을 떨어뜨릴 수 없는 건 지금의 무력한 자신이었다. 누굴 원망할 게 아니었다.

그때, 대체 언제부터 보고 있었는지 지욱이 내게 다가왔다. 이제는 놀랍지도 않았다.

"각오는 한 거야?"

"그래."

오히려 속이 후련했다. 다 이 녀석 덕분이었다. 녀석은 언제나 마지막에 이렇게 마지막 결정을 도와주고 가만히 지켜봐 주었다. 그랬기에 늘 자신은 자신의 결정에 후회하지 않을 수 있었다.

지금도 후회하지 않을 것이다. 어쩌면 더 사랑하지 못한 것에 후회할지도 모르지만 그래도 마음속으로 자신이 결정한 것이었으니까. 미련이 남을지언정 마음은 시원할 것이었다.

"술이나 한잔할까?"

"나중에. 지금은, 그가 보고 싶어."

자신의 대답에 지욱은 언제나 그랬듯 웃어 주었다.

"그래."

다정하고 따스한, 언제나 자신의 등을 밀어 주었던 미소였다.

○

하나가 결혼식을 갈 시각, 강현은 생전 자신의 발로 가지 않았던 곳으로 걸음을 옮겼다. 자신의 의지로는 한 번도 온 적이 없는 곳이었다. 별로 오고 싶지도 않았고 말이다.

"니가 여긴 어쩐 일이냐? 생전 한 번도 스스로 온 적 없던 놈이."

강현이 이사장실로 들어서자, 강현의 아버지가 사뭇 놀란 얼굴로 묻자, 강현이 냉소적으로 웃으며 대답했다.

"볼일이 있으니까 왔죠. 바쁜 이사장님을 밖으로 부르는 건 예의가 아닌 거 같아서."

"아버지라고 해라."

"반대겠죠, 보통."

"너한테 그런 거 바란 적 없다."

자신의 비꼼에도 단호한 아버지의 대답에 강현이 그제야 기분이 좀 풀린 듯 인상을 풀며 소파에 털썩- 주저앉자, 강현의 아버지도 자리에서 일어나 중앙에 있는 소파에 앉았다. 아버지가 옆에 앉자 강현이 눈을 감고 소파에 몸을 기대며 입을 열었다.

"이번만큼 아버지가 짜증 났던 적이 없습니다. 뭐, 원래 좋았던 것도 아니었지만."

"비수를 꽂는구나. 그 소리 하려고 왔느냐."

"고작 이딴 소리 하려고 여기까지 오는 놈은 아니죠, 제가."

자신이 미친 줄 아냐는 강현의 대답에 강현의 아버지는 기분 좋게 웃음을 터뜨리며 물었다.

"그래, 무슨 일이냐?"

"방해하지 말라고요. 아무것도 하지 말란 말입니다. 언제나 그러셨듯이."

"무슨 뜻인 게냐."

"다 알고 계시면서 뭘 물으십니까. 확인 사살이라도 하시게요?"

강현을 위해서는 뭐든 다 할 듯 굴었지만 결국은 아무것도 하지 않았다. 정확히는 아무것도 해 주지 못했다. 본인 역시 그것을 자각하고 있었기에 강현의 아버지는 굳은 얼굴로 강현을 마주할 수밖에 없었다. 하지만 불행히도 강현은 그런 아버지의 모습에 흔들릴 사람이 아니었다.

"날 비난하는 게냐."

"별로. 원래 기대도 안 해서. 아버지한테 바라는 것도 없었고. 그러니까."

"강현아."

"이번에도 가만히 계시란 말입니다. 내가 댁 아들을 죽이든, 말든. 무슨 짓을 하든 말입니다."

"너도 내 아들이다. 그런 말이 어디 있어!"

막상 그렇게 말하면서도 해 준 것이 아무것도 없다는 것을 잘 알고 있었다. 하지만 그것이 본심이기도 했다. 강현의 아버지에게 있어, 강현은 세상 그 무엇보다 소중했다. 사랑했던 이와 자신의 유일한 증거였으니 소중하지 않을 리 없었다. 강후가 아프든 성적이 좋든 사고를 치든 신경도 쓰지 않았고, 관심도 없었지만 강현이 아프다는 소식만 전해지면 심장이 덜컹거려 일도 다 내팽개치고 달려갔었다.

물론 강현은 귀찮다고 짜증을 부렸지만 그 모습만으로도 충분했다. 그저 무사하다는 것만 확인해도 좋았다. 또 잃게 될까, 전전긍긍했으니까. 강현은 워낙 건강체였기에 아픈 일이 없었던 만큼 강현이 아프다면 민감하게 반응했다. 강현이 성적이 좋아 주변에서 칭찬을 하면 절로 어깨가 으쓱여졌고, 뿌듯했다.

잘못됐다는 것은 알고 있었지만 강후에게는 어머니가 있었고, 다른 이들이 주변에 잔뜩 있었다. 때문에 별 죄의식을 느끼지 못했다. 원래 원했던 아이도 아니었고, 억지로 가져 떠안게 된 아이였으니 정이 생길 리도 없었다. 자신은 조금도 닮지 않은, 지 어머니를 너무 꼭 닮아 더 사랑할 수 없었기도 했다.

하지만 강현에게는 이러나저러나 상관없었다. 관심도 없었다. 그렇게 만든 것은 자신이란 것을 강현의 아버지는 부정할 수 없었다.

"그러니까 제가 여기 있지 않습니까. 아니었으면 여기 있을 이유도 없습니다."

"못된 놈. 그게 아비한테 할 소리냐."

"저는 어머니한테도 이랬을 겁니다."

"그건 그나마 낫구나. 그녀가 당하는 것보다는 내가 당하는 것이 나으니."

의외라고 해야 할까, 생각지도 못한 아버지의 대답에 강현이 조금 당황한 듯한 모습을 보이다 짜증스러운 얼굴로 혀를 차며 대놓고 아버지를 비꼬았다.

"살아 있을 때나 그렇게 잘하시죠."

"아픈 곳만 아주 콕콕 찌르는구나. 뭔 일이기에 네가 그리 심통을 부리는 게냐."

인자한 아버지의 말에도 강현은 별로 감흥을 느끼지 못한 듯 심드렁한 얼굴로 자리에서 일어났다.

"됐습니다. 그럼 알아들으신 걸로 알고 이만 일어나죠."

"지 볼일만 보고 가기냐?"

"볼일이 있다는 것만으로도 감사하시죠."

그 말에는 차마 부정을 할 수 없었기에 강현의 아버지는 아무런 말도 꺼낼 수가 없었다. 평소와 다름없는 무기질적인 얼굴로 자신을 내려다보는 강현에게서 조용히 시선을 돌릴 뿐.

그것이 마지막이었다. 그것을 보고 강현이 더 이상 볼일은 없다는 듯 망설임 없이 걸음을 옮겼으니까.

화풀이였다. 물론 지금 짜증이 나는 이유에는 아버지가 없지는 않았지만, 그렇다고 해서 아버지가 잘못한 것이 그리 커다란 문제가 되는 것도 아니었다. 그것은 근본적으로 아버지의 잘못이기도 했지만, 또 마냥 그렇다고 볼 수 없는 것이었으니까.

강현이 답지 않게 자책을 하며 머리를 흐트러뜨렸다.

'앞으로도 계속 이곳에 올 생각 없어?'

그때 자신의 말이 얼마나 무책임했는지 지금에서야 실감이 났다. 다른 사람은 몰라도 자신은 그런 말을 해선 안 되는 것이었다. 그렇게 쉽게 내뱉어서는 안 될 말이었다.

그 말에 흔들릴 너를 몰랐으니 쉽게 내뱉을 수 있었던 말이었다. 니가 어떤 사람인지, 알아보지도, 알 생각도 하지 않고 그저 호기심을 충족시키겠다는 마음가짐으로 내뱉었던 말이었다. 그것이 얼마나 경솔한 짓인지 알지도, 알 생각도 하지 않은 채.

'그거…… 나한테 선택권이 있는 건가요?'

너는 분명 그 순간 내게 언질을 주었었다. 하지만 귀담아 듣지 않았다. 분명 그 말에 무슨 뜻이 더 담겨져 있다는 것을 눈치채고 있었으면서 무시했다. 이유는 간단했다. 그것이 훨씬 편했으니까.

'그게 말이 된다고 생각하는 거예요? 진심으로?'

그것뿐만이 아니었다.

'내가 없으면 어떻게 할래요? 그니까, 만약에요. 내가 당신 곁

에 없다면 말이에요.'

너는 그 뒤로도 내게 계속 언질을 주었는데도 나는 멍청하게도 그것을 가볍게 넘겨 버렸다. 그렇게 나는 너에게 모든 것을 넘겨 버렸다. 힘들어할 너를 모른 채, 나는 계속 너에게 모든 책임을 떠맡기고 멋대로 행동하며, 그 순간을 그저 손쉽게 즐겼다. 너의 마음이 어땠는지는 생각조차 하지 않고.

얼마나 이기적이었는가. 그럼에도 너는 내게 한마디도 하지 않았다. 그저 바보같이 혼자 다 떠맡고 있었다.

분명히 일을 벌인 것은 우리 둘이었으면서 자신이 일을 벌였다, 생각하며. 너는 그런 여자였다.

'안아 줘요.'

차마 말로는 하지 못할 사랑을 전하며, 내게는 아무것도 말하지 않고 언제나 그랬듯 웃으며 모든 것을 떠안았다. 니가 바라던 단 하나를 위하여.

이제야 보였다. 니가 바랐던 것이. 니가 어떤 마음으로 내 곁에 있었는지. 어째서 왜 그렇게 늘 내 곁에 있었으면서 언젠가 떠나갈 사람처럼 굴었는지.

나는 그저 우리는 아무것도 정해 놓지 않은 관계였기에, 언젠가는 사라질, 아슬아슬한 관계였기에 그런 줄 알았다.

"……어? 여긴 어쩐 일이에요?"

너는 내게 늘 너무나 어려웠다. 다른 사람들은 머리에 쥐가 난다는 의학 서적보다, 너 하나를 알기가 더 힘이 들었다. 너는 언제나 이렇게 무슨 일이 있어도, 무슨 일이 있었냐는 듯 웃으며 내

앞에 서 있었으니까.

"그냥, 좀. 너는?"

"아, 교수님 좀 보려고. 이제 가려구요."

함께 있어도 함께 있다는 만족감은 한순간이었다. 니가 어떤 생각을 하는지 니가 아닌 이상은 알 수 없는 것이었지만, 그래도 조금은 볼 수 있는 것이 사실이었다. 하지만 정작 원하는 것은 볼 수가 없었다. 니가 원하는 것이 무엇인지, 너는 대체 무엇을 바라고 내 곁에 있는 것인지, 전혀 보이지 않았다.

다른 여자들은 훤히 보였다. 굳이 보려고 노력할 필요가 없었다. 돈, 권력, 외모, 눈에 훤히 보이는 것들만 원해 왔으니까. 그것이 사람인 이상 어쩔 수가 없다는 것도 알고 있었다. 자신 역시 안 따진다고 해도 분명 그런 것을 따지고 있었다. 다만, 그것이 너무 훤히 보여 신물이 날 뿐.

하지만 너는 그런 게 전혀 없었다. 돈, 권력, 외모, 그 어떤 것에도 흥미가 있어 보이지 않았다. 그래서 신선했던 것이었지만 어느 순간부터 그런 것이 짜증이 나기 시작했다. 너는 정말 아무것도 보이지 않았다. 마치 내게 아무것도 바라지 않는다는 듯.

그런 사람이 있을 턱이 없다. 그것은 자신이 가장 잘 알고 있었다. 그렇다면 너는 대체 왜 내 곁에 있는 거지?

그렇게 의문은 쌓여 가고 시간이 가면 갈수록 너를 의심하게 되었으면서 나는 네게 아무것도 묻지 않았다. 그 어떠한 말도 하지 않았다. 아, 너도 이런 마음이었을까. 이런 마음이었기에 너는 내게 아무 말도 하지 않던 것일까.

"그럼 같이 가자."

반칙. 그래, 반칙이었다. 나는 너를 사랑해서는 안 되었다. 비겁하게 너에게 모든 것을 떠넘겼으면서, 한없이 가벼운 마음으로 너를 움켜쥐고 휘둘렀으면서 당당하게 너의 사랑까지 바랄 자격은 없었다. 설령 니가 나를 사랑하고 있다고 해도.

우리는 첫 단추부터 잘못 끼웠다. 서로가 잘 알고 있듯이. 때문에 우리는 사랑을 하기에는 너무나 먼 존재들이 되어 버렸다. 그랬기에 너는 일부러 내게 거리를 두었고, 나를 사랑하면서, 내가 너를 사랑하지 않길 바랐겠지.

'……당신도 그랬으면 좋겠다.'

잠결에 들렸던 말이 진짜 니가 내뱉었던 말인 것을 알았던 순간, 내가 어떤 기분이었는지 너는 과연 알고나 있을까. 하지만 그럼에도 나는 아무 말도 하지 않을 것이다. 니가 그랬듯이. 나는 성격이 글러 먹어서, 워낙 거지 같은 사람이라서, 너를 사랑해도 자존심은 꺾을 수 없는 인간이었으니까. 그리고 그 말에서 나는 니가 하고자 하는 말을 들었다. 차마 입 밖으로 꺼낼 수가 없는 그 말을.

"우리 데이트해요. 생각해 보니까 우리, 제대로 된 데이트는 한 번도 안 해 봤더라구요."

"그래."

그래, 니 말대로 우리는 여기까지.

우리는 이 말도 안 되는 환상에 막을 내려야만 했다.

"음. 저건 어때요?"

"그것보단 이게 낫지 않아?"

"그런가? 그럼 이걸로 해요."

별것도 아닌 대화에도 웃으며 서로를 껴안고, 고급 레스토랑이 아닌, 평소에는 잘 먹지도 않는 패스트푸드를 먹으며 그렇게 거리를 돌아다녔다. 둘 다 평소였다면 하지도 않았을 짓이었지만 마지막이었기에 그런 것은 염두에 두지도 않았다. 오히려 마지막이기에 조금 특별하길 바란 걸지도 몰랐다.

"생각보다 잘 먹는군."

"평소에는 이렇게 먹을 일이 없거든요. 그렇다고 패스트푸드를 안 먹는 건 아니에요. 우리 같은 사람들은 이거 먹을 시간도 없는 게 일상이 될걸요?"

"그것도 그렇군."

다른 일도 아니고, 하루에도 몇 번씩 수술을 하고 환자를 봐야 할지 모르는 의사 지망생이었기에 잘 알고 있었다. 진짜로 의사가 돼서 일을 하게 되면 패스트푸드를 먹는 게 일상이고, 그 패스트 푸드를 먹을 시간마저도 없을 정도로 바빠질 거라는 걸.

들어오는 정보 중에서 그런 것들에 대한 푸념이 반 이상이었으니 모를 리가 없었다.

"그리고 뭐로 보나 당신이 나보다 이런 거 안 먹게 생겼어요."

"나야 가리는 게 없으니까."

"아, 입으로 들어가면 다 똑같다는 스타일이구나."

"……뭐."

사실 가리는 건 없었지만, 맛없는 건 입에도 대지 않는 까탈스러움을 가지고 있었다. 하지만 굳이 지금 그걸 입에 담을 필요는 없다는 생각에 강현은 하나를 끌어안으며 말을 흐렸다. 다행히도 하나는 그것을 그리 신경 쓰지 않았다. 그런 것에 신경을 쓰기에는 시간이 없다 여겼을지도 모른다.

거리에 있는 사람들은 신경도 쓰지 않고, 끌어안고 환하게 웃으며 그렇게 처음이자 마지막으로 아무것도 생각하지 않은 채 그냥 평범한 연인들처럼 하루를 보냈다.

그리고 너무나 부러웠다. 오늘 우리들이 보낸 시간과 같은 시간을 아무렇지 않게 보내는 다른 평범한 연인들이.

"커플이 참 예쁘네."

"……우리요?"

"그래, 댁네들. 자네들같이 예쁜 커플은 참 오랜만이야. 한번 보고 갈텨? 싸게 해 줄 테니."

거리에 앉아서 아저씨가 장사를 하고 있었다. 번화가에서는 흔한 풍경이었다. 그럼에도 당황한 건 우리들도 제대로 정의하지 못한 관계를 눈앞에 있는 낯선 사람이 너무나 쉽게 정의했기 때문이었다.

아저씨가 파는 것은 커플링이었다. 다만 조금 특별한 것은 그 자리에서 아저씨가 바로 글씨를 새겨 준다는 것이었다.

"……할래요?"

"뭐, 기념으로는 나쁘지 않겠지."

물어보는 자신의 얼굴이 어땠는지도 모른 채 강현을 올려다보며 하나가 물었다. 하나는 싫어할 것이라 생각했지만 강현은 의외로 쉽게 고개를 끄덕였다.

"그럼 안에는 뭐라고 새길 건가?"

"마음대로 정해도 되나요?"

"물론이지."

그 말에 하나는 아저씨에게 안에 새길 말을 적어 주었다. 강현이 뭐라 적는지 보려고 했지만 하나가 부끄럽다며 보지 말라고 난리를 쳐서, 강현은 결국 하나가 뭐라고 적었는지 모른 채 결과물이 나오기만을 기다릴 수밖에 없었다. 사이즈를 재고, 한 10분 정도 기다리니 금세 반지가 나왔다.

"여기, 아가씨."

"감사합니다."

"그 말은 내가 해야지. 5만 원만 받을게."

"고맙습니다."

은으로 되어 있는 반지에 글자까지 새겨 준다면 족히 7만 원은 넘게 받을 텐데도 불구하고 5만 원만 받겠다는 아저씨의 말에 하나는 거절할까도 생각했지만 이런 호의를 거절하는 것도 예의가 아니라는 생각에 아저씨가 말한 액수의 돈을 건네고 반지를 받아 들었다.

"가요."

"난 안 줘?"

"⋯⋯여기요."

줘야 한다는 건 알지만 부끄러운지 하나가 얼굴을 붉히며 줄까 말까 망설이다 강현에게 반지를 건네고는 그대로 후다닥 강현을 앞질러 달렸다. 차마 강현의 얼굴을 보지 못하겠어 취한 우스꽝스러운 행동이었다.

황당한 얼굴로 그 모습을 보던 강현이 반지를 들어 그 안에 새겨진 말을 확인하고는 왜 하나가 저리 달리는지 이해했다.

그럴 수밖에 없겠군. 강현은 어깨를 으쓱이며 피식– 웃음을 흘리고는 서둘러 하나를 따라갔다.

반지 안에 새겨진 말은 어쩌면 너무나 흔한, 그러나 두 사람에게는 뼈아프고 더없이 사랑스러울 수밖에 없는 말이었다.

falling in love

그 말 그대로 우리는 자신들도 모르는 새 사랑에 빠져 버렸으니까.

"같이 가, 정하나."

"빨리 와요."

그 뒤는 당연히 섹스로 이어졌다.

강현의 집에 도착하자마자 강현은 외투를 벗을 틈도 없이 바로 하나의 뒷목을 잡아채 진하게 키스를 했다. 하나가 제대로 숨조차 쉬지 못할 만큼.

신발조차 제대로 벗지 못했지만 둘 다 그런 것 따위는 개의치 않았다. 아무렇게나 신발을 벗어 던지고 외투를 벗으면서도 키스를 멈추지 않았다. 서로 실오라기 하나 걸치지 않은 상태로 침대에 올라설 때까지.

"……하아. 아!!"

그 뒤로 애무조차 제대로 하지 않은 채 강현이 안으로 치고 들어왔다. 하지만 이미 키스로 인해 하나의 은밀한 곳은 충분히 젖어 든 상태였기에 그리 문제가 되지 않았다. 서로 욕망을 숨기지 않으며 쉴 새 없이 키스를 하며 서로에게 전하지 못할 마음을, 이제는 맛보지 못할 체온을 찾아 서로를 세게 끌어안았다.

"아. 웃. 응! 하. 아! 아아!!"

난폭하고 정염이 가득한 섹스였지만 개의치 않았다. 오히려 난폭한 쪽이 좋았다. 이 순간, 그가 내 안에 있다는 것이 더 실감이 났으니까.

아픔 따위는 조금도 느껴지지 않는 얼굴로 하나가 자진해서 키스를 해 오자, 강현이 웃는 것이 느껴졌다. 섹스 중 웃음이라니 전혀 어울리지 않았지만 그것마저 너무 좋아 하나 역시 행복하게 웃어 보였다.

섹스 중에 이게 뭔 짓이냐 할지도 모르겠지만 두 사람에게는 그다지 중요한 것이 아니었다.

"웃. 아아!!"

"……하아."

이것이 몇 번째 절정인지 세기조차 힘들 정도가 되었을 때, 하나는 기진맥진한 얼굴로 팔을 늘어뜨렸다. 이제는 매달릴 힘도 남아 있지 않는 듯했다. 8시쯤 시작된 섹스는 벌써 11시를 가리키고 있는 지금까지 지속되고 있었다. 힘들 법도 하건만, 강현은 조금도 힘들다 여기지 않는 얼굴이었다.

강현이 다시 하나의 다리 사이에 자리를 잡고 축 늘어진 하나의 몸을 잡아끌자, 하나가 지친 얼굴로 강현의 팔을 저지했다. 물론 힘 하나 없는 손이 아직도 힘이 펄펄 넘치는 강현의 팔을 막기는 무리였다. 그것을 하나도 알고 있었지만 그만큼 하나는 절박했다.

"······그, 그만."

"마지막. 이번이 마지막이야. 그러니까 힘 좀 내 봐."

마지막이 진짜 마지막이 된 적이 있기나 하던가. 이미 수십 번은 몸을 섞은 사이였고, 몇 개월을 함께했는데 씨알도 먹히지 않을 소리를 하는 그가 어이가 없었지만 하나는 말없이 강현의 목에 팔을 감았다. 무언의 긍정이었다. 물론 그것은 본인도 잘 알고 있었다. 알고서 한 행동이니 모를 리 없었다.

이미 몸은 한계였다. 그건 자신이 가장 잘 알고 있었다. 그래도 맞춰 주고 싶었다. 그리고 자신도 욕심이 생기기도 했다. 조금 더 그를 맛보고 싶었다. 그의 체온을 더 느끼고 싶었다. 몸의 한계 따위는 상관없을 정도로. 더없이 간절한 마음으로 키스를 했다. 마지막인 것을 믿고 싶지 않은 듯.

섹스를 끝내고 몸을 씻고 부들거리는 다리로 간신히 몸을 일으켜 옷을 입고 나니 벌써 시각은 12시를 가리키고 있었다.

제대로 몸조차 가누지 못한 채로 비틀거리며 신발을 신자 강현이 불안한 얼굴로 하나를 바라보았다. 하나가 신발을 신고 편안한 얼굴로 강현을 돌아보자 영 불안한 듯 강현이 말했다.

"자고 가지 그래?"

그 말에 하나가 나지막이 웃으며 고개를 저었다.

"자고 가면 더 헤어지기 힘들 거 같아서요."

"……"

그 말에는 강현도 차마 뭐라 할 수가 없어서 아무 말 없이 하나를 내려다보자 하나가 그런 강현을 향해 환하게 웃어 보였다. 더없이 환하게. 처음 강현이 하나에게 설레었던 그 모습 그대로.

아직도 자신을 설레게 하는 그 모습에 강현은 울지도 웃지도 못하는 얼굴로 하나를 바라보았다. 그런 강현을 아는지 모르는지 하나는 환하게 웃으며 입을 열었다.

"생각해 보니 한 번도 말한 적이 없는 것 같아서요."

"……"

분명히 눈이 부시게 환한 미소였지만 그 미소가 어떤 미소인지 알고 있었기에 슬퍼 보일 수밖에 없었다. 울지 못해서 우는 정하나를 알고 있었으니까.

강현은 아무 말도 하지 않은 채 하나를 내려다보았다. 다 쏟아 내도 개의치 않겠다는 듯. 어떤 것도 받아들일 준비가 되어 있다는 듯.

그 모습을 보며 하나가 천천히 고개를 숙였다. 이윽고 하나의 고개가 완전히 떨어졌을 때, 하나는 가면이 완전히 벗겨진 얼굴로 처음이자 마지막으로 솔직하게 자신의 마음을 털어놓았다.

"사랑해요."

"……."

차마 추한 얼굴을 강현에게 보여 줄 수 없어 하나가 두 손으로 얼굴을 가렸다. 하지만 가린다고 해서 눈물을 감출 수는 없었다.

손 틈새로 하나의 눈물이 흘러내렸다. 마치 지금 하나의 마음을 그대로 보여 주듯.

"……정말, 너무너무."

"……."

"사랑했어요."

그렇게 우리는 이 꿈같던 환상에 이별을 고했다.

epilogue

"우리 딸이 벌써부터 결혼이라니. 하여간 너도. 왜 엄마한테 미리 말 안 했어. 귀띔이라도 해 주지."

"미안."

일일이 대꾸하기도 싫어 그렇게 말을 끊으며 방으로 들어가 옷을 갈아입었다. 오늘이 드디어 상견례 날이었다. 언젠가 올 거라고는 생각했지만 영원히 오지 않길 바랐던 날이었다. 하지만 이미 와 버린 것이었고, 이제는 미련도 없었다. 중요한 것은 모두 얻은 채였으니까. 이것만으로도 충분했다. 이것만으로도 충분히 남은 인생을 살아갈 수 있었다.

추억을 끌어안고 사는 것만큼 바보 같은 일도 없다고 하지만 상관없었다. 자신의 경우에는 앞으로 나아갈 길이 없었으니까. 있다고 해도 그가 없는 길은 이제 자신에게 길이 아니게 되었다. 뭐든 상관없었다. 분명 앞으로 돈 걱정 없이 살고, 매일 호화로운

옷에 가방, 구두, 호화로운 집에서 살게 될 것이었다. 하지만 그것이 무슨 소용이 있을까. 정작 바라던 건 하나도 얻지 못하는데.

녀석이 보내 준 프라다의 원피스는 눈이 부실 정도로 예뻤다. 하지만 아무런 감흥이 일지 않았다. 초고가의 명품을 입고 있는데도 만 원짜리 원피스를 입는 것과 다를 것이 없었다. 그저 아무래도 좋았다. 얼른 오늘이 지나갔으면 하는 바람뿐이었다. 그 역시 분명 그쪽의 가족이었지만 아마 그는 오지 않을 것이다. 아니, 오지 않았으면 했다.

오면 분명 흔들릴 테니까. 이런 모습을 보여 주고 싶지 않았으니까. 한 번도 그에게는 이 무기질적인 얼굴을 보여 준 적이 없었다. 아무런 감정도 담겨 있지 않은 그저 인형 같은 이 얼굴을. 때문에 더욱 그만은 이런 나를 모르길 바랐다, 평생.

그와 맞추었던 커플링을 손에 꼈다. 이것이 내 마지막 남은 감정이었다. 다른 것은 되어도 이것만은 죽어도 안 된다는 표시기도 했다. 이미 내 마음은 전부 그에게 줘 버린 후였으니까. 내 사랑하는 마음까지는 니가 막을 수 없다는 표현이었다.

사실 전부 핑계였다. 그저 내 어딘가의 그의 흔적을 새겨 놓고 싶었을 뿐이다. 내가 그의 것이라는 조금의 만족감이라도 얻고 싶어서. 추하디추한 마음이었다. 하지만 이제 어떠랴 싶었다. 어차피 돌아볼 수 없는 마음이었는데.

발걸음이 무거웠다. 하지만 웃어 보였다. 적어도 내 옆에는 소중한 이가 있었으니까. 이런 한심하고 약한 내 모습을 저 녀석에게는 절대 보여 주고 싶지 않았으니까.

"어서 오시죠."

◈

"……가……."

"어머? 그랬어요?"

"……네…… 니까요."

"허허. 참."

가증스러웠다. 진짜 먹고 있는 최고급 한우로 만든 비싼 스테이크가 그대로 올라올 것 같았다. 이 자리는 왜 이렇게 안 끝나나 싶었다.

가증스런 얼굴로 엄마 앞에서 선하게 웃으며 있는 구라, 없는 구라를 다 치는 녀석의 모습도 꼴 보기 싫었고, 그런 녀석의 말에 하하호호 웃고 있는 엄마와 녀석의 부모님 역시 보고 있기 힘들었다.

서자라고 했으니 어머니는 다르다는 이야기인데, 딱 봐도 증명이 되듯 녀석의 어머니는 녀석과 꼭 닮아 있었다. 선하게 웃고는 있었지만 분위기와 목소리와 말에서 나오는 특유의 말투가 녀석과 같은 과라는 것을 증명해 주고 있었다. 뭔가 이상하다는 것을 느끼지 못하는 것은 엄마뿐인 거 같았다.

반면 아버지는 그와 꼭 닮아 있었다. 그가 나이가 들면 이런 모습일까 싶을 정도였다. 그리고 티가 나지는 않지만 자세히 보면 부부 사이가 좋지 않은 것이 티가 났다. 물론 녀석까지도 그런 것을 모른 체했지만. 일일이 그것을 꼬집어 줄 생각도 없어 그저 묵묵히 식사만 했다. 얼른 이 자리가 끝나길 바라는 마음으로.

드디어 식사가 끝나고 디저트를 나왔을 때는 그렇게 반가울 수가 없었다. 얼른 이곳을 뜨고 싶은 마음이 간절했으니까.

말을 하고 있을 때, 녀석이 몇 번 내가 끼길 바라는 듯 눈길을 보내왔지만 무시했다. 저 안에서 자신도 가증스럽게 웃으며 있지도 않은 이야기를 꺼내고 싶지 않았다.

마냥 반지만 만지작거리고 있었다. 그가 보고 싶은 마음을 억누르며.

그때, 그의 아버지가 처음으로 내게 하문을 했다. 상견례를 하면 일반적으로 이것저것 질문을 던져 오는 게 정석이었건만 식사가 끝나는 순간까지 아무도 내게 질문을 하지 않았다. 마치 이미 알고 있다는 듯.

좋은 집안이었으니 뒷조사를 안 할 리도 없어 그냥 넘겼는데 생각지도 못하게 내게 말을 걸어오니 조금 당황스러웠다. 질문 역시 놀랄 수밖에 없는 소리였다. 물론 자신뿐만 아니라 이곳에 있는 전부가.

"자네가 사랑하는 사람은 어떤 사람인가?"

상견례 자리면 당연히 녀석에 관한 질문이어야 하는데 뉘앙스가 조금 이상했다. 그리고 대답을 어떻게 해야 하는지 고민하는데 입에서는 저도 모르게 솔직한 대답이 튀어 나갔다.

"······강한 사람이요."

"강한 사람?"

"차갑게 굴었다가 다정하게 대해 줬다가 저는 언제나 휘둘리기 만도 바빠요."

언제나 그랬다. 무표정한 얼굴을 유지하며 이 마음을 감추려 했지만, 그가 자신에게 마음을 주지 않기 위해 늘 차가운 얼굴을 유지하려 했지만 결국은 언제나 그가 이끄는 대로 휘둘려 있는 그대로의 나를 보여 주기도 바빴다.

"정말 너무 강해서 부러울 정도로, 환하게 빛이 나는 사람이에 요."

그래, 당신은 내게 그런 사람이었다. 도저히 따라갈 수 없을 정 도로 강하고, 빛이 나는, 그런 사람이었다. 어떻게 나올지 예측하 기 힘든 사람이었다. 그래서 늘 뒷모습을 뒤따라가기도 바빴다. 그럼에도 결국은 늘 당신의 얼굴을 바라보고 있었다.

마치 지금처럼.

"……!"

"니가 여긴 어떻게!!"

녀석의 부모님이 놀란 얼굴로 그를 돌아보았다. 녀석 역시 놀 라 이 자리에 내 어머니가 있다는 사실도 잊은 채 자리에서 벌떡 일어나 그를 향해 소리쳤다. 하지만 그는 태연하기만 했다. 언제 나 그랬듯.

"니가 여긴 어쩐 일이냐."

"딱히 아버지 보러 온 거 아닙니다."

아버지의 말에도 차갑게 말을 자르며 그가 내게 다가왔다. 가 슴이 뛰었다. 가슴이 너무 뛰어서 제대로 움직일 수조차 없었다.

그런 나를 눈치챈 듯 그가 기묘하게 웃어 보였다. 나를 향해서.
그런 그를 보던 녀석이 화가 난 얼굴로 그를 향해 물었다.

"여긴 왜 온 거야."

"일이 있으니까 왔겠지."

"그럼 얼른 보고 꺼져."

엄마가 있다는 걸 자각한 듯 녀석이 화를 억누르며 말하자 그가 가볍게 코웃음을 치며 대답했다.

"말하지 않아도 그럴 생각이야."

"무슨 일로 온 것이냐."

그의 말에 그의 아버지가 다시 한 번 되묻자 이번에는 그가 순순히 질문에 답을 해 주었다.

"별로. 그냥 내 여자 찾으러 온 것뿐입니다."

"⋯⋯!"

"⋯⋯!"

그 말에 녀석과 나는 놀라 눈을 크게 뜰 수밖에 없었다. 그도 그럴 것이 지금 그가 말하는 이가 누군지 잘 알고 있었으니까. 말도 안 되는 소리였다. 믿을 수 없었다. 하지만 그럼에도 혹시나 하는 생각을 하고 있는 자신이 너무나 낯설어 견딜 수가 없었다.

"돌아가자."

"⋯⋯!"

언제나 그랬듯, 망설임 없이 내게 손을 내미는 당신을 어쩌면 좋을까. 그 모습에 설레는 자신은 여전했지만 전처럼 그 손을 쉽게 맞잡을 수가 없었다. 그럼에도 그 손을 잡고 싶어졌다. 그 마음 사이에서 갈등하고 있는데, 때마침 녀석이 말했다.

"니가 찾는 여자가 어떤 여잔데."

마치 지금 이 상황에서 그 여자가 나라는 것을 말할 수 없을 거라는 듯 녀석이 자신 있게 묻자, 그가 태연스럽게 답을 했다.

"서투른 여자."

"하? 그런 여자가 여기 어디 있어. 다른 데 가 봐. 여기 있는 여자는 지독할 정도로 틈 하나 없는 여자니까."

그 말에는 악의가 담겨 있었다. 그 말은 그에게 하는 말임과 동시에 자신에게 하는 말이었다. 뒷말은 분명 자신을 원망하는 말이었으니까. 그런 녀석의 말에 그가 어깨를 으쓱였다.

"그럴 리가."

태평하기까지 한 그의 대답에 녀석의 얼굴에 분노가 어리기 시작했다. 무시무시할 정도인 녀석의 얼굴에도 그는 태연하게 말을 이어 갔다.

"내가 아는 정하나는 잘 울고, 잘 웃고, 별것도 아닌 일에 좋아하고, 조금 덤벙거려서 잠시라도 한눈을 팔면 안 되는 어려운 여자야."

"……!"

그의 말에 녀석이 놀란 듯 눈을 크게 떴다. 그럴 수밖에 없겠지. 녀석에는 한 번도 보여 주지 않았던 모습이었으니.

"웃기지 마. 그럴 리가 없어."

"그건 니 생각이지. 가자. 정하나."

"……정말."

지독히도 나쁜 남자였다. 정확하게 내 이름까지 불러 가며 내게 손을 내미는 당신을 내가 어찌 거절할 수 있을까. 그래, 당신은 그런 사람이었다. 늘 구세주같이 나타나 백마 탄 왕자님처럼 나를 구해 주었다. 강한 척만 하지 사실 전혀 강하지 않은 나를 알아보고 당연하게 나를 지탱해 주며 사랑해 주는 사람이었다.

이제 꿈이 이루어졌으니 됐다고, 꿈을 이루었으니 이제는 더 이상 미련이 없다 생각하고 있는 내게 당신은 다시 꿈을 꾸라고 말한다. 정말 잔인한 남자였다. 하지만 그럼에도……

"……하나야!"

"미안."

그런 당신을 사랑하는 것은 바보 같은 나.

"……하아. 미친 거예요? 거기가 어디라고."

"내 손을 잡은 건 너야."

"……비겁하다 생각 안 해요?"

가볍게 웃으며 더없이 내게 다정하게 키스를 하는 당신을 사랑한 건 정말 잘못이 아니었을까? 나는 당신을 사랑해도 되었던 걸까?

"원래 원하는 걸 얻으려면 착하게 있어서는 안 돼."

"우리는 끝난 사이예요."

이 꿈같은 현실이 정말 꿈이 아니라 믿어도 되는 걸까? 갈피를 잡을 수 없었다. 그럼에도 보이는 당신의 얼굴에 나는 다시 몇 번이고 사랑에 빠지고 만다. 몇 번이고 당신과 사랑을 하고 싶어진다.

"그래서 왔잖아."

"네?"

"처음부터 다시 시작하자고."

"……!"

당신의 목소리는 더없이 달콤했고, 내 얼굴에 닿은 당신의 손은 따스하기 그지없었다. 그렇게 몇 번이고 바보같이 사랑에 빠지고, 당신을 사랑하고 만다. 아무리 힘들고 괴로워도 보잘것없는 단 한 가지만을 바라며.

"다시 말할게."

"……."

"사랑해, 정하나."

돈도, 지위도, 권력도 그 무엇도 원하지 않았다.

바라는 것은 단 하나.

"……사랑해요."

당신을 사랑할 수 있는 시간.

—fin

외전
세상에 둘도 없는 프러포즈

"……어? 이게 뭐야."

1년 후, 이제 겨울도 끝자락에 다다를 때였다.

계기는 아주 사소했다.

"……뭐?"

"……그러니까…… 생리가……."

"야!!"

말을 다 듣지 않아도 무슨 소리인지 알 수 있는 말에 지유가
버럭 소리를 질렀다. 안 그래도 죄인처럼 몸을 움츠리고 있던 하
나가 그 고함 소리에 놀라 눈을 찔끔 감으며 몸을 더 움츠렸다.
그 모습을 보며 지유가 진짜 환장하겠다는 듯이 가슴을 치다 결
국 뒷목을 잡았다.

"아오, 뒷골이야."

"……괜찮아?"

"이게 괜찮아 보이냐!! 아오! 이 미친년이! 언젠가 니가 사고 칠 줄은 알았지만 어떻게……!!"

차마 본인도 그 말을 직접 입 밖으로 꺼낼 수가 없었는지 말을 흐리며 기염을 토하자 하나는 더 죄인처럼 고개를 숙였다. 지유의 심정을 충분히 이해했기 때문이었다.

사실 말하지 않을 생각이었지만 그래도 누군가에게는 말을 해야 했고, 친한 친구도 별로 없다 보니 말을 할 사람이라고는 지유밖에 없었다. 태희는 갑자기 괌에 가고 싶다고 홀렁 떠나 버렸고, 이런 얘기를 남자인 하준에게는 할 수 없었으니까.

그래도 어느 정도 시간이 지나자 진정이 됐는지, 아니면 체념을 한 건지 지유가 한숨을 내쉬며 물었다.

"니 애인한테는 말했어?"

"……그게…… 아직. 확인도 안 해 봤고, 괜히 말했다가 일만 날 거 같아서……."

"그래. 그거야, 뭐. 일단……."

"……응."

"확인부터 하자."

자리에서 벌떡 일어나 그 말을 하고는 하나의 손을 붙잡고 성큼성큼 카페를 빠져나가 바로 근처에 있는 산부인과로 향했다.

맥없이 끌려가던 하나는 산부인과 문턱이 바로 코앞에까지 다다르자 갑자기 불안하고 다급해져 두 발에 힘을 줬다. 그런 하나의 행동으로 인해 갑자기 걸음이 멈춰지자 지유가 짜증스런 얼굴로 하나를 돌아봤다.

"왜."

"아니, 그게. 일단 테스트기로 한번 해 보고……."

다짜고짜 들어가는 것은 좀 아니지 않냐며 하나가 지유를 달랬지만 지유에게는 어림도 없었다.

"지랄한다. 어차피 테스트기 해도 산부인과 가야 하잖아. 그런데 뭐 하러 생돈을 날려. 귀찮기도 하고. 그니까, 잔말 말고 가자?"

"아, 문지유우……."

하나가 정말 무서운 것인지 답지 않게 칭얼거리는 소리까지 내며 지유를 말렸지만 그런 것이 지유에게 통할 리 만무했다.

"그런 건 니 애인한테 가서 해. 한 큐일 테니까. 자, 끝났음 가자."

진짜 인정사정없었다. 끝까지 되도 않는 반항을 해 보았지만 철가면을 유지한 지유에게 그런 것은 저 길가에 있는 돌멩이만큼도 쓸모가 없었다. 결국 산부인과 데스크까지 간 하나는 깔끔하게 포기를 했다. 어차피 언젠가 직면해야 할 것이라면 저 무대포 문지유와 함께 오는 것이 가장 낫다고 스스로를 위로하며. 하지만…….

"접수하시겠습니까."

"아니요. 저 말고, 얘요."

역시 잘못 데려온 건가.

새삼 후회가 들었지만, 어쩌겠는가. 돌려보내기엔 이미 너무 늦어 버린 것을. 체념과 같은 한숨을 쉬며 간호사가 내어 주는 접수서를 작성하고 의자에 앉는데, 가슴이 콩닥콩닥 뛰어 미칠 것만 같았다. 진짜면 어떡해야 되지? 말해야 하나? 벌써 별의별 생각이 다 들었다.

점점 파래져 가는 하나의 얼굴에서 하나의 생각에 훤히 보이는지 지유가 한심하다는 듯 길게 한숨을 내쉬었다.

"미친다, 진짜. 벌써부터 세상 망한 듯한 그런 얼굴 집어치워. 결과 나오지도 않았어."

"하지만 만약 진짜면……!"

"그럼 뭐, 사실대로 이실직고해야지. 니 님한테."

"야!!"

"아, 왜 소리를 질러. 내가 틀린 말한 것도 아니고."

틀린 말은 아니었지만 들으면 들을수록 기가 막히는 발언에 하나는 생전 안 땡기던 뒷골이 땡기는 것 같았다.

"그걸 지금 말이라고……!"

"정하나 씨, 들어오세요."

"너 부른다. 얼른 가자."

"……나, 너 진짜 한 대만 때리면 안 돼?"

진심이 그득그득 담긴 하나의 말에 지유는 피식- 웃음을 흘리며 입꼬리를 한껏 올리고는 정말 얄미운 어조로 말했다.

"자자, 정하나 산모님. 얼른 일어나시죠."

"……너, 진짜 얄미워."

"이미 다 알고 있는 사실이야. 얼른 들어가자."

하나의 째림에도 눈 하나 깜짝 안 한 채 자신을 미는 지유의 모습에 하나는 결국 포기를 한 듯 한숨을 쉬며 진료실 안으로 들어갔다. 그리고 꽤나 젊은 남자 의사가 내려 준 결과는…… 참담하기 그지없었다.

"축하드립니다. 임신 3주째네요."

"……야, 너 진짜 어쩌냐."

예상은 했지만 아니기를 몇 번이나 바랐는지 모른다. 하지만 그런 바람일수록 이루어진 적이 한 번도 없었다. 하나가 참담한 얼굴로 눈을 찔끔 감자, 천하의 문지유라도 그것을 계속 볼 수는 없었는지 고개를 돌려 버렸다. 그런 두 사람의 모습을 가만히 지켜보던 의사는 혹시나 하는 얼굴로 하나에게 물었다.

"……혹시 전혀 예상하지 못하셨나요?"

"……네."

참담하기 짝이 없는 하나의 목소리에 의사도 난감한 듯 머리를 긁적이며 대꾸했다.

"짐작 가는 일도 없으세요?"

"……네, 없……!"

당연히 없다는 대답을 하려던 하나의 머릿속에 그 순간 불현듯 무언가 스쳐 지나갔다.

그래, 분명 그때였다.

3주 전, 신정 때. 새해를 맞아 해를 보러 가 호텔에서 술 한 잔 마시고 섹스를 했던 그때. 분명…….

'……이런.'

'……하아. 왜…….'

'콘돔이 없어.'

그래. 그러고도 결국 안에만 안 하면 된다고 생각하고 일을 치뤘었다. 결과는 그렇지 못했지만.

술에 취했고, 또 분위기에도 취했던지라 늘 피임을 정확히 했던 그도 실수를 했던 날이었다. 하지만 술에 취해 벌어졌던 일이고, 배란일도 아니어서 그냥 잊어버렸었는데…… 그게!

"짐작 가는 게 있으신 모양이군요."

"뭐야. 야! 정하나!!"

"……그놈의 술이 문제야……."

내가 왜 그랬지. 천 번 만 번을 후회하고 욕을 해도 달라지는 것은 아무것도 없었다. 이미 생긴 저 조막만 한 아기는 어쩔 거냔 말이다. 사고 친 대가가 장난이 아니라는 말이 다시 실감이 나는 순간이었다.

답지 않게 머리까지 쥐어뜯는 하나를 보며 지유는 아예 포기를 한 듯 고개를 절레절레 저으며 한숨을 내쉬었다. 그렇게 원하지도 않던 산모수첩과 초음파사진을 받아 산부인과를 나오는데, 암흑도 이런 암흑이 없었다.

무슨 세상이 꺼진 듯한 얼굴을 하고 있는 하나나, 이미 모든 것을 체념한 듯한 지유나, 둘 다 아주 똑같았다.

그중에서 그래도 그나마 나은 지유가 한 손으로 머리를 쓸어 올리며 하나에게 물었다.

"이제 어쩔 거냐."

그 말에 다시 퍼뜩— 정신이 든 듯 하나가 눈을 빛내며 지유를 돌아봤다. 무척이나 간절한 얼굴이었다. 하지만 그런 것이 지금 지유에게 통할 리가 없었다.

"왜 날 쳐다봐."

"……무슨 방법 없을까? 응?"

"이 경우에 무슨 방법이 있어. 그냥 이실직고해서 결혼을 하든 헤어져서 애를 낳든 지우든 해야지."

"문지유!!"

아주 단도직입적인 지유의 말에 하나가 화가 난 얼굴로 소리쳤지만 지유는 끄떡도 없었다. 오히려 그 어느 때보다 차가운 얼굴로 하나를 돌아보며 말했다.

"왜, 너도 알잖아. 그거밖에 없다는 거."

그런 지유의 모습에 하나가 말문이 막힌 듯 눈을 크게 뜨며 크게 숨을 들이마셨다. 그 모습을 보며 안쓰럽기도 하고 또 불쌍해 지유는 절로 한숨이 터져 나왔다. 하지만 지유가 해 줄 수 있는 것이라고는 고작 이것뿐이었다.

"그냥 가서 솔직하게 얘기해. 어차피 결과는 둘 중 하나잖아. 너 혼자 만든 게 아닌 만큼, 그 사람에게도 선택할 권리는 줘야지."

절로 숙연해지는 분위기가 어깨를 짓누르는 것 같았다. 하지만 변하지 않는 진실이었고, 지금 이 순간 그 어떤 말들보다 효력 있는 말이었다. 그 말에 하나는 조용히 고개를 끄덕일 수밖에 없었다.

인생에 가장 쇼킹한 일들은 1년 전에 다 겪은 줄 알았는데, 그게 아니었던 모양이다.

인생에서 가장 쇼킹한 하루였다. 너무 어마무시한 일에 하나는 눈앞이 캄캄해졌다.

◈

"……아, 저……."

"왜, 무슨 일 있어?"

"……아니. 아무것도 아니에요."

그 일이 있은 후 벌써 1년, 나는 스물여섯이 되어 가고, 그는 스물아홉이 되어 가고 있었다. 하지만 둘 다에게 있어서 결혼은 아주 먼 얘기라고 생각했다.

이제 졸업을 해 인턴 생활을 하는 나나, 병원 후계자가 되어 병원에 들어와 이제 레지던트 2년 차에 접어드는 그에게 결혼을 말 그대로 사치였다.

하루 잠을 자는 일조차 여의치 않는데 결혼은 무슨 결혼이란 말인가. 결혼이 말이야 쉽지, 준비부터 해야 할 것이 한두 개가 아니었다. 그리고 무엇보다 두 사람 다 결혼은 생각조차 해 보지 않았다는 것이다. 내가 결혼하자고 해도 과연 그가 좋아할 것인지도 의문이었다. 괜히 부담을 느낀다면 나는 어떻게 반응해야 되는가.

"……후."

"갑자기 웬 한숨이야?"

"……그냥. 좀 피곤해서요."

오랜만에 있는 오프였다. 인턴 생활을 끝내고 레지던트 1년 차에 접어들기 직전, 거의 몰아서 받는 휴식 기간이었다. 이 기간에 쉴 수 있을 만큼 실컷 쉬어도 모자라건만 이런 사건이 터지다니, 거의 지옥 수준이었다. 피로가 쌓일 대로 쌓였는데 그것을 풀기는 커녕 스트레스만 더 얹어 주고 있었으니.

거기다 만약 결혼을 하게 되고 애를 낳는다면, 그건 그것대로 문제였다. 이제 인턴을 끝낸 채였다. 애를 낳게 될 거라면 레지던트 1년을 그대로 포기해야만 했다. 그리고 낳고 나서도 또 1년은 아이를 보는 데 집중해야 했다. 베이비시터에게 맡기는 것도 그 이후였다. 생각하면 생각할수록 수렁이었다.

머리가 아플 지경이었다. 그 정도로 복잡한 생각들이 머릿속을 헤집어 놔 그가 옆에 있음에도 별로 신경을 쓰지 못했다. 그런 내 모습을 가만히 지켜보던 그가 내 앞으로 와 무릎을 구부려 나와 시선을 맞추었다.

"……?"

갑자기 시선을 맞춰 나를 바라보자 놀라 잠시 하던 생각을 멈추고 그를 똑바로 바라보았다. 그런 내 모습에 그가 입가에 부드럽게 미소를 지으며 두 손을 들어 내 손을 잡았다.

"왜 그래요?"

갑자기 왜 안 하던 짓을 하냐는 내 물음에, 그는 대답 대신 한 손을 주머니에 가져가 주머니에서 무엇을 꺼내들었다.

"……!"

그리고 주머니 안에서 나오는 내용물에 눈을 크게 뜨자, 그가 피식— 웃음을 흘리며 내게 말했다.

"알겠어?"

"⋯⋯이, 이건."

모를 수가 없었다. 여자라면, 저걸 어찌 모를 수 있겠는가. 손바닥만 한 상자. 그것은 분명히 반지 케이스였다.

그 케이스를 보고 있으면서도 믿을 수가 없어 두 눈을 크게 뜨고 상자를 바라보는데, 그가 반지 케이스를 열며 서서히 말문을 열었다.

"사실 조금 이따 천천히 이야기할 생각이었는데 니가 좀 이상하길래."

"⋯⋯정말, 진짜로⋯⋯."

"결혼하자."

"⋯⋯!"

아직도 믿을 수 없다는 눈을 한 내게 그가 아무렇지 않은 얼굴로 확인 사살을 했다. 원래 이런 남자인 건 알고 있었지만 이렇게 단도직입적으로, 그것도 전혀 예상치 못하게 핵폭탄을 던져 대니 어떻게 반응해야 하는지조차 감이 잡히지 않았다. 하지만 그는 그런 내 모습 따윈 조금도 상관이 없는 모양이었다.

"결혼해 줘. 나랑 살자. 정하나."

"⋯⋯정말⋯⋯?"

"그래."

그제서야 지금 이 상황이 실감이 났다. 그리고 이 상황이 현실임을 실감한 순간 당연한 듯 눈에서 눈물이 흘러나왔다. 두 손으로 입가를 가리고 우는 내 모습에 그는 나지막이 웃으며 나를 끌어안아 주었다. 아무것도 묻지 않은 채. 대답을 재촉하지도 않았다.

그 순간, 앞서 생각했던 모든 것들은 다 아무래도 좋다는 생각이 들었다. 물론, 그것은 현실적인 문제였고, 내게 득이 될 것들은 아니었지만 다 아무래도 상관없었다. 행복했다. 정말 너무너무 기뻤다. 사랑한다는 말은 들었어도, 내게 청혼을 할 거라고는 생각지도 못했는데…….

"……정말 너무 좋아요. 진짜, 너무 좋아……."

아직도, 아니 더욱더 사랑하게 된 남자였다. 사랑할 수밖에 없었고, 세상에 둘도 없는 사랑이었다. 이제는 앞으로 평생 이어질 사랑이었다. 왼손 약지에 끼어진 반지가 그것을 증명해 주는 것만 같았다. 정말로, 이제는 내가, 그의 것이 되는 것이었다. 그를 마음껏 사랑해도 되는 권리를 받은 것만 같았다.

행복에 젖어 마음껏 웃고, 그런 나를 보며 그도 기분 좋게 웃고 있던 그때, 그 순간까지 잊고 있던 것이 떠올랐다.

"……아, 근데……."

"……뭔데?"

"……나, 아이, 가졌는데……."

"……하아?"

그 말에 어처구니없다는 얼굴로 나를 내려다보다 결국 지유와 똑같이 화를 내는 그의 모습에도 기분 좋게 웃음을 터뜨렸다. 그가 화를 내고 있어도, 황당해해도, 그냥 다 좋았다. 이 세상 모든 것이 다 사랑스러웠다.

정말, 세상에 둘도 없는 프러포즈였다.

완결입니다.

사랑하고 싶어서를 3개월 만에 해치운 만큼 눈물 날 정도로 앞뒤가 안 맞게 쓴 부분이 많이 보이니 새삼 다시 회한이 드네요……;;

그래도 쓰는 동안은 무척이나 재미있었고 시간가는 줄 몰랐던 것 같습니다.

읽으신 여러분들도 그렇게 느끼셨기를……ㅠ

2014년에 쓴 소설이 2015년에 나오니 그것도 감회가 새롭네요. 시간이 너무 훌쩍 지나간 것 같달까…… 쓴 게 어제 같은데 말이죠.

무엇보다 제 두 번째 종이책이다 보니 가슴이 쑹덕쑹덕~?

무척이나 설레네요. 아직 햇병아리라 그럴지도 모르지만?

그래도 완결을 낸 모든 소설들은 미숙하거나, 초라하거나 떠나서 모두 소중한 것 같습니다.

여러분께도 제 소설이 그랬으면 좋겠네요.

그럼 저는 더 노력해서, 더 좋은 소설로 다시 찾아뵙겠습니다.

2015년을 맞아,

snow 올림.

www.bbulmedia.com

www.bbulmedia.com